久保田淳座談集

心あひの風

いま、古典を読む

笠間書院

道の口　武生《たけふ》の国府《こふ》に　我はありと
親に申したべ　心あひの風や　さきむだちや
（催馬楽・道の口）

久保田淳座談集
心あひの風
いま、古典を読む

目次

〈目　次〉

古典と私の人生

〈対談者〉秋山　虔

秋山　虔（あきやま　けん）

大正13年1月13日、岡山県に生まれる。昭和22年東京帝国大学文学部国文科卒、同大学院修了。東京大学名誉教授。源氏物語ほか女流日記文学などの注釈や作家論・作品論を手がけて平安朝文学研究に寄与した。主な著書に『源氏物語の世界』（昭39 東京大学出版会）『王朝の文学空間』（昭59 東京大学出版会）『伊勢』（平6 筑摩書房）ほか多数。

文学とのふれあい

久保田　先生は高山樗牛《ちょぎゅう》（一八七一〜一九〇二。評論家）がお好きとうかがいましたが、いまでもお好きですか？

秋山　ええ、いまだに……。私は樗牛や蘆花《ろか》から、文学に入っていった。樗牛の『わが袖《そで》の記』など暗誦《あんしょう》していました。高校が京都でしたから、東京と往復するときなど、途中、東海道線の興津《おきつ》あたりで下車しては、口ずさみながらよくブラブラ歩きました。

久保田　私は敗戦後の中学生ですけれども、やはり文語文は嫌いじゃありませんでした。

秋山　高校の作文の時間に、樗牛ばりの文章を書きましてね。「われ、南禅寺に遊びき」なんて。あとで先生に「おもしろいものを書きましたね」とからかわれて冷汗を流しました（笑）。

久保田　昭和初期のころのものだと思いますが、谷崎潤一郎はエッセイで、樗牛なんてじつにくだらないっていいますね。

秋山　へえ、谷崎がそんなことをいってるんですか。私は言葉を憶《おぼ》えるのが楽しかったな。樗牛はむずかしい言葉をよく使うでしょう。

久保田　はい、だから谷崎は、それが空疎だというのです。

秋山　そうですか、だから私の文章も空疎なんだ（笑）。

久保田　私の場合も、文語との出会いは似ているかもしれません。学校の教科書に文語文があって、読むと調子がいいから、自然に憶えちゃう。そうすると先生から、ほう、おまえ憶えているのか、と暗誦させられたりする。こっちもいい気になって暗誦する、そんなことがきっかけになって国語が好きになったんです。ものを書くことも嫌いじゃありませんでした。

　私は集団疎開世代ですから、国民学校の最後の年が敗戦です。中学も旧制から新制への切り替えどきで、入学したのは旧制中学の最後でした。新聞を折り畳んだようなひどい教科書でした。ただ古典との出会いというと、たぶん親の影響だと思うのですが、歌舞伎ということになるでしょうか。親は芝居好きなんだけど、貧乏だからしょっちゅうは見られない。たまたま最初に連れていかれたのが、まだ歌舞伎座が再建される前、東劇で芝居をやっているころの『仮名手本忠臣蔵』の、昼夜を二部制で通した、その昼の部だったんです。関心はなかったのですが、両親に引っ張られていって見始めたら、すっかり捉えられてしまって、夜の部まで見てしまった、それがきっかけでした。なにしろ歌舞伎のセリフは日常的でないだけにおもしろいでしょう。だからはじめは江戸時代の言葉を研究したいなと思ったんです。

秋山　だいたい古典との出会いというのは、それを教えてくれる教師の影響というのがあるんじゃないですか。

久保田　ええ、それはありますね。さっきもお話ししたように、私は学制の切り替えにぶつかって中学・高校とも同じ学校に六年いたのですが、六年のうち五年間同じ国語の先生で、非常に文法に厳しい先生に教わったんです。皆は文法の授業というと嫌がっていましたけど、私にはおもしろかったのですね。なんとなく好きな科目だった国語が、中学で助長されていったというのは、その先生のおかげだったと思います。

秋山　だから先生との出会いというのはとても大切ですね。教材そのものよりも教師の授業によって古典の目を開かれたという人が多いですね。私なんか軍国主義の時代ですから、知識をため込むことで現実から逃避しようとしたのですね。文法の活用なんか一生懸命憶えましたね。古典のおもしろさというよりも、知的な満足感というのでしょうか。こんな字は誰も知らないだろうと作文に書くと、よく知ってるなとほめられるでしょう。励みになります。教師というのはありがたいですね。

久保田　小・中・高、学年が下るほど先生の存在は大事ですね。大学はどうだっていいんですよ、所詮研究は後進に乗り越えられるんだから。われわれを追い越さなければだめなんだよって、いつもいってるんですから。

秋山　古典はすばらしいと一方的におしつける先生よりも、ヘドモドしながら生徒と一緒に考えるような、そういうむしろ不器用な先生の人柄を媒介にしてつながっていくんですよ。

古典をどう読むか

秋山　私などは敗戦直後の大学生で、衣食住に困窮していて、日本は軍国主義からは解放されたけれども、これからどう生きていいかまったくわからなかった時、たまたま『源氏物語』を読んで、その世界に入り込んでいったのです。しかしこの大古典をすなおに受け入れたわけではなくて、逆に、絶対的に価値ありとされた古典というものを全部否定しなければ、新しく生きられないような感じでした。それにあのころは情報も少ない。『国語国文学研究史大成』の文献年表を見ると、昭和二十年は論文が二篇ですものね。

久保田　戦後すぐの「国語と国文学」なんか、何か月分かの合併号で薄い一冊ですね。

秋山　ですから論文なんてぜんぜん見ないで、自分で有朋堂文庫に書き入れして、勝手気ままに『源氏』を拒否的に読んでいった。でも、そういうことをやっているうちに、かえって『源氏』に捉えられてしまって……。

久保田　ミイラ取りがミイラになって、日本の学問研究には幸せなことだったと思います

（笑）。

秋山　『源氏』と戦おうとしたことで、かえって『源氏』の魅力を掘り起こしたのではないかと思うんですが、その掘り起こし方にずいぶん偏向があったのですね。清水好子さんから、岩波文庫の赤帯（外国文学）で教養を培った者がそういう観点から『源氏』を読んでいるだけじゃないか、といった批判を受けました。いつだったか清水さんにそういったら「あれ、ほめたんですよ」って（笑）。

久保田　そうすると、清水さんはどのようにお読みになるんですか。

秋山　清水さんは玉上琢弥さんの門下で、玉上さんは、『源氏』は女が書いた女のための女の文学である、それを現代の男の学者が現代の立場に引きつけて読んでいっていいのか、というような発言をしておられました。

久保田　玉上先生は、女になってお読みになるわけですね。

秋山　そういう立場です。ところが私などは、人間がどのように時代と戦って人間的であろうとしたのかといった観点から読んでいたことは確かです。自分がどう現代を生きられるかということと一体だったと思います。そういう観点からでは藤壺や、六条御息所《ろくじょうのみやすどころ》なんか捉えられなかろうと清水さんは述べておられた。しかし、六〇年安保闘争のころあたりから、私自身としては意識していませんけれど、文体論のほうへ変わってきているのですね。政治的季節が終わって、研究史の全体的流れが変わっていった、ということがいわれていますが……。私の出発のころからすると、現在までずいぶん研究法は変わってきていますね。方法や理論に先導されて、辞書になかなか見つからない術語が氾濫していて、私など前時代の遺物といった感じですが、しかし……。

久保田　いまの研究というのは無機質な感じがしますね。

秋山　ええ、乾燥機にかけたような。やはり私なんか古い殻をぶらさげているのでしょうけど、なぜ紫式部が『源氏』を書かねばならなかったのか、そのようにしか生きられなかったせっぱつまった動機に、これまでの研究成果に学びながら帰っていきたいですね。

久保田　でもそれが文学について考える最初で最後の問題なんじゃないですか。私もいまの傾向は好きじゃありません。やってる人間の体温が伝わってこないような研究は嫌ですね。

秋山　私は久保田さんの教養がどのように培われたか知りたいですね。とにかく守備範囲が深く広大ですものね。

久保田　いやあ、私はなんとはなしに、芝居が好きになってそれで近世文学、次に子規あたりを通じて実朝《さねとも》の歌が好きになって、そこから『方丈記』など短くてすぐ読めて、なにしろ名文だから、それをきっかけに中世文学にさかのぼり、『新古今和歌集』につかまってしまったというところでしょうか。それで『新古今』のなかの藤原家隆《いえたか》というのがなんとなくいいなと思ったんです。必然性はないんですね。まず古典に対して批判的にみるということもなく、しかも迷わなすぎた。彷徨《ほうこう》してないのが、自分で致命的だと思うんですね。だからいまの学生には、早い段階で専門を決めるな、いろいろなところを迷った末に決めたらいいと、自戒の意味でいっているんです。

　ちょっと前に、与謝野晶子の書いたものを読んだのですが、晶子ははっきりと、日本の古典文学に入るのは、やっぱり王朝文学からでないとだめだと断言しているんですね。晶子は鉄幹《てっかん》の影響で芭蕉も認めないんです。だから近世から入った人は、その卑俗さに影響されてどこかよくないと…。私は近世から入りましたから、一番悪い例なんです。

秋山　だけど、あなたはグーンと近世を突きぬけておられる。

久保田　いいえ、中学、高校のころ、まわりに何人か文学少年がいましてね、みんなヨーロッパ文学の信奉者なんですよ。ちょうどそのころマルタン・デュ・ガールの『チボー家の人々』を買って読むというのが流行していましたが、私はそういうものに背を向けていたんですね。これはちょっと負け犬のようなものですが、まわりがみんなヨーロッパにうつつをぬかすならこっちは古典だ、と読めもしない岩波文庫の黄帯（古典文学）を買ってたんですよ。『源氏』も私の時代ははじめは岩波文庫、次には朝日古典（日本古典全書）でした。島津（久基）先生校訂の岩波文庫本は読みにくいですね。しかたないから、わからないところは飛ばして読みました。ほとんどわからないなかに、琴線《きんせん》に触れるというとおおげさなんですけど、あ、ここはわかるなという気がする場面がいくつかは出てくる。そういうのが私と『源氏』との出会いでした。

秋山　いや、私もそうでした。出発としてはそれでいいんです。

久保田　いまの若い人にいいたいですね、はじめからわかると思うのがまちがっているんだって。それから小学館さんには悪いけれど、懇切丁寧な本が多すぎるから、知的飢餓感がなさすぎるのではないかということ。なにがなんでも食いついてやる、という心がなくなっているんじゃないですか。本はむしろ少ないほうがいいのかもしれません。

日本的なもの

久保田　秋山先生は、ほかの作品でなく、なぜ『源氏』だったのですか。

秋山　そりゃ、島津先生、池田（亀鑑）先生といった仰ぎ見るような大家がいらっしゃったのですから。

久保田　ああ、それはいまふうにいうと、一種の父親殺しですね（笑）。

秋山　そんなだいそれたことはいたしません（笑）。ただ、自明のことのように大傑作として一方的に教えられるわけだから、どうしても反発したくなりますよ。自分は自分で読んでみたいと思いました。戦後のあの季節は、いまにも社会主義革命が成就して、すばらしい時代が到来するだろうといった雰囲気で、本気でそれを信じていましたものね。もうこれまでの日本的なものから脱出したいと。

久保田　やっぱり政治的思想が通っていらっしゃいますね。

秋山　そう骨があるわけでもなく、浮かれていたのですね。けれど、そのうちに、そんなことじゃない、日本的な美意識の歴史、文化の伝統のなかに、ぬきさしならず自分が生きているということは否定しようにも否定しがたい、というか、『源氏』と戦うつもりだったのが、自分の日本的メンタリティが『源氏』との出会いによって自覚させられた、そんな感じですね。

久保田　日本的なものに対して、なにかいかがわしいとか、うろんな感じをお持ちではないのですか。

秋山　いかにも、そうなのですね。日本的なものというのは、もうしょうがないんじゃないか、それがまたいいんじゃないかという気がする。

久保田　先生のおっしゃる日本的なものとは、王朝的なものですね。

秋山　そう、どうもあいまいですが、「もののあはれ」的なもの。

久保田　あいまいとか、妥協とか、なれあいとか、腹芸とか、談合とか、そういうものは、どこかで日本的なものにつながっていくのではないでしょうか。

秋山　それが正負両面あるわけで。だから自分でも非常に不安定です。

久保田　おっしゃるとおりだと思います。私にとっての日本的なものは秋山先生の日本的なものとちょっとずれるかもしれません。最初は近世文学的なものを通じての日本的なもので、当然感覚的なものですね。それで与謝野晶子にいわせれば高尚ではないのです。感覚的なものから入ったものですからいまでもだいたい観念的なものは肌が合いません。ただこれは晶子とは違うんですが、私の考えでは、近世における日本的なものと王朝的なものはやはりつながっていると思うし、だいたいつながりがなければおかしいんじゃないでしょうか。日本的美意識は平安から現在までつながってきていると思います。ところが上代とは切れている。そのままにはつながらない。さらにいえば、平安もその初期はかならずしも日本的なものじゃないと思うんです。

秋山　おっしゃるとおりですね。平安朝四百年が、日本の美意識というか、文化伝統を規定したと考えていいんじゃないですか。

久保田　私は『万葉集』は嫌いじゃありません。しかしどこまでが日本的なもので、どの程度大陸的なものが混じっているのか、その割合はどうか、なんてわかりませんねえ。

秋山　そうですね、中国文化というものに引きつけられて日本文化が引き上げられたという感じじゃないですか。規範はどこまでも中国文化ですね。万葉仮名も借り字でしょう。「東歌《あずまうた》」だって漢字で書かれているわけですからね、これは中央貴族の知識人の手が入っていると思います。もちろん万葉時代までに培われた日本的な自然観とか美意識と、王朝期のそれとが無縁であるわけはないけれど、日本的なものが真に自立した平安時代とはなんといっても切断があることは確かですね。

仮名の誕生

秋山　東南アジアのほかの国々は地続きだから、中国文化の影響をもろにかぶりますよね。日本は海に囲まれているから、非常に緩やかに、主体的に向こうの文化を取り入れることができた。そのために、それが触媒のような形になって、日本的なものを育てたんじゃないでしょうか。やはり仮名文字が出てこなければ、日本的なメンタリティを表現することはできなかったんじゃないでしょうか。だから私は、仮名文字というのはたいへんな発明、創造だと思いますね。

久保田　仮名の発明はほんとうにすごいですね。まず言語の表現手段としても巧妙だし、それを書くこと自体、書いたもの自体が書として芸術になるわけでしょう。

秋山　内藤虎次郎氏（内藤湖南。一八六六〜一九三四。東洋史学者）の『日本文化史研究』は私の愛読書ですが、日本人がどんなに優秀かということを強調しているんですね。文献を中国語で読めると同時に、日本語で読んでいる。そして『日本書紀』とか『懐風藻《かいふうそう》』の序文とか、堂々たる漢文が書けた。それと同時期に万葉仮名を発明して、漢字で日本語を表記する方法まで一挙にうち出してしまった。これは漢字文化圏の他民族のできないことだったというんです。非常に恵まれた形で中国文化の影響を受けたから、こういう能力が発揮できたということですよ。

久保田　仮名文字が出てくると、にわかに文学が出てきますね。

秋山　以前、秋山光和《てるかず》さんと対談したとき、「源氏絵」という高度な作品、ああいうものがいきなり出てきたはずがないと、遺品がなくても、それ以前の高度な成熟を十分に想定しなければならないとおっしゃっていました。それと同じで、上代と平安が切断しているといっても、日本的なものの素地はちゃんとできていたんでしょうね。

久保田　それがだんだんできていった平安初期はおもしろい時期だと思うのですが、ただ材料が乏しいので……。

秋山　とにかく、日本人の文化能力というのはたいへんなものですね。もしも仮名文字が創られなかったとしたら、その後の文化史はまったく違ったものになっていたのでしょうね。

久保田　平安時代は庶民も仮名を書けたのでしょうか。

秋山　書けはしなかったでしょうね。

久保田　『今昔物語集』に出てくるいきいきした庶民たちも書けなかったのではないかと思います。あの時代はものすごい階層の断絶があったんじゃないでしょうか。ただ断絶はありながら、案外近いところで両方が接していて。早い話が群盗が斎院《さいいん》を襲ったなんていう話がありますね。

秋山　絵巻物などを見ますと、宮廷が開放されていて、庶民が入っていって、地べたに座り込んで見てる。邪魔にならなければ排除されることはないそうで……。

久保田　中国などと違って京都のまわりに城壁などはつくらないんですね。当時のかなり下層の人々が入り込んで、宮中の行事を見ている。『枕草子』などでもそうですが、『なよたけ物語絵巻』などを見ると、それはずっと鎌倉時代もそうだったと思います。宮廷の内はそうとう外に対して開かれていたと思います。

秋山　確かに文学は貴族階級に独占されている。『源氏』なんか誰にでも読めるものじゃないけれど、日本語の肉声をそのままに表記することのできる仮名文字を媒体にして、庶民の生活感情は汲《く》み上げることができる。ですから平安文学は、貴族文学というよりは、日本的なメンタリティの表現としての文学が、貴族の手によって書かれたというふうに理解したいのです。

楽しく読む

秋山　ところで、これぞ中世という典型的な作品をといわれたら、なにをあげますか。

久保田　困りましたね(笑)。『平家物語』じゃないと思うんです。もちろん『新古今』じゃない。『方丈記』は少し前に寄りすぎている。やっぱり『徒然草』でしょうか。ただ『徒然草』の読み方はそうとう人によって違うんです。以前、北川忠彦さんと一緒に仕事をしたことがあるんですが、北川さんは、中世もかなり近世寄りの中世で『徒然草』を捉えられるわけです。私の『徒然草』は王朝寄りなんですね。『徒然草』というのはほんとうに変な作品で、王朝に向ける顔と、兼好《けんこう》という人は経済観念が発達していますから、王朝はもうだめだ、これからは新しい時代なんだという顔と、要するにヤヌスの二つの顔みたいなもので、古い面、新しい面の両方をもっています。そのどちらを捉えるかによってぜんぜん違ってくるんですね。そうなると『方丈記』なんていうのは、ほとんど過去ばかり向いていますから、やっぱり『徒然草』が中世なんでしょうか。

秋山　『徒然草』は、いろいろの方の書かれたものを読みましたが、人によって印象が違うんですね。私などの最初の『徒然草』経験は受験の文法教材としてで、それが尾を引いているのは痛恨事ですが、久保田さんの注釈なんか、いま読むとたいへんおもしろい。

久保田　いやいや。受験でゴリゴリやられるのはしようがありません。ああいう形で古典と接するのも、一種の必要悪かもしれません。入試で出なければまるで読もうとしない人も多いでしょうから。

秋山　胸に突き刺さるようなところがありますね。古典ってみんなそうじゃないのかしら。ことに『徒然草』は、自分の問題を突きつけられているような感じだから、それだけに自分のほうへ引きずりおろして読んでいるんじゃないかという、そういう不安があって、必ずしもそう楽しくは読めないな。

久保田　先生にとっては『源氏』もあまり楽しくないのではありませんか（笑）。私は素人ですから『源氏』は楽しいです。ですけど『徒然草』は商売ものですから楽しくない。西行もけっして楽しくないです。だけど読むんですね。やっぱり読むといろいろ考える。『徒然草』はとくにそうですね。

秋山　なるほどね。

久保田　以前、ある雑誌で寺田透先生と上田三《み》四二《よじ》さんと座談会をやりました（「群像」'74・9）。中世をやっているということで進行役を仰《おお》せつかったんです。その時、ある者が牛を売ろうとする、ところが売る前夜に牛が死んでしまった、牛の主は損をしたか得をしたかという話がありますね、『徒然草』の九十三段ですか。上田さんが、「存命の悦《よろこ》び、日々に楽しまざらんや」というこの言葉が好きだ、と話されたんです。それからしばらくして、上田さん、亡くなりました。ああいう言葉の重みがわかるというのは時間がかかりますね。だから、古典はやっぱり時間をかけて読むものじゃないですか。

秋山　そうですね。古典と出会うということは安直なことではないですね。そして、それになじむことで強く鼓舞される。たとえば『源氏』の最後のところで浮舟が人の世に生きることに絶望して出家しますが、しかし読者は絶望させられるのではなくて、人間はどう生きたらよいのかを切実に教えられることになるのだと思います。古典の世界の人はほんとうに人間らしく生活していますね。でもいまのわれわれは生活していないんじゃないかという思いを触発します。だからそういうものに触れることで、われわれがなにを回復すればいいのかを考えさせられる。といっても現代人であるからどうにもならない。もし古典が好きなら、古典研究者にならないで、好きな作品と存分につきあって、一緒に生きる、といったかかわり方がいいですね。

久保田　ほんとうにそうですね。別のことをやっていて、道楽半分で古典を研究してみるというのが、いいのかもしれません。職業にするものじゃないなという気がするけれども、もうしようがないですね（笑）。

好き嫌い

秋山　『源氏』嫌いというのがたくさんいるんですよ。たとえば内村鑑三、それから高山樗牛、斎藤緑雨《りょくう》。正宗白鳥《まさむねはくちょう》は主語がなくてフラフラしたような文章だと書いてありますから、欧文脈で教養を培った人には、ああいうものはたまらないんじゃないですか。

久保田　正宗白鳥がアーサー・ウエリーの英訳を読んで『源氏』はおもしろいと思い始めたという話は有名ですね。

秋山　それから森鷗外が『源氏』嫌いね。

久保田　そうですか。鷗外は伝統的なものに理解がありそうに思いますけど……。

秋山　むしろ『平家』みたいなのが好きなんじゃないですか。

久保田　私は西鶴がだめです。大学に入った年と三年と西鶴の講読や演習がありましたけれど、どうしてもおもしろくないんです。結局近世の上方《かみがた》文学がわからないんですね。東京育ちだから、悔しいけれど、西コンプレックスがあるんでしょう。とくに大阪的な感覚がゼロなんだと思うのです。私にとって、西日本の文化は、外国文化と同じようにすら思えるのですから。

秋山　久保田さんは近世文学にはなじんでるわけだけど、私ははじめからだめです。

久保田　やっぱり、拒否していらっしゃるじゃないですか。

秋山　いや、不勉強の食わず嫌い。平安時代の『枕草子』だって、あまり好きじゃない。

久保田　先生の『枕草子』嫌いは有名ですね。

秋山　それほどでもない。けれどはじめから好き嫌いはありましてね、『古今集』は好きだけど、『新古今』は嫌い、といっては申しわけないけれど、どうもあまりなじめない。だからあなたからさんざんやっつけられてる。

久保田　そんな大それたことといっておりません（笑）。ただ、『新古今』のために弁護しておきますと、『新古今』こそ『源氏』の影響をもろに受けた作品だと思うんですね。『古今集』は『源氏』より前にできて『源氏』を導いたと思いますけど、『新古今』は『源氏』なしにはできなかったと思います。

秋山　にもかかわらず、あれ、イメージが輻輳《ふくそう》して、しちめんどくさいの。それよりも、からっとした『古今集』的なものがいいですね。

久保田　私は、しちめんどくさいのが好きです（笑）。

「みやび」とは

秋山　蓮田善明《はすだぜんめい》氏（一九〇四〜一九四五。国文学者）の「みやび」という文章（「文学」'43・11）には、『みやび』は『皇神』を仰ぎ恋いまつりつつ大君に申す心」であって、藤原氏的貴族風とは無縁だという言い方がされていました。その言葉が私、とても気になっています。確かに「みやび」文化というのは体制とか、組織とか、権力によって保証されるものではなくて、藤原氏はむしろそれに依存することで権勢を維持している、それほど強固な超越的な王者的な伝統の様式であるとはいえましょうね。

『伊勢物語』の昔男が、都を捨てて、ということは平安京の体制から脱出して、歌を詠《よ》みながら隅田川のほとりまで行って都を恋うていますが、その都は、捨ててきた現実の都ではなくて、観念のなかの「みやこ」なんですね。だから、あるべき「みやこ」をもとめるのが「みやび」の心で、それは現実の天皇ではなく、天皇にはなりえないことで、かえってその身に真の伝統文化の体現者になることのできた貴種ということでしょう。業平が、そして光源氏がそうした理想像で、こうした主人公により王朝的な規範がうち立てられていくのではないでしょうか。

久保田　鎌倉初期になると、王朝そのものは衰えていきますが、蓄積された遺産があって、それをまず平家がちょっと受け継ぐんですね。だけど平家はつぶれちゃう。つぶれちゃったんだけど、ある意味では平家の人たちの意志を継承していったのが後鳥羽院、広くいえば定家もそのなかに入っているわけで、後鳥羽院のグループですね。だから新古今時代というのは王朝だと思います。王朝がなかったら、あんなものはできないのですから。

さらにその王朝の遺産が、じつは承久の乱では断ち切れないで、政治的には負け犬でも、次の後嵯峨院の時代にも継承されていきます。いってみれば鎌倉時代は独創的なものはあまりなくて、王朝の遺産で食ってるみたいなところがあると思います。極端なことをいえば『平家物語』だって『源氏』の遺産でもっているところがそうとうあるわけです。『太平記』になると王朝の遺産は食いつくしていますから､単純に『平家』と『太平記』を軍記物としてくくるのは問題だと思いますね。

秋山　王朝の遺産というのはいったいどういう力なんでしょう。

久保田　やはり美意識じゃないですか。

秋山　美意識、というほかない。じつに日本的な……。

久保田　保元、平治、源平の乱といったって、社会全体の構造からいったらなんてことはなくて、まず承久の乱の影響が非常に大きいものでしょうね。帝王と陪臣の戦いで陪臣が勝ち、文化的には西日本と東日本の戦いで東日本が勝つのです。だけど勝ったはずの東日本が西日本化していくのですから、ほんとうの勝者がどっちかわからないわけです。政治経済が人間の存在の最大の基盤だとすれば、それは明らかに東日本が勝ったので、新しい時代が勝ったということになりますが、文化的には負けているので、結局は王朝的なものがずっと生き長らえるのです。

秋山　日本の伝統的な文化の力っていうのはたいへんなものですね。

久保田　そう思います。中世の東日本と西日本の文化は、日本と外国くらいの違いがあると思います。日本の文化はずっと西高東低で、東が西を凌駕《りょうが》する、少なくともバランスをとってくるのは江戸時代の半ばすぎてからの、いわゆる文化東漸《とうぜん》以降じゃないでしょうか。王朝時代に培った美意識は、時代によって変容しながらも生き続けて、それは西の文化でしょう。谷崎という人はほんとうにおかしいですね。生粋《きっすい》の江戸っ子に生まれながら、関東大震災で関西に移住すると西の文化を礼賛し、西の文化を通じて日本の古典的なものに回帰して、『源氏』の現代語訳をやり、『細雪』を書きますね。

秋山　谷崎さんは、京都人というのを、ほんとうは嫌ってるんだそうです。だからそういうところで王朝文化の伝統は生きてるわけ。現実の京都とは関係なく……。

久保田　いろいろなものが時代によってブレンドされたと思います。ただ芯になるものはやっぱり「もののあはれ」じゃないですか。

秋山　「もののあはれ」的なものは、日本人の骨の髄まで染み通っている感じですね。これは湿潤な風土性の問題でしょうか。

久保田　ほんとうに風土というのは大事ですね。モンスーン地帯の日本でなければ出てこない意識というのはあると思います。

秋山　日常性のなかに埋没してしまって、非常に無機化しているとき、古典に出会うことによって、われわれが意識しないもの、見忘れてしまったものを、気づかせてくれる。それが古典というものじゃないでしょうか。

（了）

日本文化と古典文学

〈対談者〉ドナルド・キーン

ドナルド・キーン

1922年6月18日、ニューヨークに生まれる。1942年コロンビア大学比較文学専攻卒、ケンブリッジ大学大学院博士課程修了、コロンビア大学大学院外国語研究科修了、文学博士。コロンビア大学名誉教授。コロンビア大学で比較文学を学ぶかたわら、日本語と中国語の手ほどきを受ける。研究分野は広く、日本の古典・現代文学のみならず歴史・文化・芸能にもおよび、近松や太宰治、三島由紀夫、安部公房らの英訳も多く手掛ける。主な著書に『日本文学の歴史』全18巻（平6～9 中央公論社）『明治天皇を語る』（平15 新潮社）など。

古典文学は現代語訳で
――作品そのものの面白さを伝えること

編集部　キーン先生が日本文化あるいは日本文学に興味を持たれたきっかけはなんだったのでしょうか。

キーン　私は、高校生のころから文学が好きで、自分で短編小説を書くとか、そういうことがありましたが、一番惹かれたのはフランス文学で、もう一つは、高校生としてロシア文学を英訳で読むようにもなりました。大学一年生になったとき、全く偶然でしたが、中国人の親しい友達ができまして、中国の勉強を彼と一緒に始めたんです。一九四〇年という年は、私にとって極めて憂鬱なときでした。ヨーロッパ戦争のことです。ドイツ軍がノルウェー、ベルギー、オランダ、フランスを占領した。反戦主義者であった私は、どういうふうに軍を止められるだろうかといつも悩んでいたんです。

ところが、ある日、本を安く売っている本屋に入ったら、そこに『源氏物語』の英訳がありました。私は『源氏物語』という本が世の中にあるということを全然知りませんでした。かなり分厚い本で、それが特価でしたからお買い得だと思って買いました(笑)。素晴らしい英訳で、私はその世界に逃避しました。逃避することは偉くないんですけれども、戦中の、当時の私にとっては大変な救いになりました。

その後、私は日本語を勉強してもいいと思い出しました。ただ、それはちょっと難しい決意だったのです。というのは、私の親しい友達の国が日本と戦争していました。それで、日本は悪いと思っていたんです。そういう悪い国の文学を勉強してもいいかと思ったんです。しかし、一九四一年に、私は日本語の勉強を始めました。その目的は『源氏物語』を原文で読むということとでした。原文がどんなに難しいかということを知りませんでしたね（笑）。

編集部　久保田先生の古典文学についての興味は、いつ頃からでしょう。

久保田　今思うと、たぶん子供のころから文学的なものに関心はあったんだろうと思いますが、ただ、育った時代はあまりいい時代じゃなくて、戦争に突入していくわけですから、身近に本が少なかった。ですから子供のころの読書というのは非常に貧弱なんですが、ある意味でいうと、本があふれていないだけに、わずかな本をむさぼり読むというようなこともあったんじゃないかと思うんですね。

思い出しますと、これは戦前の本がまだ残っていて、戦後の新しい全集類が出ないという第二次大戦後の時期ですね。春陽堂の『明治・大正文学全集』、改造社の『現代日本文学全集』、新潮社の『世界文学全集』が戦前に出ていた。そういった本で、少しずつ文学的なものに触れていったような気がします。結局、古典文学の研究を自分の仕事とするようになったのは、母親の影響かなという気もします。母親は歌舞伎とか江戸の音曲なんかが好きでして、高校一年のとき最初に見せられましたのが『仮名手本忠臣蔵』。本当に引き込まれました。それがきっかけで、芝居から、まず近世文学がおもしろいなというような印象を持ったんですね。

その一方で中学・高校の国語の先生に大変熱心な先生がおられて、かなり厳しく古典文法を仕込まれました。私は案外文法が嫌いじゃなかったんで、そうすると近世文学だけじゃなくて広く古文に親しむようになって、だんだん時代が上に行っちゃったんですね。中世文学に引っ張られていったのは、一つには『方丈記』の名文、もう一つは、実朝の歌だったと思います。実朝の歌そのものとともに、小林秀雄の実朝に関する評論にかなりイカレまして、そのあたりがきっかけで、中世文学というところに落ち着いたような気がします。

編集部　キーン先生、海外での日本の古典文学に対する興味というのは現在どんな方向にあるのでしょうか。

キーン　現在、おそらく一番関心のあるところは、戦後の、特にフランスでできた評論の方法で日本の古典文学を分析したりとか、そういうことです。以前は翻訳が中心だった。ほとんどの学者は博士論文として日本古典文学の一つを選んで翻訳して、注を付けて、序文を付けて、それが博士論文になりましたが、主な古典文学の作品は一応翻訳されたから、今度は『源氏物語』の研究とか、あるいは『夜半の寝覚』の研究とか。誰も知らないような作品を発掘して翻訳するよりも、よく知られている作品を新しい目で見るという傾向が強いです。しかし、多くの学生は現在、日本文学を専攻するようなアメリカ人や、ヨーロッパ人は、近代・現代文学をやっています。特に今の女子学生たちは女流文学をやりたいと言うんですが、それは紫式部のことではなく、今生きている女性の文学をやりたいんです。

ただ、日本文学を読むことが盛んになっているかと言えば、そうは言えないでしょう。つまり、一般の外国人が日本文学を読んでいるとは言えないのです。しかし以前は、遠い国の文学とか、我々西洋人にどうしても理解できないような文学だろうとか、そういう根本的な姿勢があったんですが、それはなくなりました。今、例えば近・現代文学なら、安部公房の『砂の女』を読んで、これは私たち西洋人に絶対わからないという態度は全くないです。

編集部　久保田先生、日本の大学生の古典文学の学習熱はいかがですか？

久保田 古典文学というか、そもそも日本文学ですね。今の若い人たちにとって日本文学を、読むことはともかくとして、学ぶことはどうでしょう。あまり魅力ある学問領域とは考えられてないんじゃないかと思いますね。大体において、日本の社会全体がここのところ、経済効果ということにばかり関心が向いていて、文学のようないわば虚学にはほとんど関心を払わないんじゃないか。どうも実学志向が強すぎるんじゃないかという気がします。

編集部 さてそこで、日本文学を学ぶ、特に古典文学をということですが、それを学ぶおもしろさ、楽しさはどのあたりにあるのか、という点でお話を頂きたいのですが。

久保田 『源氏物語』は本当におもしろいと思うんですね。これほど恋する男の心理をよくとらえている作品というのはあまりないんじゃないのかなと思うんですが、『源氏』のおもしろさを研究者が一般の人に、研究じゃなくて、ただ『源氏物語』を作品として楽しみたいと思っているたくさんの人にわかりやすい物言いでなかなか伝えられない。これは本当に研究者の責任じゃないかと思います。これは自分自身の反省として言うんですが。これからは、日本の古典でも近代でもいいんですけれども、作品そのものがおもしろいんだということを、もっと易しい言葉で、誰でもわかるような形で伝えることに努力すべきなんじゃないでしょうか。

キーン 大賛成です。私は日本の国語教育だったら、日本の若い人たちが日本文学を憎むことは当然だと思います(笑)。要するに、『源氏物語』には確かにいろいろおもしろい文法の例があるでしょうけれども、そのために読むはずないんです。それは世界的にすぐれた文学だから、みんな楽しんで読むはずです。『源氏物語』に限らず、日本の古典文学、特におもしろいものを学生たちに、まず現代語訳で読ませたらいいと思います。そして、そのおもしろさを知った上で原文を読んでもいいと思います。初めから原文で読まなければならない場合、ちっとも楽しくないんです。そこにわからないような部分もあって、注がいっぱいありまして、これは何という当時の流行歌の部分だとか何とか書いてありますけれども、学生たちはそれを知りたくないんです。知りたいことは、この次にどういうことがあるか、そういうことが強いはずです。日本文学は世界的な基準から言っても大変おもしろいです。ところが嫌われているということは、全く教え方がへただとしか思えないんです。

久保田　やはり研究者が自己満足に終始しているように思うんですね。研究のための研究みたいなものが非常に多くて、大体この人はその作品なり作家なりを愛しているのかどうか、疑わしいような研究者がいないでもない。具体的に申しますと、少し前に比べると、日本の古典文学の研究は非常に精度は高くなっていると思います。まず資料はどんどん整備されてきている。昔は誰も見られなかった、例えば冷泉家の秘庫が公開されて、その精密な複製が出たりして、貴重な資料は昔に比べてはるかにたくさん提供されてます。それから個々の作家の伝記の研究なんていうのも非常に細かいところまで行って、マイナーな作家でも、彼が何月何日に何をしたなんていうことまでわかるようなことになっていますね。いわゆる基礎的な研究は研究でどんどん進んでいくんですけれども、それをやっている人はもっぱらそこばっかりで、よそ見をしない。お互いにてんでばらばらで、まるで馬車馬みたいに自分の前だけ見ている。だから一般の人が読みたい、知りたい、古典文学にせよ、近・現代の文学にせよ、どこがおもしろいんだというところを易しく解説するなんていうことはしない。一部の研究者仲間だけで通用する言葉で言ったり書いたりして満足している。

近松はアーサー・ミラー
——文学研究の対象に貴賤なしだが

編集部　キーン先生、例えば近松門左衛門の面白さという点ではどうでしょうか。

キーン　世界中の人が近松の浄瑠璃を読んでも非常に身近に感じます。例えばシェークスピアと比較してみますと、どちらが上かの問題じゃないんです。しかし明らかに全然違う世界です。近松のほうがはるかに新しいんです。つまり悲劇の原因は何かというと、大体の場合はお金がないからです。これはいかにも近代的な問題です。シェークスピアの場合は、ハムレットにもう少しお金があったらよかったとか、そういうことは全く考えない。しかし近松にはあります。紙屋治兵衛は二人の女性を愛しているんです。もし一人だけだったら、何も悲劇はないんです。伝統的な文学にはあまりない題材です。それはシェークスピアには一度も出てこないような問題ですが、しかし実際、今の私たちの世界にはあることです。そういう意味で、近松を読んでびっくりすることが沢山あります。決して三百年前、元禄時代のものだというような考えは浮かんでこないんです。何に似ているかというと、二十世紀のアーサー・ミラーとか、そのあたりの悲劇です。

久保田　私も同感です。十一月の国立劇場で『金閣寺』（『祇園祭礼信仰記』四段目）と『河庄』（『心中天の網島』上之巻）をやってましたけれども、『河庄』を見まして、見ていると私なんかイライラするんですね。どうして小春がこんなグズな男の治兵衛に心中立てしなくちゃいけないんだろう（笑）、しかし、そういう形で、その世界に入っていけるわけです。そういう共感を呼ぶというのは、もうそれは立派な文学であり、演劇だからだろうと思うんです。

編集部　キーン先生は、世界文学の中から日本文学を広く見ていらっしゃるわけですが、その違いはどういう点にお感じになりますか。

キーン　世界文学、まあヨーロッパ文学から言いますと、演劇文学は最高にすぐれた文学です。要するにアリストテレスの詩学の中にある例文は、ほとんど全部古代ギリシャの悲劇からとっています。また英国の一番すぐれた作家はシェークスピア、フランスはラシーヌかモリエール、ドイツはゲーテとか。しかし日本古典文学に関心を持つような日本人に、一番すぐれた作家は誰？　と言うと、世阿弥や近松の名前を挙げる人はまずいないと思います。要するに、割合に最近まで演劇と文学は別々のもののように思われてきたんです。

さっき久保田先生は『河庄』の例を挙げました。これは改作ですが、改作は何回も何回も上演され、人々をどこで笑わせるとか、俳優たちはちゃんと解っています。しかし、これを怪しからん、近松を裏切るものだと言う人はあまりいないんですが、私、実はゆうべ見ました。それで私は怪しからんと思いました（笑）。本当に即興的にやっていました。私はそれでもいいと思いますけれども、しかし演劇文学は、日本であまり問題にされてこなかった。そこは伝統が非常に違うと思います。世阿弥の文章のことを書く人は大体において、原典はどこにあるかとか、誰から借りたか、それに力を入れるんですが、世阿弥の文章がどういうふうに素晴らしいかということはほとんど誰も書かないんです。

久保田　このごろようやく日本の研究者でも、そういうことを言う人が出てきました。だけど、ちょっと前までの謡曲の研究というのはもっぱら出典の詮索でして、謡曲の美しさを味わうということは本当に少なかったですね。

キーン　私はちょっと大袈裟に言いましたが、しかし一つだけ西洋文学と日本文学の違う点を選びましたら、一番目立つもののひとつですね。

編集部　日本では劇文学と古典文学というのを我々でも分けますよね。あれは何なんでしょうか。

久保田　やっぱり何か、昔の階層社会での偏見が残っているんでしょうか。そんなのは本当にくだらないと思いますけど、貴族の文学と庶民、庶民の中でもかなり社会の底辺に近いところで生まれた芸能というものに対する何か差別するような視点が、文学研究にもまだかすかに残っているんじゃないでしょうか。文学研究で、浄瑠璃歌舞伎はもう長いこと研究の対象になっていますけれども、例えば歌舞伎なんかを上演する際には、劇場音楽としての音曲が不可欠ですね。そういう音曲なんかの研究は非常におくれているんです。

一つには、確かに日本の音楽というものは遊里を背景にして発達しました。遊里を悪所とする昔からの観念の結果だろうと思うんですけれどもね。そんなこともあって、近代になって西洋音楽が入ってくると、日本の教育は西洋音楽中心でいきます。だからそういう昔からのものは猥雑なものとして一切排除するという、そんなことも関係していると思うんです。ですから、文学研究の対象に貴賤の区別なんかあるはずはないんだけれども、潜在的には偏見を払拭できていないんじゃないでしょうか。

キーン　もちろん、どの国にも民話とか民謡とか、そういうものはあります。むしろたいへん貴重なものだとおもわれています。日本でも『梁塵秘抄』など、非常にいいと思います。しかし確かに近世の演劇とか、あるいは近世の美術は遊廓と深い関係があったんです。浮世絵というものは、今は大変すぐれたものとなっていますけれども、もともと遊廓と密接な関係があって、今となっては春画《しゅんが》の展覧会もやっています（笑）。しかし最近まで、例えば日本の美術学者たちは浮世絵のことを書かなかったんです。それは美術として認めてなかったからです。要するに、当時の立派な人物たちと関係がないものだと思われていましたが、今となっては全然事情が違うんですから、そういうことを問題にしないで、演劇文学なども勉強したらいいんじゃないかと思います。

何も食べない「源氏物語」
――心のことを書かなかった中国詩人

編集部　日本文化の本質的なもの――ルース・ベネディクトの『菊と刀』などという本もありますが、先生はどこに日本的文化、日本的なものをお感じになられるんでしょうか。

キーン　『菊と刀』は悪くないとおもいます。菊といえば花のことは大変大切。日本文化では花とか自然を無視できないです。日本の歌に自然と関係ないものもありますが、多くが何かの形で自然に触れています。そして謡曲にも季節があります。それはほかの国では考えられない。戯曲に季節がある。「野宮」は秋の曲だとか。日本人と自然との関係は大変大きいです。それは日本人の美意識の大きなものになっています。今でもそれは残っています。古典文学を忘れても花は忘れない。紅葉はどうなっているかということだったら誰でも共感できると思います。それはほかの国の文学と比べると随分違います。例えば日本の勅撰集の場合は、まず四季によって歌を並べることになっています。それはほかの国の選集にない、日本独自の現象ではないかと思います。

久保田　勅撰集の歌の配列というのは、日本の文化を考えるときに大事なんだなということを改めて認識いたしました。私も歌の分類の仕方というのが常に気になっているんですけれども、一つ、四季による分類の他に、天象・地儀・人倫というように天地人と分ける分類法もあるにはあるのですね。まず天を考える、それから地上のことを考える。天上とは日とか月とか天体の運行、その他気象関係、それから地儀で大地の上のいろんなもの、それから人間という、いわば空間的構造にもとづく分類が平安時代にも見られるんですが、それが主流にならない。やっぱり春夏秋冬という、時間軸がずっと支配的で、和歌から連歌、俳諧といきますね。そうすると天象・地儀・人倫という世界の捉え方は、どちらかというと中国的な考え方なんで、それが結局根づかなかったということなのかな、とよく考えております。

編集部　今、季節の話が出ましたが、そういうのは、いわゆる日本的と言える種類なんでしょうか。

久保田　平安時代というのがどこまで今で言う日本的なものと近いか遠いかということは、改めて考えないといけないいんじゃないかなという気もするんですよね。この間、冷泉家の秘宝展というのがございましたね。そこで貴族が正式な儀式のときに被る天冠が出ていました。その天冠はほとんど中国の様式ですね。物としては江戸時代の物だと思います。江戸時代の冷泉家の当主が実際に大礼のときに被ったんだろうと思うんですけど、そういうものが貴族社会にはずっと続いていたわけですね、明治以前は。ということは宮廷社会には、それこそ中国から輸入した中国の文物、風俗が、一部ではあるけれども、ずっと温存されてきていたんじゃないか。そうすると、本当に日本的というのは何だろうという気もするんですね。

キーン　今のお話は大変正しいと思います。ところが私は何が中国に似てなかったかということを考えますと、それもおもしろいと思います。まず食べ物に対する無関心。日本人は、『源氏物語』のかなり長い物語の中、何も食べないいんです(笑)。食べる場面が一つもないいんです。『紅楼夢』は中国の一番いい小説となっていますけれども、食べることばっかりです。そういう場面が実に多いのですが、『源氏物語』は何も食べ物に触れないいんです。もちろん食べていたはずですが。

いつか、福井県の武生というところに紫式部アカデミーができまして、そこで平安朝の食事を御馳走になりましたが、実にまずいものでした(笑)。しかし日本人はどうして食べ物に興味がなかったか。今の日本人は大変食べ物に関心を持つようになりました。しかし今でも日本人は、食べ物の温度に興味がないいんです。冷めた食べ物がよく出ます。それは中国と全然伝統が違います。

もう一つ全然違うのは、歌の中で中国人は、まず恋のことを書かなかった。杜甫とか李白とか白楽天の恋の歌は、まずない。しかし日本の場合は、大変発達した。歌だけじゃないいんですが、その点でむしろ日本文学は西洋文学に近いと思われます。ただ、中国人は何かの理由で、そういう人間の一面をあまり書かなかった。詩人にとっては禁じられているような題だったでしょうね。

そういう意味で言いますと、食べ物の場合でも、お茶とか豆腐とか醤油とか、中国から借りたけれども、基本的に日本料理は変わらなかったと思います。何か過去からあった日本の文化があって、幾ら影響を受けても変わらないものがあったんだと思います。それは何かというと、大ざっぱに申しますと日本人の美意識です。それは過去から現在まで続いてきたと私は思います。

久保田　岩波書店の「文学」という雑誌の別冊で「酒と日本文化」という特集があり、いろんな角度からの日本文化と酒の関わりを論じています。私の場合は古典和歌と酒の関係を書くようにと言われたんですが、これは書く前から答えはわかっているんです。古典和歌、特に『万葉集』から中世、室町ぐらいまでの歌では『万葉集』の有名な大伴旅人の讃酒歌以外には、酒の歌はほとんどないんですね。それはもう意識的に歌わない。

酒に限らず食べ物、飲み物にはなるべく触れない。そういうものを歌うのは卑しいからだというような、やっぱり貴族的な美意識が強く働いて、自己規制もしたんだろうと思います。それで、時代が下って俳諧になると、非常に自由になりますね。芭蕉でも蕪村でも、おおらかに食べ物を句に詠むようになって、なんかそこでホッとするんですね（笑）。

編集部　日本文学の中の、例えば、「雅び」と「鄙び」、近世でも堂上《どうじょう》歌人とか地下《じげ》歌人などありますね。それで庶民文化と貴族文化という図式というのは、外国の文化でもあったんでしょうか。

キーン　ありますけれども、しかし外国の文学に貴族が書いたものはほとんどないんです。イギリスの詩人で貴族だった人は、せいぜいバイロンだけだったでしょう。ほかはみんな庶民だったんです。シェークスピアも庶民だった。ですから日本の文学にあるような貴族文学と庶民文学の対照がほとんどないんです。日本文学の場合は、それもまた日本文学の特徴の一つですが、貴族がよく書いていました。ヨーロッパの貴族は、まず物を書かなかったんです。貴族は何をしているかというと、戦争してました（笑）。

それが一番の仕事だったんです。

文学の歴史は和歌中心
――千何百年も和歌の形式がつづく

久保田　日本文学の場合、その発生過程を考えると、歌謡的なもの、それから歌謡から発展しての和歌というのが古くはやはり中心だったと思うんですね。これは朝廷が特に意識的にやったことでしょうけれども、和歌を非常に大事にしてきた。上層の貴族、それから皇族なんかがみずから作者にもなり、天皇や上皇の命令で歌集を選ばせる勅撰集というような形で和歌を、ほかの文学よりも大事に、特別なものというふうな扱いをしてきた。ですから結果的に古典文学の、ある時期まではどうしても和歌中心に文学の歴史が動いていったことは事実だろうと思うんです。ある時期までは和歌が一つの指標になった。作家の丸谷才一さんが日本文学史は勅撰二十一代集を軸に論ぜられるべきだということまで言われるのは、そういうことだろうと思うんですね。

キーン　過去の日本人はともかく、近世までの日本人は文学イコール和歌と思っていたでしょう。そして『古今集』を知らない人は教養のない人だったでしょう。あるいは、ほとんど全部暗記していたと考えられます。

しかし別の面から見ますと、『万葉集』の時代から現在まで和歌という形式が残ったこと。そして長い間それだけが日本の詩歌だったことは、世界の文学史で大変珍しい現象です。千何百年も同じ形式が日本の詩歌の中心であったことは大変不思議なことです。私の知っている限り、ほかの国に例がないと思います。それは日本文学の中心、あるいは芯のような存在だと思います。

久保田　中世の歌人は、決して『源氏物語』がどうでもいいとは思っていないわけで、有名な俊成の言葉がありますね。「源氏読まざらむ歌詠みは遺恨のことなり」ということを言っているので、特にこれは俊成、定家のあたりですけれども、まず歌を詠まなくてはいけない。その詠歌との関わりで物語も読まなくてはいけないというので、歌人は、やはり自分が歌詠みであるということにプライドを持っていたとは思います。

（了）

百人一首――言葉に出会う楽しみ

〈対談者〉俵　万智

俵　万智（たわら　まち）

昭和37年12月31日、大阪府に生まれる。昭和60年早稲田大学第一文学部日本文学科卒。歌人。大学在学中より作歌を始め、第一歌集「サラダ記念日」が200万部のベストセラーとなる。昭和63年第32回現代歌人協会賞を受賞。最も注目を集める歌人の一人。主な著書に『かぜのてのひら』（平3 河出書房新社）『愛する源氏物語』（平15 文芸春秋）など。

歌を覚えるということ

久保田　福井のお生まれでしたっけ。

俵　いいえ、生まれではないのです。

久保田　ああ、お育ちになったのが福井、お生まれは大阪ですか。

俵　そうです、大阪です。そして中学高校時代が福井県です。

久保田　この夏ちょっとあちらのほうへ短い旅行をしましてね。福井は前にも通ったことはあるのですけれど、福井駅に降りたのは初めてなんです。福井で降りて、最初に行ったのは越前の永平寺。永平寺にお詣りしてそれから芦原温泉に泊まって、翌日また福井に出て来て、それから越前海岸をずうっと行く観光バスに乗ったんです。そうしたらバスガイドさんが早速俵さんの歌を披露してくれましてね。それからあれ水仙植物園ですか？

俵　ええ、この春出来たばかりのですね。

久保田　ほう、この春出来たばっかりですか。あそこが定期観光バスのコースに入っているのです。それで寄りましたら、俵さんの歌碑が出来てました。

俵　海岸沿いにあるんですね。

久保田　除幕式にはいらしたのですか。

俵　はい、参りました。

久保田　あの歌は前の『サラダ記念日』（一九八七刊　河出書房新社）ではなくて、今度の『かぜのてのひら』（一九九一刊　河出書房新社）に収められてますね。

　　海鳴りに耳を澄ましているような水仙の花ひらくふるさと

俵　はい。

久保田　あれ、では今年ですか、碑が出来たのは。

俵　ええ、あそこの水仙を咲かせているドームですとか、みな今年出来たばかりです。

久保田　驚きましたね、夏のまっ盛りに水仙が咲いているんですから。

俵　ほんとうはもう咲いているはずはないんですけれど。

久保田　低温に保っている温室という説明がありましたけど。

俵　そうですね。野生の水仙もあそこに群生していまして、冬はほんとうにすばらしいのです。

久保田　昔冬の水仙をちょっと車越しに見たことはあるのです。そのときは三国港で蟹を食べて、東尋坊のあたりからずうっと車で来て、福井の駅に出て、それから汽車に乗ったのかな。ちらっと冬の海を見たことはあるのですけれども、越前海岸はいいですね。

俵　ええ、私も大好きでよく行きます。

久保田　海がお好きなのでしょう。

俵　はい、福井に引っ越してから海がすごく好きになりました。

久保田　そうですか。そうするとやはりまず日本海の海が一番お好きなのですか。

俵　そうですね。

久保田　でも歌に詠んでいる海には、江の島とか相模湾なんかがありますね。

俵　学生時代は東京へ出て来ていましたので、江の島や湘南の海にもしばしば行きました。日本海とはまた違った魅力がありますね。

久保田　僕も海が好きなんです。風景についてはその人その人の好みで、どちらかというと山に惹かれる人と、またどちらかというと海に惹かれる人があると思いますが、俵さんは、やはり海ですか。

俵　ええ、なにかしら心が落ち着くという感じがします。

久保田　僕もどっちかというと海のほうが好きですね。よく酒飲みながら山人間だ、いや海人間だなどと言ってるのですけど、そう分けると自分はやはり海人間なのかなと思うんです。
ちょっと前に鈴鹿に用があって行きました。鈴鹿市が文化活動の一環として、市民講座みたいなことをやっていて、そこで中世文学の話をしたのですが、そうしましたら話が終わった後、佐佐木信綱記念館に案内してもらいました。あそこへ行かれたことがありますか。

俵　ええ、あそこは信綱先生の故郷ですから。去年の夏に初めて行きました。

久保田　「心の花」（佐佐木信綱が創始した短歌結社・竹柏《ちくはく》会の機関誌）の大会があそこであったそうですね。

俵　去年全国大会をそこで催したものですから。以前から行きたかったのですけれどもなかなかチャンスがなくて、やっと念願がかないました。

久保田　そうですか。鈴鹿というと、僕ら古典でおなじみの世界だと、すぐに鈴鹿山とか鈴鹿の関が連想されます。鈴鹿山の立烏帽子（女賊）とか……。西行の歌にも「いかになりゆくわが身なるらん」というのがありますよね、出家したばかりの頃憂世を振り捨てて鈴鹿山を越えて行く。この先この身はどうなって（成って・鳴って）いくのだろうという、心細そうな歌。それで鈴鹿というのはまるっきり山ばかりだと思ったら、そんなことはない、かなり広い平野です。そのことにびっくりしていたら鈴鹿の人に叱られましてね、「いや、鈴鹿は大部分が平野で、山はごく一部なんだ」と言われました。旧東海道の石薬師（現・鈴鹿市）の佐佐木信綱資料館と信綱先生の生家が並んでますね。

俵　そうです。生家が記念館で隣に資料館。かなりたくさん資料もあるみたいですね。

久保田　今年は信綱先生のお父さんの弘綱先生を顕彰するというので、特別展をやるという話でした。記念館の展示を見てましたら、昔の竹柏会の「心の花」の教えを書いた書き物がありました。なるほどなと得心したのは、『万葉集』、それから八代集をよく読めというようなことが書いてありました。どういうふうに読めというのか、何でもいいからともかく暗記するまで読めというのか分かりません。『万葉集』を読めというのは分かるような気がするのですけれど、八代集も端から端まで読むような勉強を昔の竹柏会はしていたみたいですね。

俵　そのようですね。私も、そうそう端から端までとはいきませんが、心構えは習わなくてはいけないと思っています。

久保田　現在は、講読会を催すなんてことはありませんか。

俵　『万葉集』は幸綱先生にもいろいろ著書があるのでそれをテキストにして読んでみるなりいたしますけれども、みんなで集まって読むというのはあまりないですね。

久保田　そうですか。そうするとやはり個人で読むということですか。

俵　そうですね。普通に皆さんがやっているように。

久保田　昨年この雑誌で幸綱さんとお話ししたのですけれど（學燈社「國文學」'90・12　本書第三巻に収録）、そのときも昔の竹柏会、「心の花」の勉強は大変だったということはうかがいました。そのとき、川田順《じゅん》さん（一八八二〜一九六六）などはもうものすごい人で、『国歌大観』をほとんど覚えてそらんじていた、そういう人もいたと言っておられました。

俵　私たちも歌会などでお互いの歌を批評しあうときにいつも幸綱先生から、人の歌を批評するときには、あるいは歌に寄せて自分の意見を言うときにも、歌をぴたっと頭から最後まで。

久保田　正確に（笑）。

俵　ええ、引用をして鑑賞・批評しなさいということをよく言われます。これはほんとうに心がけなければいけないことですね。うろ覚えで言ったり、「こういうふうな歌が」なんて言うと、「きちんと引用しなきゃだめだ」って叱られます。

久保田 正確に引用しなくてはだめなんですね、ではさっきの歌、引用し直しましょう（笑）。

　鈴鹿山憂き世をよそにふり捨てていかになりゆくわが身なるらん

俵 それを大変厳しく言われて、私たちも日頃から努めなきゃなと思ってます。

久保田 それは歌を作る側もそうでしょうけれど、われわれ研究する側も同じだと思います。歌はやはりある程度は覚えていないとしようがないところがある。ところが最近はよくないですね、つまり覚えないですむような本がどんどん出版されるから。われわれもそれに協力してるからいけないのですけどね。来年十巻が出て完成するんだけど、『新編国歌大観』のような本がどんどん世に出ていくと、歌はただ「引けばいいや」とつい思ってしまうのですね。それであまり覚える努力をしない。だけどそれでは研究者もだめですよ。からだで覚えなくてはいけないと思います。

口語と文語、定型と散文

久保田 でも歌を覚えるというのは実際問題として、人の歌はどのくらい覚えられるものですか。

俵 覚えやすい歌、不思議に覚えてしまう歌と、好きなんだけれど覚えにくい歌と、二通りありますね。

久保田 俵さんの歌はやはり覚えやすいほうでしょうね。広範囲の人々に覚えられるのではないですか。覚えている人も多いでしょうね。何年ぐらい前でしたか、僕は俵さんの歌も初めて学生から聞いたのですけれど覚えていますよ。たまたま『サラダ記念日』の初版も持っているのです。いや初版ではないんだ、初版が五月八日で、八月で既に百版か、あ、これは百版だ(笑)。一九八七年八月の版でした。

これは僕のところの下の娘がいつの間にか買っていたのですけれど、今年大学一年だからこのときは中学三年ぐらいかな。ただ僕はこれで拝見したのではなくて、学生と合宿したときに夜雑談をしていたら、その中の大学三、四年ぐらいの女子学生が、スラスラと三、四首口ずさんだのです。それでそれ以来覚えているのです。

口語だけれどもやはり定型ということもあるのでしょうね。

俵 定型ということはすごく大事だというか、自分では守りたいと思うことなのです。

久保田 これからもずうっと定型は守っていかれるのですか。

俵 ええそのつもりです。

久保田 口語のほうはどうですか。

俵 私自身歌を作るとき、「よし、口語の歌を作るぞ」という力みはもともとなかったので……。

久保田 やはり自然体ですか。

俵 わりに古い言葉でも好きな言葉は使いますから。

久保田 ときどき古い言葉も入れてますね。ちょっと本歌取りみたいな歌ありますね。

あいみてののちの心の夕まぐれ君だけがいる風景である

俵 ええ、それは本歌取りを使わせていただきました。和歌の技法で本歌取りというのはすごく好きで、自分でもいろいろ試したいと思うのですけれども、本歌取りをするためには読む人が本歌のほうを知らないとできないというところがあるので、この『百人一首』に出ている歌ぐらいしかなかなか使えないですね。

久保田　『梁塵秘抄』を取った歌がありましたね。

　　恋という遊びをせんとや生まれけんかくれんぼして鬼ごっこして

これは今度の『かぜのてのひら』に入っていますね。

俵　ええ、そうです。

久保田　ただどうなのでしょうか、『かぜのてのひら』のほうは前に比べるとやや文語が多いとは言えませんか。

俵　そう思いますね。

久保田　それは意識的というわけでもないのですか。

俵　いえ、無意識ですけれども、自分で読み返してみると確かにそういう感じがします。

久保田　口語と文語が微妙に混じっているところが非常にうまいなと、ほんとうにそう思います。われわれはどちらかというと口語文語と分けてこだわるのだけれども、そういうのにあまりこだわらないで、自由に日本語を駆使しているという感じがします。

俵　ありがとうございます。

久保田　日本語に対する関心が、ずいぶんとおありなのでしょう。

俵　言葉そのものというか、日本語が好きというところが自分の出発点だと自覚しています。ですから古典を読むのもすごく好きです。

久保田　これもときどき拝見しているのですけれど、読売新聞の日曜版で。

俵　はい、「恋する伊勢物語」というエッセイですね。

久保田　この間も日本語の物の名、鰯雲《いわしぐも》とか蟬《せみ》時雨《しぐれ》、風花《かざはな》など、そういう言葉を取り上げて、そのすばらしさを書いていらっしゃいましたね。

俵　ええ、ほんとうに美しい言葉がたくさんあるということを、いろいろなものを読めば読むほど知ることができます。それが古典を読む楽しみですね。ですから、素敵な言葉に出会うとやはり使いたくなるので、文語もそのせいで少し増えているのかもしれません。

久保田 どういうところで素敵な言葉に出会うのですか。例えば作品でいうと『伊勢物語』などでしょうか。

俵 はい。今一番興味を持って読んでいるのは『伊勢物語』です。

久保田 『源氏物語』はどうですか。

俵 『源氏物語』も本文をずっと読み通すのはなかなか難しいけれど、有名な段はほとんど読んでいます。田辺聖子さんや瀬戸内寂聴さんの書かれた現代版ものなどもおもしろいですね。

久保田 確かに『伊勢物語』は昔から歌人の教養の書でしたからね。

俵 地の文と和歌とが微妙なバランスを保っていて、和歌のための散文という感じがします。そのバランスのあたりにもすごく興味がありますね。

久保田 ただどうなんですか、現代歌人は、散文を書いていってところどころ歌を入れるというのは、あまり普通は書かないスタイルでしょう。

俵 そうですね。

久保田 昔から俳文というのがありますね。でも近代俳句の人の俳文というのも、寡聞にして僕はあまり知りません。歌はいよいよもってないでしょうね。

俵 ええ、ですから今様伊勢物語みたいなものがあったら読みたいなと思います。

久保田 この頃エッセイをよくお書きになりますね。

俵 ええ、苦労しながらですけれど散文も一所懸命書いてます。

久保田　そこには歌を引かれないのですか？　たまには引かれるのですか。

俵　短歌を引用しながら書いたりはします。エッセイの中に自分の歌をちょっとちりばめるぐらいのことはします。

久保田　ただそれは、歌は歌でもうすでに出来ているものですか。

俵　ええ、すでに作ってあるものですね。

久保田　前に出来たものを引く、自分の歌を自分の文章に引用するというかたちですね。

俵　そうですね。

久保田　そうするとやはり昔の俳文なんかとは違うのでしょうね。

俵　ええ、地の文と歌とがこうしっくりとしないかなあと。

久保田　俵さんあたりがそういう試みをしてみてもおもしろいのではないでしょうか。これは近代俳句の人もそうですけれど。

俵　いつか『伊勢物語』が血となり肉となったところで、そういうものが書けるといいなという気持はすごくあります。

久保田　「血となり肉となり」ね(笑)。エッセイを書くときと歌を作るときとは、気持が全然違いますか。

俵　やはり何か使う筋肉が違うような感じがしますね。エッセイですとある材料があって、頑張って机に向かえば出来不出来はあってもとにかくかたちにすることはできると思うのですけれど、歌の場合は何かもう出来ないときは絶望的に出来ないという感じですね。

久保田　そうですか。歌のほうがそうですか。

俵　はい。出来るときは出来るのですけれど、それがいつやって来るかというのは、歌の場合は分からない部分がすごく大きいのです。ですから締切のある仕事の場合は、エッセイだとわりと「ああやってみよう」と思うのですけれど、歌の場合は締切があるとほんとうに怖くてなかなか出来ないですね。

久保田　ああ、歌の締切がね。そういうものですか。僕らもときどき駄文を弄しますけれど。僕等の場合だと論文やそれに類するものがやはり本業ですから、これこそ出来不出来はともかく、なんとかかたちにすることはできる、まあ締切は延びてしまうこともあるけれど（笑）。なんとか格好がつくなと目算は立つんだけれど、エッセイとなるとこれはほんとうに出来上がるまで分からない。やはり書きなれてないからでしょうか。そういう文章というのは調べて書くというものじゃないから、逆にほとんど時間を使わないでぱっと書けてしまうこともあるのです。そのかわり全然書けないときもありますけれど。でも論文というのはそうはいかない。論文は調べるための時間というのが一定期間必ずかかります。

俊成卿女と宮内卿

久保田　では平安文学から少し下がって、中世だとどんな古典に関心がおありですか。中世はあまり関心ありませんか。

俵　学生の頃読んだもので、俊成卿女《しゅんぜいきょうのむすめ》の歌がすごくいいなと思ったりしましたけれど、どちらかというと歌人個人よりも作品でいいなと思う歌がいくつかあったですね。それこそこの『小倉百人一首』みたいなものは私たちのような読者には、入口としてすごく便利だった。

久保田　宮内卿《くないきょう》はどうですか。

俵　素敵ですね。あの二人というのは、ちょっとタイプは違うかもしれないけれども、やはり女性の歌ということで関心があります。

久保田　そうですか、やはり女性の方はお好きなのかな。僕は宮内卿はあまり好きではないんです。

俵　なぜでしょう。

久保田　宮内卿はなんだかガリ勉型の少女みたいな気がしてね（笑）。両方とも勉強家だとは思うのです。俊成卿女と宮内卿の二人の歌の詠み方は大変違うという話が鴨長明の『無名抄』にあります。いついつに歌会があると分かると俊成卿女は、初めのうちはずうっといろいろな人の歌集とか歌物語などをたくさん見て勉強しているらしいのですけれど、その歌会の直前になると、そういうものを全部脇にどけて、灯を暗くして静かに案ずる。ところが宮内卿は最後のギリギリまで灯をあかあかとともして、歌の本を引き寄せてはああでもないこうでもないと考えるのだそうです。あまり歌を考えすぎて、病気になって若死したというくらいですから……。俵さんは先生をしてらしたからよくお分かりでしょう、試験というと間際まで何かやっている生徒。

俵　そうですね、もう配り始めるまで参考書にかじりついている。

久保田　そして答案を書きおえても、何となくぐずぐずしていて万年筆なり鉛筆を擱《お》かない生徒と、あるところでぱっとやめてしまって、それですっと答案を出してしまう生徒と。なにか俊成卿女はそちらの子みたいでしょう。宮内卿はいつまでも時間ギリギリまで頑張るタイプ。

俵　ええ、おもしろいですね。

久保田　だから宮内卿はうまいけれども、いかにも歌が作り事だという気がするのです。

俵　頭のいい人なのでしょうね。

久保田　頭はいいのでしょうね。いいのでしょうけれどやはり努力家でもあったのではないでしょうか。俊成卿女はやはり天分の豊かなほうだろうと思うのですけれど。式子内親王はいかがですか。

俵　やはり『百人一首』の中で好きな歌をあげ

なさいといわれたら、彼女のあの歌を「絶えなば絶えね」。
久保田　ああ、「玉の緒よ」。
俵　はい。好きな歌ですね。
久保田　やはり「玉の緒よ絶えなば絶えね」ですか。「ながらへばしのぶることのよわりもぞする」。『小倉百人一首』では他にはどんな人の歌がお好きですか。男では、やはり「逢ひ見ての（のちの心にくらぶれば昔は物も思はざりけり）」ですか。
俵　それは大好きですね。あと有名な二首ですけれども「恋すてふ」の歌と……。
久保田　ええ。

恋すてふわが名はまだき立ちにけり人しれずこそ思ひそめしか

俵　その「恋すてふ」と「しのぶれど」と、久保田先生はどちらがお好きかなと思って、今日うかがいたいと思ったのですけれど。あ、ちゃんと引用しなくては（笑）。
久保田　しのぶれど色に出でにけりわが恋は物や思ふと人のとふまでね。これはどちらがいいかな。うーん、

恋すてふわが名はまだき立ちにけり人しれずこそ思ひそめしか

「しのぶれど色に出でにけり……」。
俵　「わが恋は物や思ふと人のとふまで」。
久保田　「物や思ふと人のとふまで」。これは難しいですね。村上天皇じゃないから、何とも決められない。俵さんはどちらですか。
俵　私もそのときの気持でしばしば変わるのです。以前は「しのぶれど」のほうが好きだったのです。何かうちに秘めた感じがあって。「恋すてふ」のほうは、なんというのかしら、ちょっと自意識過剰みたいな感じがして、私はずうっと「しのぶれど」が好きだったのですけれど、最近またちょっと考えが変わって、「恋すてふ」も悪くないなという気がしているのです。忍ぶ

恋が人に知れてしまうことによって、これから先この恋がどうなるのだろうかというところまで、不安の気持がその先のほうにまで行っているところが、このほうが深いのではないだろうかと。その噂によって逆に自分たちの恋が影響を受けたりするのではないかという含みまであるのかなあなんて考えたりしているうちに、これもいいなという感じがしだしたのです。リズム的には「しのぶれど」の歌のほうが「物や思ふ」などというふうにすっと会話というか言葉が入っている点はいいなと思うのですけれど。

久保田　やはり古典の歌としては忍ぶ恋がお好きなのですか。まあだいたい恋の歌には忍ぶ恋が多いのですけれどね。

俵　あとは

　あらざらむこの世のほかの思ひ出にいまひ
　　とたびの逢ふこともがな

が好きですね。

久保田　和泉式部はいいですね。僕もおそらく古典の歌人で一番好きな歌人を挙げろと言われたら文句なしに和泉式部です。ただ和泉式部には「あらざらむ」以外にもいい歌がたくさんあるから迷うんです。この間の學燈社の秋山虔《けん》先生をはじめ八人の先生方との『日本名歌集成』（一九八八刊）のときは、ほんとうに選歌に迷いました。いい歌は和泉式部の歌ばかりということになってしまいかねないのですよ。楽屋話をちょっと申しますと、ほんとうは家集から選ばなくてはいけないのですけれど、やはり勅撰集中心にやっていたのです。まず八代集から好きな歌、それからどこかしら惹かれる歌と気になる歌に印をつけて書き出して、それから歌人ごとに選歌数の目安を一応決めまして、「この歌人はこのくらい」なんていうランクづけをしたのですが、和泉式部は十五首だったかな、入れたい歌がたくさんあるのでほんとうに困りました。ただ

『日本名歌集成』には『小倉百人一首』の歌は全部入っているのです。

で、男の歌人はというと、これはもう昔からそうなのですが、平兼盛や壬生忠見などよりも、僕は不良少年の歌が好きなのです。

「今はただ思ひ絶えなむとばかりを……」

俵　「人づてならで言ふよしもがな」。

久保田　左京大夫道雅。彼は不良ですよね。

俵　不良ですか？

久保田　ええ、不良です、不良少年というか非行少年というか。これは儀同三司伊周《これちか》の子供で、幼名を松君とかいった人です。それでお父さんが道長との政争に敗れて、それからかもしれませんけれどグレてしまう。いろんなお姫様を誘惑しているので、大変評判が悪く「荒三位《あらさんみ》」なんていうふうにあだ名をつけられる。それで前斎宮の当子内親王と恋愛するでしょう。熱烈な大恋愛なんですね。ところがそういう不良少年だから当子内親王のお父さんの三条院が二人の間を裂くのです。それで詠まれた歌というのがあれです。

俵　いい歌ですよね。こんなふうに言われてみたいなあっていうような歌です。その「思ひ絶えなむ」ということだけでも。

久保田　だけでも言いたいと。だけど連絡が絶えていてそれすらも言うことができないというのです。これなどは、ほんとうに歌って不思議なものだなと思うのですね。すでに藤原清輔が『袋草紙』で言っています。つまりこの藤原道雅なんていう人はもともとはそれほどの歌人ではないんだと。ところがその道雅が当子内親王とこういう激しい恋をして、それを引き裂かれたときに詠んだ歌が四、五首、これは『栄花物語』にも載っているし、そして『後拾遺和歌集』にも採られているのです。そのうちのあの一首が、今の『百人一首』の歌でしょう。そのとき詠んだ歌だけが人には知られていて、それがみな秀歌で、それ以外はほとんどたいした歌はない、まず歌らしい歌を歌っていない。だから結局秀歌というのは、そういうふうにあまりにも痛切な感情が高まったときにおのずとほとばしり出るものなのだと、歌人ではなくてもそういうときには人はいい歌を詠むのだということを清輔が言っています。これが僕はおもしろいと思うのです。

　清輔にしたって俊成にしたってだいたいあの時代の歌人が詠んでいるのはほとんどが題詠です。題詠は大事なのだけれども、しかしその題詠時代にあってやはり現実の痛切な体験が秀歌を生むのだという考え方というか、信仰のようなものが一方にはあるんですね。

俵　何かそのときに宿るというか。

久保田　何か宿るのでしょうね。それで普段のその人ではなくなるのでしょう。

俵　何をもって歌人というのかは大変難しいことですね。一生ずうっとコンスタントにあるレベルの歌を歌いつづけることが大事なのか、一生にほんの数首でも、人々に歌い継がれ読まれつづけていく歌を遺す、それをもって歌人というか、というのがすごく難しいですね。

久保田　ええ、難しいですけれどね。現代だったらたったの一首でというのはあまり考えられないでしょうけれど、昔はそういう人はずいぶんいます。

俵　春道列樹《はるみちのつらき》や源等《みなもとのひとし》といった人は『百人一首』に採られたおかげで、名前が残りましたね。

久保田　陽成院にしてもあの歌しかないですからね、

　筑波嶺の峯より落つるみなの川恋ぞつもり
　　て淵となりける

ぐらいです。あとはいくら探してもないのではないですか。喜撰法師だって確かな歌は

わが庵は都のたつみしかぞ住む世をうぢ山
　と人はいふなり

だけですから。それで歌詠みになれたのだから、昔はよくて今は大変だなという気もするけれども（笑）。

作歌と技巧

久保田　だから思いがうちにあるとおのずと秀歌が詠めるというのと、思いがうちにあるとおのずと美しい言葉になってそれがほとばしり出るというのとはやはり同じようなことではないかと思うのです。これはこの間も幸綱さんとの対談のときにも出たかなあ、つまり藤原定家が、例えばお母さんが亡くなった後詠んだ歌がありますよね。

たまゆらの露も涙もとどまらずなき人恋ふ
　る宿の秋風

あれは亡くなった直後ではなくて、亡くなってから半年ぐらいたって、お父さんの俊成のところにお見舞に行って、その帰りがけに詠んで置いてきた歌だというのですけれどもね。あの歌などは人によっては、あまりにも技巧たっぷりで縁語・掛詞、漢詩句の本文など、もういろんな技巧を駆使していて、ほんとに亡き母を恋しがっていたら、そんな技巧たっぷりの歌出来るはずないじゃないかなんて言う人もいるのです。けれど僕はそうではないと思うのです。やはり和泉式部などにもそういう悲痛な思いを託した歌がたくさんありますでしょう。例えば自分の娘、小式部内侍が亡くなったときの歌

もろともに苔の下には朽ちずしてうづまれ
　ぬ名を見るぞかなしき

などにしても、非常に技巧と言えば技巧だけれども、それはやはりおのずとほとばしり出た言葉の自然な流れなのではないかと思うのです。

俵　ええ。基本的にはうちからほとばしり出る

もの、あるいは何か自分がくぐり抜けた人生上のことから宿ってくるものというのは、すごく必要だと思うのですけれども、それが来たときにやはり言葉の技法というか、言葉を駆使して五七五七七に常にできるように、それがいつ来ても大丈夫なように歌人というのは普段きたえている。

久保田 それはあるのでしょうね。そういう心の用意というのがなくてはいけないですよね。

俵 ですから、そんなにたくさん宿ってないときでも、ある程度言葉の筋肉がうまく使えるようにはしておく。題詠にはそういう意味もあったろうし、題詠といわれているけれども、これは何か宿っている歌だなと思えるものもたくさんあるところをみると、むしろ宿っているところに題を与えられて出来た歌ではないかなと考えられますね。

久保田 ええ、そうだと思います。そういう例が定家の場合などにもあります。定家の場合あまりしばしばではないのですけれど時に漢文の日記、『明月記』の中に歌が出てきますが、そのときの歌というのは題詠ではない。そのときのほんとうの生の感情を、ふっと日記のおしまいに書き付けている、そういった種類の歌がある。そしてそれから間もなくほとんど同じようなテーマの題が歌会で出されたとき、それをちょっと変えて出しているという例があります。これは月の歌なのですけれど、そういうことを昔の人もやっています。それからそれを意識的にやった人は、――これはまた長明の『無名抄』に書かれていることですけれど、――源三位頼政《よりまさ》がよくそれをやったというのです。つまりたくさん作り溜めておく。

俵 それで題に応じて持ち歌の中からあれこれ選んで……。

久保田 ええ、当座に出された題に応じてちょっと手直ししてその場に出すらしい。そういうのをふつう「擬作」と言っています。そういうことを俵さんも、あるいは現代の歌人もなさいますか。句会には席題というのがありますよね。歌会はそういうかたちではないわけですか、「今回はこういうテーマで詠もう」というのは。

俵　まあ吟行ですとか、そういう何か催しがあったときに「さあ詠もう」ということはありますけれど、今の歌会というのは、あらかじめ作ってきた歌をお互いに批評し合うというか、批評会ですね。でも事前に題がわかっていれば、あらかじめ作ってくるということは、あるのではないかしら。

久保田　もう用意があるのですね。この間大岡信さんと雑談していたら、大岡さんもそういうことを言っておられました、「いや、そんなの詩のほうもあるよ」と。七、八年かな、何年か前に作りかけの詩があって、ほとんど出来ているのだけれど最後のちょっとがまだ出来ない。未完成でほったらかしておいたのをある機会にふと思いついて「これだ」というので、それで七、八年めにやっと完成したという、そういう詩がある。だけど絵描きもそうで、有名な絵描きのアトリエに行くと、あれを描いたりこれを描いたり、作りかけの絵が相当あるのだそうです。それでそれを、半作と言うのですかね、昔の半作というのは家の建築で完成していないのを半作と言うらしいけれど、まだ未完成のを置いておいて、注文がくると「ああ、それじゃあ」というのでそれを完成して出す。絵描きだってやっているし、音楽家もそうだなんて話にだんだんなっていって、ここのところモーツァルトブームだけれど、特にモーツァルトにそういうのが相当あるらしいというので、楽譜でインクの色が違うなどと、それの追跡がこの頃の研究ではやられているらしいのです、一曲一曲いちいちすぐ完成して渡すというのではなくて。

俵　並行していくつも置いておく？

久保田　ええ、いろいろ思いつくままに楽譜に書きかけておいて、それをだんだんかたちにしていくんだそうです。すべての芸術でそういうことはありうるのでしょうね。まあそういうものとは比べものにならないですけれど、われわれの仕事だって何かのテーマで書きかけてほったらかしておくというのはありますね。かなり長い間暖めておいて、ということも必要なのでしょう。だからそれは作品の長短にはよらないのではないでしょうか。短歌の場合もそういうのはあるのではないですか。何かこういう感情を歌いたいのだけれどどうも適切な表現が得られない、それでしばらく寝かしておく。そのうちに何かの瞬間にひょっとぴったりした表現が思い浮かぶということはあるのでしょうね。

俵　それはあります。何か言葉にできずに終わっていた以前の気持をもう一度味わったときに歌になる場合も多いです。一瞬で言葉に出会って、「あっ、この言葉だったんだ」と思って歌になる場合と、もう一度同じ思いをして歌になる場合と、いろいろありますね。

久保田　それからさまざまに一つの事柄を歌い換えていくという場合もあるのでしょうね。定家なんて人は相当にプライドが強いから、自分が前に歌ったことのあるような発想は、努めて避けるのです。それでたまたま似てきてしまうと、恥ずかしいなんて自分で書き付けていますけれど、でもやはりその定家にしても「あ、これは変奏曲だな」みたいなものがありますものね。だからましてそれ以外の人たちには、一つの好みの表現ないしは似たような発想というのが繰り返し繰り返し出てくるのだろうと思うのです。

俵　その場である景色や物を見て、いろいろ感じることがあって、こんな歌を作ったというような、作歌事情というんでしょうか、エピソードなんかがありますけれども、ああいうのもやはり普段から筋肉を動かして、いろんな言葉のストックや気持のストックを持っているからこそ、すっと、その場で出てくるのでしょうね。

久保田　そうなのでしょうね。やはりストックでしょうね。そう思います。ただ表現だけではなくて、表現以前の何かがストックされていないと、とっさには出ないのでしょう。

俵　「大江山」の歌も、「まだふみもみず」のあたりなどは、小式部内侍は一度機会があったら使いたいなんて思っていたのかもしれないなあなんて思うのですけれど（笑）。

大江山生野の道のとほければまだふみもみず天の橋立

俵万智と中島みゆき

久保田　そうかもしれませんね。ところで、『サラダ記念日』の佐佐木幸綱さんの跋文でちょっと言っておられた、「ここでの男と女の関係は、思わせぶりな陰影などをとっぱらってしまったそれだ。どこまでもからりとして、明るい。作中人物は、最初っから深刻さが似合わないキャラクターとして登場している」という、非常に明るいということ、これは御自分でそういうふうに批評されてどうですか。

俵　自分では作っているときはけっこうメソメソしてたり、ああでもないこうでもないと、そういう部分はくぐり抜けてくるのですけれども、なんていうか私たちの世代というのは、失恋にしてもその他の悲しいことにしても、湿った言葉ではなくて……。

久保田　乾いた？

俵　乾いた言葉で表現してしまう、その悲しさみたいなものを含めてあるのです。
久保田　ではただ明るいと言われるとちょっと心外ですか。
俵　えっと、そうですね。「けっこう根は暗いんだけどなあ」というか、だからそこに至るまでに心の中では泣いているのだけれども、それを泣いたというふうには直かに表現できないところがあるのだと思うのです。それは私たち世代の、というか私の特徴なのかもしれない。
久保田　なるほどね。これはまだ拝見していないのですけれど、中島みゆきの詩集について何か文章をお書きになったでしょう。
俵　はい。かなり以前ですけれども、「心の花」に書きました。
久保田　では中島みゆきさんの歌なんていうのはどうなのですか。あれはまあごくおおまかな一般の評判では、どちらかというと暗いのではないでしょうか。
俵　ズタズタな心というか、ほんとうにそうですね。でも心情的には私はすごく近いところにあるというふうに、自分では思うのです。
久保田　近いところにですか。何か僕も通うところがあるのかなとは感じますけれどね。中島みゆきの歌に僕はそんなに詳しくはないのですけれども、暗い内容を案外明るく歌っているような感じはする。今の若い人たちのフィーリングなのかな。ただ僕ぐらいの世代だと、とことん暗いのがまた好きだというところもあるのです。中島みゆき論を別にやるつもりはないのだけれども、それにそんなに知っていないんだけれど、中島みゆきの「りばいばる」（'79・9発売）って御存じでしょう。
俵　はい。
久保田　あれなんか暗いでしょう。文句は暗いし旋律も暗い。でも僕らは何かそういうものがじいんとくるような世代なのです。文学の世界というのは、何かあまりあっけらかんと明るいだけでは困るのではないかなんて、ちょっと思うのですけれど、実際は俵さんもそうでもないのですね（笑）。

俵 例えば中島みゆきさんの歌だと、「手紙じゃなくて電話だけで捨ててね」というような歌詞があって、手紙だと繰り返し読んで、そのたびに泣いてしまうということを知っているから、別れを言うなら電話で言ってちょうだいという、そういうのは心情的にとてもよく分かる。歌詞はメロディをつけて歌うという意味で表現の制約はありますから、歌詞だけを取り出して言うのはちょっと酷なところがありますが、心情的には非常によく分かる、通じ合えるところがあるなと思います。彼女の歌はよく聞きますよ。

久保田 「悪女」というのがあるでしょう。悪女願望というのは俵さんには……。

俵 願望ですか？

久保田 女の子という言葉を使うと、この頃は怒られるのだそうですけれど、「かわいい女の子になりたい」という願望がやはり女性にはあるでしょう。いわばそれと対極みたいなもので、「悪女になりたい」という願望がありませんか。

俵 その両方はきっとどんな女性の中にもあるんじゃないでしょうか。

久保田 図式的に言うと、かわいい女の子になりたいという願望は、あまり文学作品を生むエネルギーにはならないのではないかという気がちょっとします。それに対して悪女願望というのが文学表現に結び付いていくのではないかな。――これは研究者にも言えることかもしれない――これはでも、あまりに素朴な男の勝手な妄想ですか。

俵 いえ、それは分からないですけれど、でも

『サラダ記念日』よりも『かぜのてのひら』のほうが悪女というかそういう面が強いらしくて、男の友達なんかが読むと「おまえ、これはヒドいよ」って（笑）。

久保田　僕もさっき口語と文語の違いだけで二つの歌集を言ったけれど、少しそれを感じたのです。前よりも少し苦い歌がやや目立つような気はした。

俵　やはり年齢もあるでしょうし、「そんなにいつまでもかわいい万智ちゃんしていられないわよ」なんて言い返しています。そういう怖い歌がかなりあるのですけれど、そして怖い歌を歌っているのは自分なのですけれども、歌ってしまってから「あ、怖い」と自分でまた改めて思ったりすることがありますね。歌っているうちに、そういう自分の怖い部分を見てしまうというのか……。

久保田　ゾッとするというふうな。

俵　そうですね。言葉にしてしまってから、自分で自分にびっくりすることがあります。

作る喜びと苦しみ、読ませる工夫

久保田　では歌っていて、もうほんとうに我ながら恍惚としてしまうことはないですか。つまり自分自身の表現に酔うというのは言い方は悪いんだけれど、これだけ歌えたんだと、自分のその思いがともかくほとんど完全に表現できたんだという会心の作を得たときの快感というのはありませんか。

俵　ええ、特に三十一文字にピタッとはまったときですね。自分の言葉がほんとうに定型にはまったときは、それはもうすごくうれしいです。

久保田　ああそうですか。ついこの間、埼玉の大宮市で、放送大学の埼玉学習センターと大宮市が共催で公開の講座があり、「文学に見る女性」というテーマでいろんな人が入れ替わり立ち替わり話をすることになりました。それで僕にも出てきて何か話せというので、メンバーを見ましたら中世ではいろんな人が、僕らより若い人たちなのだけれど、『とはずがたり』の後深草院二条とか『十六夜《いざよい》日記』の阿仏尼とか、論じる予定になっているので、僕はそれではと思って、泉鏡花が好きなものですから、鏡花が大正時代の半ばに書いた『鴛鴦帳《えんおうちょう》』という作品に出てくる女と、それからそれに引き続いて彼は『芍薬《しゃくやく》の歌』というのを書くのです。ここにはそれぞれ違ったタイプの美しい女が三人出てくるのですけれど、その二つの作品の女性像について話したのです。

その『鴛鴦帳』には序文があります。それは単行本で出たから序文を書いているのですけれど、だいたい鏡花が小説に序文を書くのは珍しいのです。それでまたさっきの話と関係があるけれど、鏡花は前からずっとネタは暖めていたというのですね。たねは暖めていたけれども、それで大事に大事にしていたのだけれども、いざ書き出すとなかなか書けない。それでひどく難渋して、昔の作家ですから前借りをして、やっと日の目を見た作品なんです。何度も前借りしてようやく書いたという苦心の作です。

だけど夜ふけにそれを書いているうちに、あるところまで来たらもう自分でホロホロと泣いてしまうという。それだけ感情移入して書く。

夜ふけ人静まつて、此の心持は、政治家も、学者も、財産家、惟《おも》ふに宗教家も、一寸誰方《どなた》も御存じあるまい。作者冥利の、果報よ、と嬉しいことに存じます

と序文で書いている。まさに戯作三昧といいましょうか、それを読んで僕はほんとうに、やはり創作家というのはいいなあと、羨ましくなりました。芝居を観ていても同じようなこと感じることもあるんです。役者がじつに気持よさそ

うに演じているときなど。われわれだって、まあ論文を書いているとき、論じている作家や歌人の表現意図にはっと気が付いたときとか考証がぴたっと決まったときはそれはいい気持なんですけれど、きっとそんな程度ではないのでしょうね。

それでその箇所に来ると、『鴛鴦帳』は僕は初めて読むわけではなくて何度か読んではいるのですけれど、いつでもやはりそこへ来るとじいんとする。これは現代小説では全然感じない思いなんです。大時代の、今の若い人にはちょっとピンとこないような、ある意味では常識を絶した世界の話です。鴛鴦帳、おしどりのとばりですから、相思相愛の男女の話なのだけれど、ところがその相思相愛にいろんな曲折があって食い違ってくる。相思相愛でありながらいろいろ邪魔が入る。殺しもある。男は裁判官、女は狭斜《きょうしゃ》の巷の女、花柳界の女ですけれどね。だからそういうような創作の喜びというのが、歌を詠んでいるときにもやはりあるのではないかしら。

これはまた定家の話ですけれど、定家がやはりどうにも歌を詠めないときがあるものだと『毎月抄』で言っています。詠めないときは、初めは景気の歌を何首か詠む。これは景気付けの歌なのでしょう。景気の歌というのは、人によっては風景をただ写した歌だから叙景歌だと言うのですが、叙景歌でもいいのでしょうけれど、僕はむしろ景気付けの歌だと思うのです。そういう軽い歌をしばらく詠んでいると、そのうちに心の底から泉が涌き出るようにいい着想が浮かんできて、いい歌がどんどん詠めていくのだと言っている。だから何かそういう喜びというのは、歌人の人はみんな持っているのでしょう。そのへんは羨ましいですね。

例えば雑誌「短歌」などに出すときには、やはり何十首と連作するのでしょう？　あれは五十首とか、十首とかいろんな単位がありますね。そのときの詠み方にもそんなことがありませんか。当然もっと詠むのでしょう？　十首なら十首というときにはもっと詠んで、それで結局それだけ残すわけでしょう。

俵　もっと、倍以上でしょうか。やはり倍ぐらいはないと、ちょっと選べないなと。あとはその選び方と並べ方というので、もう全然違うものになります。私は異常にというか、人一倍並べ方にも凝ってしまうほうなので、そこでいつもすごく時間がかかるのです。

久保田　それは選び方と並べ方で印象はずいぶん違うでしょうね。そう思いますよ。

俵　二十首作って十選んだとして、もし残りの十を選んでいたらどうなっただろう、と思います。選ぶというのはほんとうに難しい作業です。

久保田　並べ方では、これもまた定家のことでちょっと前に気がついたのですが、定家が晩年「関白左大臣家百首」という作品群を詠むのです。さっき日記で詠んだ歌の語句を変えて歌会に出すと言ったのはその百首でのことなのですが、その中で日記に書き付けているのは月の歌です。これは実際に春日神社にお詣りしたら、まさに三笠山に月が出たのでそれを見て三首か四首ぐらい詠みます。今度はそれを利用しながら、公の席に準ずるような百首歌会で月の五首を詠む。月という題で五首詠むのですが、そこで前に日記に書き付けた歌を使っていく。けれども使っていくだけではなくて、並べ方をいろいろ工夫して考え直していることが分かりました。『拾遺愚草《しゅういぐそう》』には自筆本が冷泉家時雨亭《しぐれてい》にあるのですが、その自筆本の忠実な写しが高松宮や宮内庁にあります。その自筆ないしは写しを見ると、ちょっとした印が付いている。料紙の天の部分だから、ある歌の頭のところにつっと線が引いてある。それが右側から出てて途中で切れてるんですが、左側に入る印の丸、圏点が打ってある。というのはこの歌をここからこっちに移せという印なのです。それで、移動して読むと当然配列が違ってきます。ところが後の写本ではそれに従って歌を移動したものだから、結局は定家が最終的に思ったとおりの配列になっているんで、定家が月の歌五首の並べ方であれやこれや思案したらしいということは分からなくなってしまっている。けれども自筆本やその正確な写しの本を見ますと、初めはそう書いたけれどこっちに移せという印があるのです。歌人というのはそこまで執着します。それは当然そうですよね。自分の一つ一つの作品はそれで完成品なのだけれども、それをまた連作のようなかたちで読んでもらうときにはどういう順に読んだら最も効果的かということを計算してそうしているのだから、読む側もそれに従わなくてはいけないのではないでしょうか。

俵　そのお話はとても興味深いですね。

久保田　スーッと細い線なのです。ところが清書本だからグッと強く引くでしょう。今だとこう汚なくならないように、ちょっとスッと線を引いて、こっちに入る印にただ丸を打つのです。だからこっち側に移せという印なのですね。それはもう当然のこととはいえ、やはり歌人というのは出来上がったものを最も自分の望ましいかたちで読んでもらおうと最後まで工夫するものだという、何か執念みたいなものを感じました。

俵　もうじたばたするんですよね。

久保田　配列の作業も大変だし、たくさんの自作の中から選ぶというのも確かに大変でしょうね。

俵　私など、自分の歌集一冊を作るとき、自分の歌を選ぶのも大変な思いです。『百人一首』は人のものを選ぶわけですから、とても大変なことだったでしょうね。

久保田　ええ。『百人一首』を塚本邦雄さんは、「必ずしもいい歌ばかりではない。特に後鳥羽院の歌なんていうのはひどい歌だ」と言われますね。例の

　人もをし人もうらめしあぢきなく世を思ふ
　ゆゑに物思ふ身は

の歌ですが、僕はそうも思えない。でもあまりよくない歌かなあ。

俵　必ずしもその人の一番いい歌とは限らないようですね。それよりは全体のバランスで選んでいると言えるのでしょう。

久保田　どうなのでしょうか、僕はあまりバランスは考えなかったのではないかと思うのです。ただ本来は宇都宮蓮生《れんしょう》の別荘に飾るために選んだのでしょうから、非常に深刻な悲しみの歌というのはやはり避けたのでしょう。そういう配慮はあったのではないですか。ですから『百人秀歌』には

　よもすがらちぎりしことをわすれずは恋ひ
　む涙の色ぞゆかしき

という定子皇后の歌がありますよね。それが『百人秀歌』にはあるけれども『小倉百首』では落ちてしまっているというのは、やはりこれは「私が死んだ後あなた（一条天皇）がどのくらい私のことを悲しんで泣いてくださるのか、その涙の色が見たい」というのだから、ちょっとこういう歌は憚ったのかもしれません。けれども恋の歌はいくら激しくてもいいのですね。

俵　悲しいものでも。

久保田　ええ、でも悲しくても恋は許されるというところが、やはり歌の世界のおもしろいところではないでしょうか。恋の歌はいいけれども、哀傷の歌は装飾には向かないという判断があったのではないでしょうか。ただそれにしても確かに、ちょっと色をつければ許されるとい

うことがあったのかもしれませんね。能因法師の歌はあまり能因らしくないとよく思うのですが、でもこれも紅葉の歌ですからきれいな歌ですよね。

俵　絵にはなりますね。

久保田　絵にはなるのです。だから「誰それらしくない」なんてことはあまり言わなくてもいいのでしょうね。

さまざまな『百人一首』

久保田　でもこの『小倉百人一首』が出来てから、いろんな変種が出来ます。『新百人一首』とか『武家百人一首』なんていうのがありますけれど。『女百人一首』なんていうのもあるのですが、これは御覧になったことがありますか。

俵　いいえ。

久保田　女性ばかりの百人一首で、それも一通りではなくて幾種類もあるようなのです。いま簡単に見られるのは『日本歌学大系』の別巻に入っている『女百人一首』です。ただこれはあまりいい選び方をしていない。誰が選んだのかは分からないのですけれど。万葉歌人から始まって勅撰二十一代集『新続古今《しんしょくこきん》』の歌あたりまでだったと思います。ですから勅撰集の歴史を一通りは見ているのですね。それで万葉から勅撰二十一代集、室町ぐらいまでの中から女性歌人百人を選んで、一人一首で合計百首を集めたのです。

俵　それはおもしろそうですね。

久保田　いや、あまりおもしろくないですよ、これは。

俵　おもしろくないですか。発想はなかなかのもので、読んでみたいという気がしましたけれど。

久保田　まあそれは『日本歌学大系』で御覧ください。ただそれとは違うのがあるのです。これはまだよく調べていないのであるいは同じようなものが他にもあちこちにあるのかもしれませんが、こちらのほうがおもしろいです。作者はやはり女性百人で、しかもそれが全部恋の歌というのがあるのです。これは書名がありません。だから僕は仮に『女房恋百人一首』というふうに命名したいのですが、活字になっている『女百人一首』は、恋の歌だけではないのです。四季の歌もあるし、雑の歌もあるし、あまりそれもたいしたこともないような歌もある。ところがこっちのほうは、これも選歌はちょっと偏っているのですけれど、全部恋の歌なのです。そのかわり人もかなり偏っていて、八代集からは一通り採っているのですけれど、それからその次の『新勅撰集』、だから九代集まで選んでいる。それからぽおんと飛んでしまいまして、京極派和歌（京極為兼、またその歌風に学んだ歌人の一派）の『風雅集』の歌の中から、恋の歌を選んでいる。それで終わり。それで百人。ほんとうは九十九人なのですけれど、まちがって同じ一人の人を二回選んでしまっている。それが俊成卿女なのです。

俵　人気があるのですね。

久保田　俊成卿女は『新古今集』だと皇太后宮大夫俊成女でしょう。それが『新勅撰集』だと侍従具定母《じじゅうともさだのはは》という別の名前で呼ばれているから、それでダブって選んでしまっているんです。ところがもう一方の『万葉』から『新続古今』までの『女百人一首』のほうでも、それと同じようなことをやっているのです。だからほんとうは九十九人なのですけれどね。それはまあミスなのですけれど、そういうのがあります。推測してみるに、女の人の歌はやはり恋に限るというような考え方が、その背後にあるのではないでしょうか。女の人の叙景歌もいいけれど、女の人はやはり恋だという。

俵　本領発揮するところというのでしょうか。

久保田　女歌の本領は恋歌だというのでそんなふうに限定したのではないかと思うのです。ただ、『新勅撰』まで選んでおいてそれから間の集を飛ばして『風雅集』に行ってしまうわけが、どうもよく分からない。この『風雅集』の恋の歌というのは、『玉葉集』もそうですけれど、いわゆる京極派の恋の歌というのは何か心理の隅々を探るような持って回った歌でしょう。僕ははっきり言ってあまり好きではないのです。京極派の叙景歌と雑の歌は好きなのですけれど、京極派の恋の歌はどうも苦手なのですよ。やはり和泉式部のような情感流れるものが好きなせいだからですが……。俵さんはどうですか。例えば永福門院とか、永福門院内侍《ないし》とか為兼のお姉さんの為子《ためこ》とかたくさんいますよね。それから源親子《ちかこ》なんていう人も。『日本名歌集成』で恋の歌も結構そういうのを選んだのです。だけど自分の好みで言ったら、京極派の恋の歌はどちらかというとあまり好きではないのです。

俵　情熱で一気にというよりも、かなり心理のあやを詠んでいますよね。

久保田　ええ、何かこう、ああでもないこうでもないというように、恋する人間の心理というものはいろいろ反転しますよね。それをそのまま歌っているのです。ある意味では極めて近代的な歌、現代人に近い歌なのかもしれない。だからあるいは今の俵さん、それから現代の歌人たちにとっては、むしろ共感する歌かもしれないと思うのです。僕はやはりどうも流れる歌のほうが好きなのだけれど、これは古いのかな。

俵　私もあまり細工をするのは好きではありません。

久保田　俵さんの歌も滞らないですね、まず定型でそれこそ字余り字足らずはほとんどない。京極派の歌はもうしょっちゅう字余りですから。それでくねくね曲がるというか、情念が屈折するんですよね。

俵　ええ。細工の極端に複雑なことは、私は短歌にはあまり合わないような気がします。

久保田　ともかく、『百人一首』の伝統は絶えないから、いずれは『近代百人一首』も選ばれるのでしょうね。だれかもうすでに選んでいるのかな。前に塚本邦雄さんが『新撰小倉百人一首』というのを作られましたよね。あれはやはり古典和歌を対象としたものだったと思います。『百人一首』みたいなものは近代短歌でもやっているのですか。

俵　これほどの、なんていうか定番というか、そういうものはないですね。

久保田　今作るとすると、ほんとうに大変でしょうね。歌人数が多いから千人一首ぐらいにしないとね。

俵　そういう定番みたいなものが出来るとほんとうにいいですね。私が高校で教えていたときに、三学期の一番初めには『百人一首』のかるた取りを教室でやったり図書室とかでやったりしていたのですけれど、覚えている子はクラスに、いても一人か二人ぐらいですね。だから、ずいぶんこの数十年で変わってしまったんだなという気がします。

久保田　教室でね。いいですね。ただ、あれは覚えているだけではだめですね、相当反射神経がいりますから。

俵　ええ、かるた取りの場合はそうですね。

久保田　ぱっと手が出ないとね。

俵　そうですね。私の父や母の世代などはもう完璧に覚えています。文学がどうとか短歌がどうとかいうのではなくて遊戯です。

久保田　昔の人はみんなやりましたからね。俵さんもなさったでしょ？

俵　私もそうですね、お正月などに集まってやっていました。何だかわけも分からないうちに覚えてしまうのが、すごくいい。

久保田　ほんとうに意味が分からないままにね。

俵　そういうふうな出会い方が今の子どもには少なくなっているのが、なんかかわいそうですね。

久保田　でも実際にやってみると興味を示すんじゃないですか。

俵　もう授業も一年のうちで一番盛り上がります。

久保田　かるた取りを実際にやるわけですね。

俵　ええ。乙女とか恋とか出る札は、ちょっとうれしそうに取っていたりしますね。「ももしきってなあに」とか（笑）、全然もう分かっていないのですけれど、そういう言葉に興味を持ったりして。

久保田　昔は

ももひきや古くなったら質に置きなお余ったら雑巾にせよ

というふうにもじったものだけれど、だいたいこの頃はそういう股引きなんていうものははかないから、それも分からなくなりましたね。でも『百人一首』もだけれど、俵さん御自身の作品も教材になっていくのではありませんか。もう教科書に載っているでしょう？

俵　高校や中学などの国語の教科書に、いくつか載っているようです。

久保田　ひところは古い歌人俳人ばかりだったけれど、教科書の短歌俳句もだんだん新しくなりましたね。そういうふうにこの詩型がずうっと承け伝えられていくのは当然だと思います。

俵　どうもありがとうございました。

（了）

佐佐木幸綱（ささき　ゆきつな）

昭和13年10月8日、東京都に生まれる。昭和39年早稲田大学第一文学部卒、同大学院国文科修士課程修了。歌人。国文学者。早稲田大学政経学部教授。大学在学中より「早稲田短歌」「心の花」に参加。河出書房新社「文芸」編集長などをつとめたのち、跡見女子大学教授を経て、早稲田大学教授。「心の花」編集長。朝日歌壇撰者。主な著書に『佐佐木幸綱の世界』全16巻（平10〜11 河出書房新社）『男うた・女うた――男性歌人篇』（平15 中央公論新社）など。

日本の恋歌を語る

〈座談者〉
金子　兜太
佐佐木幸綱

金子　兜太（かねこ　とうた）
大正8年9月23日、埼玉県に生まれる。昭和18年東京帝国大学経済学部卒。俳人。「海程」主宰、現代俳句協会名誉会長。18歳より句作を始め、大学在学中に加藤楸邨に師事。日本銀行に勤めるかたわら、前衛俳句の旗手として頭角をあらわし、昭和31年現代俳句協会賞を受賞。伝統にとらわれない独特の作風を不動にした。平成15年日本芸術院賞を受賞。主な著書に『金子兜太集』全4巻（平14　筑摩書房）『子ども俳句歳時記』（平15　鍋牛新社）など。

恋の歌との出会い、東歌から

久保田　佐佐木幸綱さん、金子兜太さんのお二人にお出まし頂いております。

この頃は、和歌文学の研究も極度に細分化しておりまして、狭い自分の領域の中でやっていると、なかなか一人の研究者が、恋の歌を上代から現代まで通して全部見ていくなんて機会はほとんどありません。また、研究者の側にはどうものびのびとナイーブな鑑賞をすることに対する恐れみたいなものがあるような気がするんです。場合によっては、つとめてストイックであろうとするような向きもないではない。私は作品に対するフレッシュな感動のない研究はしたくないと思っていますので、今日はお二人が恋の歌をどう読まれ、そこから何を得てこられたのか――そういうことをぜひうかがって、私自身も含めて研究者の世界に刺激を与えていただきたい、と期待しております。

実作者としてのお立場から、今まで古典や近代の和歌・短歌・俳句のうち、どのような恋の歌や恋の句に、またはどういう歌人・俳人の作品に関心をお持ちでいらっしゃったか、あるいはそういう恋の歌などで、御自分の作品に取り込まれたものがあるとしたらそれはどんなものか、などといったことを縦横にお話しいただきたいと考えているわけです。

まずお二人に、それぞれいつ頃古典の恋の歌を意識なさったか、それがどんな歌であったかということをおうかがいしたいのですが。恋の歌との最初の出会いを、佐佐木さんからいかがでしょうか。

佐佐木　僕は父親や祖父が歌をやっていたこともありまして、あまり歌に近づかないようにしてたんです。高校時代はほとんど歌に触れないような生活をしていました。大学でも友達に詩歌に関心のある人がいなくて、残念ながらあんまり古典和歌に触れなかったですね。

久保田　いや、もちろん近代短歌でも結構です。

佐佐木　早稲田で窪田章一郎先生、藤平春男先生に教えていただいて、授業で古典和歌に触れるようになって、最初にびっくりしたというか、おやと思ったのは、東歌だった。それまでの恋歌とはぜんぜん違うような気がして、僕には新鮮でした。例えば、

　筑波嶺に雪かも降らるいなをかもかなしき
　　児ろが布乾さるかも

とかですね、

　多摩川にさらす手作りさらさらになにそこ
　　の児のここだかなしき

「さらさらに」という言い方とか、「いなをかも」という言い方の歌謡的な恋の歌に、古典では最初にぶつかって、それが僕の若いころの歌に影響していると思います。

久保田　それがやはり根っこになっていらっしゃるので——。

佐佐木　近代短歌がいくつかの古典以来の短歌的な修辞を捨てましたでしょう。そういうもののうち、例えば序詞を、僕は現代歌人の中では多く使っているほうなんです。自分の歌を挙げて恐縮なんですけど、

　泣くおまえ抱けば髪に降る雪のこんこんと
　　わが腕《かいな》に眠れ

というのがあるんですけどね、「泣くおまえ抱けば髪に降る雪の」が「こんこんと」を起こす序詞になっているわけですね。わりと早い時期の作なんですけど、東歌の修辞を自分なりに取り入れたつもりなんです。

啄木の歌から

久保田　金子さんはいかがですか。

金子　『万葉集』のことは佐佐木さんがここにお

られるんで、譲ろうという気持でいまして、久保田さんが言われたことを考えていたんですけど、私が初めて恋の歌に出会ったのは、意識したのはいつなんだろう、とずうっと考えたら、啄木の歌にたどりついた。

砂山の砂に腹這ひ
初恋の
いたみを遠くおもひ出づる日

というまあこのおセンチな歌が、私にとっては最初の出会いなんです。おセンチと言えば青年期の、まだ十代終わりぐらいにこの歌を読みましてね。

久保田　啄木から短歌の世界に入っていく人はかなり多いかもしれませんね。

金子　ええ、多いんじゃないでしょうか。それで思い出したんですけど、私は柔道をやってたんですよ。当時水戸に芸者街があったんですが、そこに入りびたりで、毎日柔道の練習をしちゃそこへ行っちゃう。二年先輩で、ほとんど授業に出ないで落第寸前までいって出席日数をみんなでカバーして、それで卒業したんですけど、結局その後どこへ行ったかわからなくなってしまった、そういう先輩がいまして、あだ名をライオンといいましたが。その男が啄木を好きで好きで、それでこれを口ずさんでいた。それを私は聞いていて、先輩の芸者との付き合いを、妙に憐れにおもいましてね。

久保田　そういうふれあいもあるでしょうね。自分で読むというよりも、身近な人が口ずさんでいたものから入っていくという。まあ、『百人一首』の歌なんかもだいたいそういうケースが多いですね。

金子　それからね、私は茂吉が好きだった。「おひろ」ですか、あの一連の名作に拝伏しましたね。そんな形で、私は近代短歌から恋歌に入っている。

佐佐木 久保田さんはいかがですか。

百人一首から

久保田 私はなんとなく子供の頃から『百人一首』の歌を大人がやっているのを聞いて、いくつか覚えているんですけど、子供にとって『百人一首』の歌は意味がわからないんですね。

佐佐木 そうですね、恋の歌とは思わなかったですね。

久保田 ええ、前に学燈社さんで「別冊國文學・百人一首必携」を編集した際、そのあとがきにも書いたのですが、だいたい「待つとし聞かばいま帰りこむ」などは、「松」と「河馬」だと、動物や植物だと思ってしまうわけですね。そんな調子ですから恋の歌としては読んでいなかった。古典和歌を研究しようと思ったのは大学に入ってからか、その直前くらいだと思いますが、私が惹かれたのは実朝《さねとも》だったんです。だからいまでも実朝は好きなんです。そのうちに『新古今』に入って、これもちょっとひねくれているかもしれないですが、定家ではなくて藤原家隆あたりから入っていきました。しかし家隆の恋の歌はいまでもあまり、「あ、あれがいい恋の歌だ」と思うようなのが見つからない。それで、恋の歌として「あ、こういうのがいいんだな」となんとなしに思ったのは『古今集』の読み人しらず、

ほととぎす鳴くやさつきのあやめぐさあやめも知らぬ恋もするかな

これも自分で『古今集』を読んで発見したというより、佐藤春夫の編んだアンソロジーに、これこそは恋の歌なんだと挙げてあったからでしょう。多分その辺から恋の歌を文学的に読もうという気になった。初めは家隆の歌が好きだったんですけど、だんだん家隆から濃厚な定家に移ってしまいました。『正徹物語《しょうてつものがたり》』（室町時代の

歌僧正徹の歌論書）でも、これは『新古今』の中での話なんですが、恋の歌において、定家に勝る者はないということが書いてある。すると、今度は定家の恋の歌の中で一番いいのは何かと考えると、これまた困るんです。あれもいい、これもいいと考えてなかなか絞りきれない。この特集では最後に「いま恋歌一〇〇を選ぶ」という付録が付きまして、それは私が選ぶことになってるんですけど、それで定家の歌を一首選ぶとすれば、一体どんな歌がいいのか。今のところは、

かきやりしその黒髪の筋ごとにうち臥すほどは面影ぞ立つ

という歌かなあ、などと考えてるんですけど。

佐佐木　実朝に恋の歌はあるんですか。

久保田　実朝は……難しいですね。「恋歌一〇〇選」には入れたいのですが、さて、いろいろ考えまして、こんな歌はどうでしょうか。

結ひそめて馴れしたぶさの濃紫思はず今も浅かりきとは

部立《ぶだて》としては、これは恋の歌に入ってないかもしれませんけど、これは「忍びていひわたる人ありき、はるかなるかたへゆかむといひ侍りしかば」という詞書《ことばがき》が付いているので、これは奥さんじゃなく、非常に身近にいた女房だろうと思うんですけど、おそらく愛人のような存在だったんでしょうね。それがどこか遠くへ行ってしまうので贈った別れの歌だろうと思いますけど、別れというのが男と女の別れですので、これは実朝の恋の歌として、私は好きな歌です。

反古今・親歌謡の立場

金子　今日このことは言おうと思っていたことがあるんです。私はあえて、『万葉集』は別ですが、『古今』以降の歌を意識的にねぐってきたんです。平安ならば『梁塵秘抄』、中世ならば『閑

吟集』、それから俳諧の連歌、『新古今』の中でも私の場合、後鳥羽院とか西行に興味があるんですね。それとは対蹠《たいせき》的にといいたいくらいに恋らしく仕立てのきいた、ある意味では日本の短詩型文学からくる現象でしょう、生々しい恋じゃなくて、フィクションとなった恋、そういうものをかわしあいつつ楽しみあうという雰囲気は私はどうも腹に据えかねる。だから今日はあえてそのことに異を立てようという気持で来ました。

一方、『梁塵秘抄』『閑吟集』とか俳諧の連歌、それから俳句ですね、そういうものから私なりの選び方をしてきたのですが。

久保田　それもぜひおうかがいしたいと思います。

金子　まあ、歌は専門家のお二人におまかせ、の甘えもあるわけで、御容赦下さい。ところで、例えば、後鳥羽院の『遠島《えんとう》御百首』（隠岐で詠じた百首歌）を当たり直してみたところ、恋の歌といえるものがないんです。ただ、最後のほうに一首だけこれはそういうものを含んでいるのかなと思う歌があって、

思ふ人さてもこころやなぐさむと都鳥だにあらば問はまし

しかしこの「おもふ人」というのが恋人と受け止めるのか、いま隠岐にいる自分を救いだしてくれる人なのか、あるいは京都で心通わせていた人なのかは正確にはわからないんですけど。こういうふうに、あんまり恋恋《れんれん》としていない歌のほうが、私は好きなんです。だから恋歌という設定自体が私にとってはやや逆説的に受けとる向きがあります。

佐佐木　恋歌という設定の問題ですが、宴席での恋歌があるでしょう。ああいう場での楽しみ方は、よくわからないところがある。あれはやはり恋のテーマが普遍的だからでしょうか。宴

席でいまでもカラオケやると、わりと恋の歌なんかが出ますよね。これはそういうことなんでしょうかね。

久保田　最も人間の普遍的なテーマだからこそ歌われるんじゃないでしょうか。だからお坊さんが恋の歌を歌ってもおかしくない、それが戒律に触れない、信仰と矛盾しないということになるわけです。高僧も恋の歌を詠んでいる。それはやはり人間の本性がそこに最も表れやすいからということを前提にして歌を詠むんですね。ただそれはややもすると遊戯になりかねない。

佐佐木　たとえば佐佐木信綱の七歳の短冊だったですかね、「忍恋」の歌というのが残っているんですね。題詠ですから、子供でもとにかく恋の歌をマスターするというのがね、一般教養の基本なんですね。それにしてもやりすぎだと思うくらいで、恋のテーマが普遍的になってますね。

久保田　ちょうど昔の作文でいうと、「一瓢を携へて墨堤《ぼくてい》に遊ぶ」などと小学生が書いたというような話がありますよね。そういうことなんでしょうね。

佐佐木　文学をはみでて、つまり坊さんが現実に恋はしなくても歌によって恋をする気持はマスターしなくてはいけない、子供も実際にはまだ恋をしていないけども情操教育として一般教養として知らないといかん、そういう歌をはみ出した部分にとくに恋の歌は行ってるんじゃないでしょうか。釈教歌などよりも恋の歌のほうが敷衍《ふえん》的ですよね。

久保田　それだけに心打つ恋の歌を選ぶことは大変です。今度は一〇〇を選ぶというので久しぶりに『万葉集』を、相聞のところや譬喩《ひゆ》歌のところを重点的に見てきたんですけど、もうこれもいい、あれもいい、と目移りしちゃってなかなか絞りきれませんでした。

佐佐木　一番最初は何ですか。「八雲立つ出雲八重垣（妻籠みに八重垣作るその八重垣を）」ですか。

久保田　そうですね、歌謡まで広げればそういうことになるでしょうね。やっぱり日本の歌は結婚の歌、愛の歌から始まっているわけですね。

金子　その「八雲立つ」というのは好きですね。それはいい。

佐佐木　最近は、

　さねさし相模《さがむ》の小野に燃ゆる火の火中《ほなか》に立ちて問ひし君はも

　この歌がわりと評判いいですね、若い人にきましても。ただまあ、「八雲立つ」のほうがなんとなく……。

久保田　どしっとした感じがしますね。

金子　「さねさし」のほう。日本武尊に対する人気もあるんだな。

佐佐木　非常にドラマチックな感じがありますからね。恋歌の一つのポイントはやっぱりドラマチックだということと、それから体の問題と心の問題とのせめぎ合いみたいなものがね。

身体の問題

久保田　そういうところからいくと、金子さんがさっきおっしゃったようにだいたいその点まず王朝の歌はドラマチックじゃないわけですね。仮構されたドラマはあるにしてもまず詠み方からして題詠が中心だし、特に心と体の、体のほうが削ぎ落とされてるんですね。その辺が金子さんには御不満なんだろうと思いますけど。

金子　ええ、大変に。

佐佐木　大岡信さんの説はそうじゃなくてね、題詠歌も含めて独り寝の歌が非常に多い、それに「染む」ということばが多く使われている。世界の詩の中で日本の恋歌ほど性的な、肉体的な恋の詩は珍しい、と言っています。
久保田　ストレートじゃないけど、よく読めば非常にエロティックなのかもしれませんね。
佐佐木　愛してる、恋してる、想ってるとかいうんじゃなくて、独り寝で寒いとかね、皮膚感覚みたいなものが多い。
金子　肌と肌が擦り合ってる、いや溶けあってるという感じ。作りものでも本音がしみる、ということですかね。
佐佐木　肌と肌の接触ね。ただ、体の部分部分が出ないんですね。近代短歌などでは出ますけど。
久保田　これは意識的に避けてるのでしょう、そういうことをちょっと前に考えたことがあるんです。すべてが出ないわけじゃない。しかし体の部分、器官が和歌で歌われることが極端に少ない。上代の歌ではまあ、眼は出てくるでしょう。でも耳・鼻・口となると上代でも少ないし、平安以降はまずない。
金子　喩えはどうですか。たとえば桃なんてのは。
久保田　ええ、だから比喩でそれを置き換えているんですね。
金子　ただね、桃なんて比喩は、極めて肉体的な、こう肌に触れる感じがありますよね。
久保田　『万葉』でも毛桃などと歌いますね。
佐佐木　例えば「（あみの浦に船乗りすらむ娘子《をとめ》らが）玉裳の裾に潮満つらむか」。裳裾と波があればそこに素足が見えるわけですね。他にはまあ黒髪でしょうか。
久保田　歌では少ない体の部分部分の表現が歌謡では非常におおらかに出てきますよね。
金子　そうなんですよ。だからどうしても『梁塵秘抄』や『閑吟集』に惹かれるんです。

東歌のエロス

久保田　東歌なんかではかなりそういった面に大胆なものがありますよね。

佐佐木　「寝る」とか「紐解く」ですね。そういう直接的なものがありますね。

久保田　わたしはこの歌が好きなんです。これは上野《かみつけ》の東歌ですか、

　　伊香保ろのやさかのゐでに立つ虹《のじ》の現はろ
　　　までもさ寝をさ寝てば

「のじ」は虹ですね。だいたい古代人の考えた虹は、現代のわれわれみたいにただ美しいとみとれるんじゃなくて、男女の情事に結び付けられるようですね。そういうイメージを持っていて、「虹がはっきり出るみたいに俺たちの関係がばれたって、もうあの子と寝ちゃったんだからかまわないよ」というような歌ですよね。こういうものにも惹かれるんです。それからさっきおっしゃった、

　　多摩川にさらす手作りさらさらになにそこ
　　　の児のここだかなしき

とか、それからあれはどうですか。

　　上野《かみつけの》佐野の舟橋取り放し親は離《さ》くれど我
　　　は離《さか》るがへ

これも非常に強い二人の愛情の表現になってるんでしょうね。それからこれは歌謡に近いものがあるんじゃないでしょうか。

　　我《あ》が面《おも》の忘れむしだは国溢《はふ》り嶺《ね》に立つ雲を
　　　見つつ偲はせ

金子　雲といえば、もっと無邪気に、

　　あまり言葉のかけたさにあれ見さいなう空
　　　行く雲の早さよ

『閑吟集』ですね、これはいいですね。

久保田　そういう歌謡に通うところがありますね。

金子　私はどうも東歌から『閑吟集』にきちゃ

うんですよ。どうも『古今集』は好きじゃない。それと『閑吟集』の、

我が恋は水に燃えたつ螢螢物言はで笑止の螢

これが好きなんだな、泣かせるね。

久保田　螢を詠んだものは、王朝の中にもあると思うんですよね。これも歌謡では「(恋に焦がれて鳴く蟬よりも)鳴かぬ螢が身を焦がす」なんていうわけですけど、螢の歌は有名なのが確かあったと思うんですけどね。和泉式部の、

物思へば沢の螢も我が身よりあくがれ出づる魂かとぞ見る

金子　同じ螢でも「燃えたつ螢」「物言はで笑止の螢」というのはなかなかですね。おそらくおかたが和歌のもじり、それの歌謡化なんでしょう。もとうたはきっとみんなあるでしょうな。

万葉相聞の女歌人

久保田　東歌以外には、『万葉』の相聞—恋の歌人としては誰を特にお挙げになりますか。

佐佐木　笠女郎《かさのいらつめ》が恋の歌ではいちばんだという感じがします。

金子　僕も同感だな。

久保田　相思はぬ人を思ふは大寺の餓鬼の後《しりへ》に額つくごとし

佐佐木　笠女郎から和泉式部へ、激しい女の歌の流れがあるんじゃないでしょうか。

久保田　激しいといえば、但馬皇女《たじまのひめみこ》の、

人言を繁み言痛《こちた》み己が世にいまだ渡らぬ朝川渡る

というのも女のほうから恋人の所へ通っていくわけですから、情熱的ですね。

佐佐木　ドラマチックですね。古典和歌には、作中の主人公「われ」が行動している歌は意外

に少ないんです。「いまだ渡らぬ朝川渡る」は行動している歌です。この歌もいいと思うなあ。

金子　「朝川」なんていう言葉が新鮮なんだな。これいいね。

久保田　じゃあ、行動しようかどうしようかという、これはもっと前の時代の歌ですけど、磐《いわの》姫《ひめ》の作と伝える、

君が行き日《け》長くなりぬ山尋ね迎へか行かむ待ちにか待たむ

なんてのはいかがですか。やっぱり行動しないとだめですか。

佐佐木　いや、そんなことはないです。

久保田　たしかに上代の女性は行動的ですけども、平安になるともっぱら待つ女になりますよね。その辺がすでに金子さんには御不満であって（笑）。

金子　いやいや。

佐佐木　「待ちにか待たむ」の歌は、内面にものすごく渦巻くものがあっても表はあくまで静かでというところがいいんですね。たとえば、

つれづれと空ぞ見らるる思ふ人あまくだり来むものならなくに

という和泉式部の歌もいわゆる「ながめ」の歌ですけど、内面では激しいいろいろがあるわけですよね。そういうところがおもしろいんであって、磐姫のはそういう系列の最初にくる歌かもしれないですね。

金子　女性が受け身だってことですか。

佐佐木　いえ、内面と外面のギャップの大きさっていうことです。内面はものすごく煮え立っているのだけれど、外側は静かである。

久保田　そういう点では和泉式部につながっていく。

金子　後朝《きぬぎぬ》の歌は、ふつう男から歌いだすでしょう。別れたあとで男が歌を贈る。それに女が答える。

久保田　両方あるんじゃないでしょうか。でも男のほうが多いかもしれませんね。まず、帰ってから男が贈る。それにたいして女がまた返すパターン。

金子　ところが女から先に歌うのがあるでしょう。

久保田　薄情な男が帰ってから一向よこさない場合ね。

金子　その辺に女性の秘めた情熱が思わず出てくる感じがしますね。

久保田　これもまたさっきの歌謡とつながってるのかもしれませんが、雲の歌の、坂上郎女《さかのうえのいらつめ》の歌、

　青山を横ぎる雲のいちしろく我と笑まして
　　人に知らゆな

もいいですね。手管の歌はどうですか。『万葉』にもすでにあったと思いますが、やはり坂上郎女の、

　来むと言ふも来ぬ時あるを来じと言ふを来
　　むとは待たじ来じと言ふものを

なんていうのはなんかこう、男と戯れあっているというか手練手管に近いような感じですよね。

佐佐木　ユーモアとか機知の切り返しとかそういうタイミングが、恋歌、特に問答・贈答の歌の一つのおもしろさでしょうね。これは今でも恋人同士が電話で同じようなことをやっているから学生なんかにもわかる。

金子　現代短歌でもそれはありますか。

佐佐木　いえ、贈答の習慣がないですから、そういう恋の歌はまずない。ありませんね。

久保田　俳句のほうはどうなんですか。贈答句みたいなものはあるんですか。

金子　一般的には挨拶というのがあります。句にとって挨拶は大事な要素ですからね、これはたくさんあります。

久保田　恋の挨拶というのはあるんですか。

金子　いやほとんどないです。一人で思い込んじゃう句です。ちなみに申しますと、現代短歌で私の好きな歌というのは、一人で思い込んでる歌なんですね。日頃から大好きな歌が二つあるんですよ。一つはね、

　抱くとき髪に湿りののこりゐて美しかりし野の雨を言ふ

岡井隆の歌です。それから佐佐木幸綱の、

　ゆく水の飛沫き渦巻き裂けて鳴る一本の川、お前を抱く

両方とも泣かせるね。私はこれを読んだあたりから啄木を卒業できたんですけどね。

久保田　佐佐木さん、それはいつごろのお作ですか。

佐佐木　第三歌集『夏の鏡』（一九七六刊　青土社）の作ですから、三十代半ばじゃないですか。

金子　この人は晩婚ですからね。だからやっぱり独り心ですね、最終的に。

男の相聞歌人

久保田　かなり女性歌人が出てきたところで、男の万葉歌人を挙げるとしたら。

金子　やはり最初に挙げるとしたら、柿本人麻呂が恋歌の名人じゃないでしょうか。

佐佐木　すぐに思いだすのは長歌。「泣血哀慟《きゅうけつあいどう》歌」は挽歌ですが、内容は恋の歌でしょう。

久保田　それから「石見《いわみ》相聞歌」。

　石見のや高角山の木の間より我が振る袖を妹見つらむか

では、家持はどうでしょう。

佐佐木　家持は多いですよね。

久保田　何しろ多くの女性から恋歌を贈られている人ですから。

佐佐木　一番若いときの歌、

　振り放けて三日月見れば一目見し人の眉引

き思ほゆるかも

もいいですし。

ひさかたの月夜をきよみ梅の花心開けて吾

がおもへるきみ

「心開けて吾がおもへるきみ」、家持をめぐる一人の女性の歌なんですけど。

久保田　家持自身ではこんな歌はどうですか。

夢《いめ》の逢ひは苦しかりけりおどろきて掻き探

れども手にも触れねば

これは奥さんの坂上大嬢に、贈った歌でしたね。それからこれも同じ歌群のものですが、これなんか演歌に通じる世界だと思うんですけど。

一重のみ妹が結《ゆ》ふらむ帯をすら三重に結ふ

べく吾身はなりぬ

美空ひばりの歌「みだれ髪」（'87・12発売）に「三重結ぶ」とかいう文句がありますね。

佐佐木　指輪がゆるゆるになったという歌があります。

久保田　帯もゆるゆるになるんですよ。「塩屋の岬」という地名が出てくる歌で。

金子　三重結ぶってあったなあ。

久保田　だから歌謡の発想も、実はほんとうに古いんですね。

得恋の歌

久保田　ところで、日本の恋歌ではきわめて少ない例外的な歌だって私はいつも学生に言ってるんですけど、鎌足の、

我はもや安見児得たり皆人の得がてにすと

いふ安見児得たり

お二人はこの歌をどんなふうに評価されますか。こんなふうに自分の失恋でない得恋《とくれん》をとくとくと言ってしまうと、つまらないと思うんですが。

佐佐木　そうですか。

金子　ええ、つまらねえ。

佐佐木　ぼくはその歌をほめた文章があるんですけどね。

久保田　ああそうですか（一同笑）。

金子　それはどんなふうにすばらしいんですか。

佐佐木　日本の恋歌に得恋の歌は少ないんですね。せめて失恋の歌を歌うのはよそう、と大学のとき書いた評論があるんです。

久保田　それはまたどういう……。

佐佐木　近代短歌は失恋の歌ばかりでしょう。現実の恋が調子よくいってるのなら、別に短歌作らなくたって、実際うまくやってればいいわけですからね。

久保田　そうですよね。朔太郎《さくたろう》が言ってますよね。詩歌というのはなぐさめであり、慰藉《いしゃ》となるもので、看護婦みたいなものなんだ、という。それからいくとほんとうにこの「我はもや」という歌は変わった歌だなあと思うんですけど。

佐佐木　まあ人に見せびらかすという感じはあるでしょうね。

西行の恋歌

久保田　今日は『古今集』の分が悪いんですけど、王朝から『新古今集』ぐらいの歌について少し御意見をうかがいましょう。特に西行なんかではどんなところがいいですか。西行には考えられているよりもずっと恋の歌がたくさんありまして、だいたい『山家集』には「恋百十首」という作品群があり、恋の部もあるので、『山家集』は全部で千五百五十あまりですけども、そのうちかなりの数を恋歌が占めていることになります。

金子　どういう恋でしょうか。

久保田　題詠ももちろんあるけれども、その中で勅撰集にはとても入りにくいと思われるような歌としては、

あはれあはれこの世はよしやさもあらばあ
れ来ん世もかくや苦しかるべき

なんていうのがあります。これは『山家集』の歌で勅撰集には採られていないはずです。すごい破調の歌というか字余りですよね。

金子　この歌はひどく詠嘆的で観念的な感じがするなあ。ほんとうに彼は恋を知ってたんですかね。

久保田　まあいろいろ説がありますけど。

金子　好きな女性がいたってことぐらいならわかるけども。ほんとに恋をしたのかなあ。

久保田　やっぱり奥さんがいて子供もいたのに出家したのだと考えられていますから、今ではもう成り立たない説だと思うんですけど、昔、川田順《じゅん》に西行独身説というのがありまして、その根拠としては、西行は熱烈な恋をしたがその恋が成就しなかったから独身のまま、世を背いたのだろう、というものでした。

金子　そうですか。それを裏付けるような歌があるのでしょうか。今の歌は観念的で詠嘆的ですね。

久保田　それからこれは『新古今集』に採られた歌で、研究者がよく問題にする、

はるかなる岩のはざまにひとりゐて人目思
はでもの思はばや

金子　いやあ、つまらん歌だなあ。なんだか作りものの感じがあって、西行じゃないみたいだなあ。

久保田　いや、これは西行じゃなければ作れない歌だというのが大方の評価ですが。

金子　そうなんですか。いや、作っている人間から見ると、もっと私は西行に生々しいものを感じていますから。

物思へどもかからぬ人もあるものをあはれ
なりける身のちぎりかな

のほうがまだいいな。

久保田 生々しさは別の面で出てくるんですね。それこそ戦乱を歌った歌なんかは、他の歌人は絶対歌わないようなことを歌ってますし。

金子 それから「たはぶれ歌」（西行の『聞書集』所収）のような……。

久保田 「たはぶれ歌」、子供の遊びを歌った歌ですね。そういうのはあるんですけどね。やっぱりそういうところがお好きなんですね。

金子 はいはい。

うなゐ子がすさみに鳴らす麦笛の声に驚く
夏の昼臥し

のようなものです。

佐佐木 今の「はるかなる……」、いいんじゃないですか。

金子 そうは思わないなあ。

久保田 「人目思はでもの思はばや」の「人目思はで」のところにやっぱり相当激しい情念のようなものを私なんかは感じます。だからあられもない物思いにふけっている、でいいわけですよね。『梁塵秘抄』で聖が修行していると悪魔が女になって出てきて誘惑するという歌謡がありますが、それに通う心があるんじゃないかと思えたりするのですが。

金子 それは恋歌なんでしょうか。

久保田 人によっては、それは恋の想いじゃなくて、むしろ人間の根本問題そのものを考えていたという人もいます。これは亡くなった石田吉貞《よしさだ》さん（一八九〇〜一九八七。国文学者。）なんですけれど。でも私は人間の根本問題ではなくて、やはり恋の歌として読みたいですね。

金子 そうですか。

佐佐木 西行は月の歌もそうですが、桜の歌は、その桜を女性に置き換えるとよくわかるんです。そういう歌が多いんですよ。これは私の体験なんですが、吉野に行って、山桜にすごく女性的な面があるのを感じました。そこで「西行が桜を想うということは女性を想っているということなんだな」とやっとわかったんです。

金子　今日もそのことを言いたかったんですけどね、ウル＝エロスと私は言うのですけど、エロチシズムなんてえものではなく、もっと本質で感応しているエロス。西行は桜でもなんでもすべてのものにウル＝エロスを感じていた、または感じうる人であったと思います。あの人は、仏をウル＝エロスとして感受していた。その内容ですべてが美であった。

久保田　感じる人が詩人なんでしょうね。

金子　ええ、だから本当の詩人なんだと思います。だから佐佐木さんのようにどの歌を詠んでも女性を感じるということは、逆に言うと彼自身が、天然の生き物にウル＝エロスを感じてた。そのせいじゃないかと。今の歌なんかもそうじゃないか、人間のエロスそのものを感じていたのであって、恋人という限定じゃない。

具体と抽象

佐佐木　具体的な恋人というのは難しいかもしれないですね。

金子　そうです。普遍性をもった艶がある。だからそれは恋歌という範疇を超えてるんじゃないでしょうか。

佐佐木　式子内親王《しょくしないしんのう》の歌なんかもそうですね。誰か具体的な男がいるというんじゃなくて、もっと男の原型というかあるいは恋の気持そのものというか。

久保田　式子内親王の場合はそういうふうに見たほうがいいようですね。

佐佐木　先ほど話にでた贈答歌とか問答歌は、本当にある特定の一人に向けてうたいかけ、特定の一人に向けてうたい返すわけですね。

わが里に大雪降れり大原の古りにし里に降らまくは後

とかね。ああいうのは現実に具体的な相手がいて、その人を頭に描いて詠いかけるわけですね。そういう歌と、独詠歌、題詠歌のように、抽象的なものに向かって詠う歌がある。実際恋愛したときもそういう場合があるし、していなくてもそういう場合があるんじゃないですか。歌の伝統はそういう抽象性に、恋の歌を引っ張り寄せる力があったんだと思いますね。具体的なものでも抽象的な方向へ、普遍的な方向へ、本質的な方向へ行け行けという、その力があったんじゃないでしょうか。

金子　それから仏を歌う、というのかな、仏への思いを恋の歌で歌うというのはなかったのですか。女への思いだと思ったらそれは仏への思いだったとかいうような。

久保田　信仰と恋がほとんどいっしょになってしまうような、明恵《みょうえ》にそれに近いようなものがあるかもしれません。

佐佐木　ヨーロッパの詩では恋人はみなマリアと重なります。

金子　あれほど如実ではないかもしれないけれど。

久保田　明恵には仏に母性を感じて、母なる仏が私を救ってくださるように、というような歌があるんです（仏眼仏母像讃　もろともにあはれとおぼせわ仏よ君よりほかに知る人もなし）。いまおっしゃったヨーロッパの聖母マリアに対する愛の歌と似ているかもしれません。ただ短歌の世界にあんまりたくさんはないと思います。

佐佐木　そうですね、女性でも男性でも相手を等身大に見ていますね。超越的なものというか神仏と重なり合うとは見ていない。

久保田　等身大ともいえるし、あるいは自分のほうが高みにいるかもしれません。

佐佐木　もっと言うと、自分中心で、相手は地上的な性の相手という感じが強い。

久保田　女性を仰ぐというのが少ないかもしれませんね。

金子　それからさっきの後鳥羽院のように京都を離れさせられた御院、そういう立場の男の歌というのは、恋から遠ざかってしまう。これはあたりまえといえばあたりまえなんでしょう。でも逆に私なんかはそういう状態の中で、恋歌が増えたっていいんじゃないかと思いますけどね。少なくとも『遠島御百首』の範囲だけだけれど、ないですね。一首くらいやや匂う程度で。

佐佐木　サド侯爵じゃないけども、刑務所の中でそういうことを考えるとかね。

金子　当然あったっていいでしょうね。

久保田　「五百首」という作品群もありまして、その中では題詠の恋歌をたくさん詠んではいるんです。

金子　そうですね。あれだっておそらく恋の歌とは言い切れない恋歌、少なくとも『新古今集』の恋歌の範疇からは離れていますよね。

久保田　隠岐に行ってからの後鳥羽院の歌はずいぶん変わってきていますね。前のような、華麗さはまずないでしょう。

男の歌と女の歌

佐佐木　久保田さんにうかがいたいのですが、勅撰集の時代、王朝時代に入って以降の恋の歌では、男の歌と女の歌についてはどう考えられますか。女の歌が強く出てきますよね。

久保田　ええ、女の歌が出てきます。それで男の歌も女歌化していくというか、男であっても女の立場での恋歌が多くなってくる。そこが意外とおもしろいんですけど、その逆はほとんどない。

佐佐木　作るほうは変装するような感じがあるんでしょうかね。

久保田　そうですね、変装の楽しさはあるでしょう。特に素性《そせい》なんかになったらまず、自分は坊さんだけれども、坊さんが女性になるというのは二重の変装みたいなものですから、すごくおもしろかったんじゃないですかね。

佐佐木　そうするとある意味で、恋の歌においてて男の歌がおもしろくなってきた時代なんじゃないですかね。

久保田　そうも言えるでしょうね。

佐佐木　女のほうではそういう意味ではわりとストレートですね。まあ、『百人一首』の赤染衛門の歌のように代作したりなんかしてるのもありましょうが、ふつうは。そういう趣向のおもしろさを楽しまないとつまらないですね。

久保田　ですからそういう点で、恋の歌においても実に多彩な才能の持ち主といえるのは和泉式部でしょう。さっきおっしゃったような内と外の矛盾とか乖離《かいり》みたいなものも歌う。じいっと自分の心を見つめた歌も歌うかと思うと、男をいなすような歌もある。

佐佐木　「男かわゆし」みたいな歌もありますものね。

久保田　公任《きんとう》はこれがいちばん和泉式部の作らしいいい歌だっていうんですが、

　　津の国のこやとも人をいふべきにひまこそなけれ蘆の八重ぶき

　これは結局拒絶の歌なんですね。「お逢いしたいのですが、時間がないのですよ」。そういうことまで軽々と歌える。そうかと思うと、先ほどの、

　　つれづれと空ぞ見らるる思ふ人あまくだり来むものならなくに

と歌うなど、全くすごい歌人だと思います。

佐佐木　あと、アイデアがある歌をあげるとすれば、

　　君こふる心はちぢにくだくれどひとつもうせぬ物にぞ有りける

一個の愛情が分割されると百個の愛情、千個の愛情になる。私は割れた鏡の破片をイメージしますが、このアイデアは抜群ですね。

久保田　だからすでにあの時代に、和泉式部と赤染衛門のどっちが優れているかという優劣論があって、息子の定頼《さだより》に聞かれた公任は、「それはとても比較にならない、和泉式部が上だ」と言っていますが、本当にその通りだな、と賛成します。だからあの時代は、男性はもう顔色がない。

金子　男性ではどんな人がいるんですか。

佐佐木　業平でしょう、やっぱり。

久保田　「心あまりて、ことばたらず」。和泉式部の時代だと、まあまあ太刀打ちできるのが藤原実方《さねかた》、藤原道信《みちのぶ》ぐらいでしょうか。あとはもうたじたじという感じがする。

恋の歌人定家

金子　『新古今集』にくると男性で恋の歌の達者な人というのは誰でしょう。

久保田　これはもう何といっても定家でしょうね。技巧のうえに技巧を重ねた歌ではありますけれど。

佐佐木　定家ぐらいになりますと、やつしの美学のようなものが出てくる。これは後の俳諧の心に通じていくんだろう。藤原良経《よしつね》が「南海漁夫」と名乗ったりして、それがかっこいいというような。それで恋の歌にもそういうふうなのが出てくるんですね。

金子　達磨歌（わけのわからない歌の意で、藤原定家など新風歌人の和歌を保守派が付けたあだ名）なんて言われたんでしょう。

久保田　特に若いころ守旧《しゅきゅう》派に言われましたね。

佐佐木　若さがもうはりきりすぎという感じで。

金子　ああ、やつしてなんかいないで、はりきりすぎで……。

久保田　定家の場合、名手の和泉式部を意識してそれを自分流に変えていくところがまたおもしろいですね。「黒髪」の歌がそうですね。

　かきやりしその黒髪の筋ごとにうち臥すほどは面影ぞ立つ

という定家の歌は、和泉式部の、

　黒髪の乱れも知らずうち臥せばまづかきやりし人ぞ恋しき

という歌にもとづいています。それから和泉式部で帥宮《そちのみや》が死んだ後の歌なんでしょうけど、

　かるもかきふすゐの床の寝《い》をやすみさこそ寝《ね》ざらめかからずもがな

というのがありますね。猪みたいにころっと安眠はできなくてもすこしは寝ていたいのに、悲しみのために眠れない。それを念頭において、

　うらやまずふすゐの床はやすくともなげくも形見寝ぬも契を

眠れないのもあの人との恋の形見なんだから眠らなくてもいいんだという、その辺が私は好きなんですけど。それから『万葉』の、

　白妙の袖の別れは惜しけども思ひ乱れて許しつるかも

これは作者未詳ですが、筑紫のほうに赴任した官人と現地の女性との別れの歌でしょうね。それを本歌に取った、

　白妙の袖のわかれに露落ちて身にしむ色の秋風ぞ吹く

は、実は『万葉』だけでなくもう一つくらい本歌に取っているのですが、そういう変え方も定家ファンとなるとたまらないですね。

金子　なるほどね、定家《ていか》（定価）が上がるわけですね。

佐佐木　四季の歌を恋の歌に置き換えたりという趣向をさかんに楽しみますよね。楽しかったんだろうなあ。

久保田　定家は苦しい、苦しい、詠歌は大義だなどと言ってますけどもね。どうも私たちがまだ十分読み切れないのがそれ以後なんです。

金子　それ以後とおっしゃると。

久保田　時代的にも『新古今集』以後の歌の数はたくさん積もり積もっているんですけど、そこから何を選びだしたらいいか、非常に困るんです。研究者はその中では、『玉葉集』とか『風雅集』などのいくつかの撰集をマークしますけども、読み込んでいるのは量的にはいくらもありません。

近世和歌での恋

久保田　室町から近世にいたる間の歌をどうとらえるか。佐佐木さん、そのへんはいかがでしょうか。

佐佐木　いやあ、僕もたくさんは読んでいないので。

久保田　近世歌人をどう読むかですね。私はそういう選歌の作業をときどきさせられるのですが、まず主要歌人を最初に挙げちゃう。例えば、「この人は和歌史的に大きな存在だから」ということで真淵《まぶち》（賀茂真淵）と景樹《かげき》（香川景樹）なんかを挙げておいて、それから彼らの歌では何がいいか、と思って探します。そういう探し方をしているせいか、近世以前のものと違ってすぐぱっと浮かぶものがないんですよ。

佐佐木　近世は儒教が強くなって、歌の先生がいばってますよね。だからありのままの恋の歌とか、ちょっとふざけた歌なんかは作りにくい空気ですね。それに他に俳諧があって狂歌があるから、和歌の先生はものすごく権威主義的にえらくなって、本歌取りの恋歌のようなことしかやらないわけですよね。建前としての恋歌でしょうか。

金子　芭蕉が歌学を知らない、とおこられていますものね。

　山路来て何やらゆかしすみれ草

も後で「芭蕉は歌学を知らないからすみれを山に詠んだ」とやられてますからね。

久保田　この間景樹を読んでいたのですが、その中で、景樹がたまたま京都から江戸に下ってきた。だいたい江戸では江戸派（賀茂真淵門下の加藤千蔭・村田春海らの一派）がいばっていて、「景樹何するものぞ」みたいな空気があるから、景樹は自分の宣伝もあってしばらく江戸にいたが思うようにいかず、結局帰ってしまうんですが、その江戸滞在中に、返歌は読人知らずとなっているんですけど、おそらく奥さんにでしょうか、手紙をやってそこへ書いた歌が、『桂園一枝《けいえんいっし》』の旅のところではなくて、恋のところに入ってます。

　ゆふ暮の露も結べる玉章をなきてつたへよ
　天つかり金

これはちょっと評判がいい歌らしいのですよ。景樹としてはかなり心情がこもっているという読み方があるのです。

金子　武家の和歌はどうですか。

久保田　武家の和歌はこの頃かなり研究されてきまして、江戸で選ばれた撰集なんかいくつかありますけれど、私はまだそのおもしろさがわからないんです。

金子　漢詩のほうがおもしろいでしょうね。

佐佐木　そうですね、もののふのある一種のやさしい心が出ていればいいんですが、なかなか見付からないですね。

久保田　近世の歌人ですと、やはりすぐ浮かぶのが自然詠です。どうも恋の歌が出てこない。かつてこの「國文學」の〈鑑賞・日本の名歌名句一〇〇〇〉の特集（'77・11）で、そのときは近世歌人も入れたんですけど。自分でどんな歌を選んでいたのかな、と思ってひさしぶりにそれを引っ張り出してみると、県門（県居《あがたい》と称した賀茂真淵の門下）の三才女、鵜殿余野子《うどのよのこ》、油谷倭文子《ゆやしずこ》、土岐筑波子《ときつくばこ》ですね。これは女性だからでしょうか、みんな恋の歌を選んではいるんです。こういうのはどうでしょうか。鵜殿余野子は、

朝なあさなけづるとすれど黒髪の思ひみだるるすぢぞ多かる

というのですね。

金子　「すぢぞ多かる」というのはつまらんなあ。

久保田　それから油谷倭文子はちょうど坂上郎女のもじりみたいなんですね。

こじといはば来む夜もありと待たましをこむとたのめてこしやいつなる

佐佐木　完全に坂上郎女を踏まえていますね。

久保田　それから筑波子は、

ことかたに人の心のかよへばや夢路にさへも見えずなりゆく

ですね。ただこれらを見ると、発想はあまり昔と変わらないなあという気がするんですよ。現代の女性歌人にはどんな歌があるんでしょうか。

佐佐木　本気を生のまま言わないための恋歌なんですね。挨拶と同じで、直接自分の心を言わなくても挨拶ことばを言えば心が通じるというパターンじゃないでしょうか。

恋の句さまざま

金子　割り込むようですが、芭蕉の歌仙の恋の部。

久保田　あれはいいですね。

金子　いま幸綱さんが挨拶とおっしゃったものが、俳諧の連歌の中の恋の付合を味わうときも

ありますね。和歌のときとは違って、前後の、自分の句に付ける人を意識して恋を披瀝している。俳諧の連歌が和歌の連歌から別れて盛り上がるのが中世半ば以降でしょう。戦国武将もやったわけでしょう。それで私は明智光秀の本能寺襲撃前の『愛宕《あたご》百韻』（天正十年五月二十四日張行。光秀の発句「ときは今天が下しる五月《さつき》かな」で著名）がおもしろいと思いまして、ちょっと本を開いてみたんです。百韻の中で三箇所恋の付句が入っているんです。三箇所ともまことに純情極まりないもので、連衆に恥ずかしそうに挨拶している印象です。それから江戸の終わり頃になって小林一茶たちの恋の付合。これなんかとても開放的で即物的で、挨拶調です。真中の芭蕉の付合というのは、実に技巧的でうまい。自分の体験をベースに、こんな恋はいかが、と挨拶を込めて、そのこと十分に技巧をこらして、いささかくすぐりも用意して提示している。芭蕉は恋の付合でもって弟子の中に君臨していたといわれるくらいですから。

久保田　馬に出ぬ日は内で恋するというのがありますね。何が「うはの空」でしたっけ。

金子　ありましたね、「上をきの……」

佐佐木　上をきの干葉刻《きざむ》もうはの空

久保田　それなんかじつにいいですね。

金子　これは有名ですが、「七部集」（『俳諧七部集』、『芭蕉七部集』とも。蕉風の撰集七部を集めた叢書）の最初の『冬の日』の、上の句が、

わがいほは鷺にやどかすあたりにて

下の句が、

髪はやすまをしのぶ身のほど

という芭蕉の付句。だからまあ、男にでも振られたかあるいは子供でもできたか、とにかく髪を切って偲んでいたわけです。それに今度は重五が付けて、

いつはりのつらしと乳をしぼりすて

と落ちがある。まあ、子供ができたんですね。だけどもう逢いたい気持をいつわっていることが辛い。これも非常に技巧的で、連衆を楽しませることを心掛けてる。

それから『猿蓑』でも、こういうのがあるんですよ。凡兆の、

隣をかりて車引こむ

という句をうけて、芭蕉の、

うき人を枳殻垣《きこくがき》よりくゞらせん

がありますね。

久保田　ああいいですね、それ。からたちをくぐらせて痛い目にあわすのですね。

金子　「うき人」というのがつれない恋人ですからね。つれない人に枳殻垣をくぐらせようという。するとすぐそれをうけて、

いまや別《わかれ》の刀さし出す

もう終わってお別れということで刀を差し出す、というわけですかね。そうしていきなり今度はまた凡兆が、そろそろちょっと退屈だからと転換していって、

せはしげに櫛でかしらをかきちらし

と今度は苛ら立たしげな姿にする。巧いもんですよ。挨拶過剰の感じですがね。戦国武将たちのごく素朴なものと、一茶たちの開放的即物的なのとくらべてみてそう思うんです。たとえば一茶になると樗堂《ちょどう》との間に付けた句で、

とぶ蝶にうは着丸〆て投るなり

と、こうくるわけですね。そうすると、

あらぬ所に下り居する恋

とんでもない所に下りていって恋をしている、と樗堂が付けた。それから、

小村雨心の外にかね聞て

と、もうそわそわしてる。こんなふうに実に即物的で素朴でしょう。芭蕉のは文芸で、こちらは日常吟。近世も終わりの大衆社会では付合に

文芸は煩わしい、ということですかね。また戦国武将なんかは単純素朴で、

しほれしを重ね佗びたる小夜衣

ときて、

おもひなれたる妻もへだつる

浅からぬ文の数々よみぬらし

あるいは、

我よりさきにたれちぎるらん

いとけなきけはひならぬは妬まれて

といひかくいひそむくくるしさ

という調子ですね。至極素朴なんですね。

佐佐木　江戸時代になると、恋歌も実用性がまったくなくなりますね。挨拶の歌はありますが、たとえば初めて会う歌人同士が挨拶の歌を交換するのはあるけども、実際の恋愛で恋の歌を遣って恋の歌を返すことはまずない。たぶん歌の社会的役割が変わってきたんですね。

金子　変わってきたのだとおもう。歌仙でやる付合の、挨拶含みの恋は盛んだが、発句でいきなり恋を伝えるなんてえのは芭蕉と同時代の池西言水《ごんすい》の、

鼻紙の間の紅葉や君がため

しかしこれとても独りごころの恋の句かもしれない。はな紙の間に紅葉を挟むんですね。君のために、持っている。一茶あたりになると、自分に言いきかせるように言って、妻への愛情を噛みしめる。そのかたちで伝える。次の句があります。

ふくらふの面癖直せ春の雨

これには、「はといけんしていはく」と前書きしているんですが、ふくろうは一茶、はとは奥さん。

久保田　蕪村はどうですか。

金子　蕪村の句なんかでも、

誰《た》がためのひくき枕ぞ春のくれ

これなんかは詠《うた》いすぎで、挨拶を込めすぎた

発句と思える。

久保田　恋といえないかもしれませんが、

　　負まじき角力を寝ものがたり哉

　ああいうのはどうですか。

金子　何かしらこう、実際の恋というよりも物の本から受けとった恋、という感じじゃないでしょうかねえ。恋の歌にしても恋の俳諧にしても、江戸のものは挨拶がらみで、生まな味わいが少ない。

歌謡・川柳・狂歌

久保田　私も、江戸の恋の歌で一番いいところは、歌謡、音曲にあるんじゃないかなあといつも思っているんですよ。歌謡・音曲なんぞはあまり文学史でも問題にされませんけどね。

金子　だからそれが不満ですよね。

久保田　今回の特集でも近世の歌謡・音曲という項目が立って、「遊女の恋」という題になっていますけれど、こういうものをぜひ文学史の中でも光を当てたいですね。だいたいこういったジャンルは文学以前だというような見方がかつてありまして。それは論外なんですが。

佐佐木　この間初めて浄瑠璃を素材にエッセイを書きました。浄瑠璃はもう恋歌のつなぎあわせなんですね。

久保田　そうですね。ちょうど、謡曲が昔の古典和歌のつぎはぎ、綴れ錦なんていいますけど、近世の歌謡・音曲だって綴れ錦ですよね。だけど綴られているものがぐっとくだけたものだから、近世的なおもしろさというのは歌謡のほうにかなりあるんじゃないでしょうか。

金子　そう思いますね。ですから、『梁塵』―『閑吟』―江戸歌謡という流れが和歌とは別にあった。それから、俳諧の連歌に移ってから和歌の世界が変わっちゃった、そこの辺を押える必要があります。

佐佐木　寺子屋みたいな形で、歌の先生の許に子女が通ってきて、一般教養としての恋歌を一所懸命習う時代になるんですね。

久保田　それがずっと来て、信綱先生が「忍恋」ですか。それはそれで文化史的な意味があったのですね。まず型から入っていく。

佐佐木　中島歌子（一八四四～一九〇三）の萩の舎（樋口一葉らが学んだ歌塾）とかそういうのにつながっていく。

久保田　歌の塾ですね。そのことの意味も継承していかなければいけないのかなと思います。

金子　そうですよねえ。今、ふと思ったのですが、雑俳の『武玉川《むたまがわ》』や『誹風柳多留《はいふうやなぎだる》』、あそこでいわれてる、いわゆる恋を逆に揶揄した句、たとえば『柳多留』の

　睦言の中へ油をつぎに出る

とか、あるいは戯画化した世界『末摘花』の、

　出合茶屋惚れたほうから払ひする

といったものには、倒錯したおもしろさがあるでしょう。それから俳諧の世界では季語としてたとえば「猫の恋」なんてね、人間の恋をああいう動物たちにも仮託していくものがある。

久保田　これはもう芭蕉も作っていますね。

金子　ええ。そういうのをちょっと挙げておきたいのですが。そういうモディファイされた姿というのは重要ですね。

久保田　これは近世では重要ですね。

金子　「猫の恋」ですと芭蕉だと有名な、

　麦めしにやつるゝ恋か猫の妻

それから一茶だと、

　嗅で見てよしにする也猫の恋

それから、

　猫の恋たがひに頭はりながら

とかたくさんある。そういう猫の恋なんてものが出てきたということは……、

佐佐木　完全な「横の題」ですね、「縦の題」で

はない。
久保田　近松にもありますよね。恋猫同士が騒ぎあってるのを見て自分がむしろ猫になりたい。恋してはいけない男に恋してしまった。インセストの関係とわかった女がいっそのこと猫になりたいと嘆く（『津国女夫池《つのくにめおといけ》』第三）。
金子　それから『武玉川』に、

　鶴折りて恋しい方へ投げてみる

これいいでしょ。
久保田　きれいですね。
金子　それから昔これ衆道を楽しんでいたんですね。今は女房と正式に結婚している。

　女房に昔の若衆ひきあわせ

さては、

　抱いた子にたたかせてみる惚れた人

おそらくこういうのは狂歌なんかにもないですね。
久保田　いえ、狂歌にはたくさんあると思います。狂歌・狂詩については京都大学の日野龍夫さんがよくご存じのはずです。

我が恋歌、我が恋の句

久保田　じゃあ最後に二つお願いがあるんですけど、一つはぜひともこの歌だけは推薦したいという恋の歌を、もう一つは御自分の恋の歌、または恋の句を御披露いただきたいと思います。
佐佐木　さっき言っちゃったからなあ。
金子　言っちゃったねえ。
久保田　じゃあ佐佐木さん、まず古典で。
佐佐木　古いほうではやはり東歌で、

　子持山若鶏冠木《かへるで》の黄葉《もみ》つまで寝もと吾《わ》は思《も》
ふ汝《な》は何《あ》どか思ふ

歌垣の誘い歌と思われますが、とぼけた味わいがなんともいい。
久保田　子持山というとどこの国でしたっけ。

佐佐木　群馬県です。
久保田　上野国《こうずけのくに》。
佐佐木　あと、時代が下ったものでは、いかにもその時代の女の歌で建礼門院右京大夫の歌です。

　夕日うつるこずゑの色のしぐるるに心もやがてかきくらすかな

ゆっくりと時間だけが過ぎていくような。
久保田　私も宿題になっております「恋歌一〇〇選」には右京大夫はやっぱり入れたいですね。入れるとすればその歌です。
佐佐木　それから近代短歌では、それまでは建前の恋の歌だったのが、本音の恋の歌がいえるようになってからの歌でしょう。
久保田　それから、それこそ身体の、例えば手とか足とか髪とかの問題だろうが何だろうが、どこでも歌うわけですよね。そういう自由さも当然ありますね。
佐佐木　晶子はそういう点で新しい恋の短歌史の展開をうながした位置にいると思います。
久保田　やっぱり晶子と啄木なんでしょうか。近代短歌でのごく初期の頃の二大スターといえば。
佐佐木　啄木の恋の歌はどうですかね。晶子は確かにそうですけど。晶子の後は四十年代に入って牧水とか茂吉とかでしょう。
金子　茂吉はいいですねえ。
久保田　茂吉には女性の名前の連作が二つありますね。「おひろ」と「おくに」。
金子　啄木は詩のほうですかね。
佐佐木　あんまり恋の歌ないですよね。
金子　例えば

　東海の小島の磯の白砂に
　われ泣きぬれて
　蟹とたはむる

も恋の歌というより……。

久保田　なんか青春の歌という気がしますよね。

金子　青春か。漠然たるものか。

久保田　そうかもしれませんね。故意に限定しない、なんか青春の茫漠たる悲しみのようなものは確かに啄木のもので、それでもっているようなところはありますよね。

じゃあもう本当に最後になりました。お一つずつ。

佐佐木　金子さんも二つ引いてくださったし。あと多少知られているのに、

サキサキとセロリ噛みいてあどけなき汝《なれ》を愛する理由はいらず

これは大学生の時期の作なんです。僕は案外、最初恋歌でスタートしたんです（笑）。

久保田　じゃあ金子さんに、推薦される恋の句と御自身のお作を。

金子　佐佐木さんのと岡井さんのが私には決定打なんですが。それから江戸のもので私にとってもっとも残っているのは、嵐雪なんですよ。私の句を言う前に、これを挙げておきたい。

わが恋や口もすはれぬ青鬼灯《あをほづき》

ほうずきのことですね。これは大好きな句なんですけどね。これけっこう生々しいでしょう。それから自分の句ではね、

谷に鯉もみ合う夜の歓喜かな

久保田　いつの御作ですか。

金子　今から二十年ほど前です。まだ五十代の終わり頃ですかね。これね、「古代胯間抄」（句集『暗緑地誌』〔一九七二刊　牧羊社〕所収）という題の中のもので。

久保田　今日は期待していましたとおり、時代を超てジャンルの垣を越えて、時空を超えてお話しいただきまして、どうもありがとうございました。

（了）

宮のうた、里のうた

〈対談者〉丸谷　才一

丸谷　才一（まるや　さいいち）

大正14年8月27日、山形県に生まれる。昭和25年東京大学文学部英文学科卒。作家。毎日新聞特別顧問。日本芸術院会員。大学卒業後、昭和40年まで國學院大學に勤務。小説・評論・随筆・翻訳・対談と幅広く活躍し、古典論・文章論・国語問題にも造詣が深い。43年「年の残り」で芥川賞を、47年「たった一人の反乱」で谷崎賞を、49年「後鳥羽院」で読売文学賞を、60年「忠臣蔵とは何か」で野間文芸賞を、63年「樹影譚」が川端賞を、平成3年「横しぐれ」英訳でインデペンデント外国文学賞を受賞するなど受賞多数。主な著書に『笹まくら』（昭41　河出書房）『丸谷才一批評集』全6巻（平7〜8　文芸春秋）『輝く日の宮』（平15　講談社）など。

歌人天皇

丸谷　日本の昔の天皇というのは非常に和歌が上手だったわけですけれども、あれはやはり女をくどくために歌を詠んだから、あれだけうまかったのかしら。

久保田　そうですね、ただ天皇の場合歌がうまくなくても女はくどけるとは思うんですけど……。しかしうまければ女もなびきやすかったでしょうね。でもそういう実用的な目的以上の何か、一種の帝王学として和歌が考えられたんじゃないでしょうか。

丸谷　帝王学とはどういうことですか。

久保田　やはり日本の神は歌をよろこぶということで、まあ天皇は神の意を体して政治してるわけですから、その神を清《すず》しめるためには、どうしても歌が必要だ、そういう意識があったんじゃないでしょうか。

もちろん今流の政治とは違うわけでしょうが、当時の意味での政治的な目的というものが帝王の和歌をささえている、という気がします。

丸谷　そうなんですよ。現代政治とは全く性格の違う政治ですものね。のんびり、おっとりとした昔の政治——むしろ呪術的といってさしつかえない政治で、つまりそれが祭政一致ということだけど。

その呪術的見地からみて歌がうまいというのは、素晴らしい呪文をつくることができたというわけですね。

久保田　きっとそうでしょう。中には確かに呪術性よりはむしろ実用性の強い、相聞の歌をもっぱらつくっていた帝王もいただろうと思いますけど。

丸谷　その実用性の問題にしてもこういうことがありますね。折口信夫《しのぶ》の説で、身辺に才知すぐれたみめ美《うるわ》しい女を数多くはべらせていると

郵　便　は　が　き

101-8791

料金受取人払

神田局承認

4754

差出有効期間
平成17年８月
19日まで

004

東京都千代田区猿楽町2-2-5

笠間書院

営業部行

■注文書　お近くに書店がない場合は、直接小社へお申し込み下さい。送料は380円になります。

宅配便にてお手配しますので、お電話番号は必ずご記入ください

書名	部数
書名	部数
書名	部数

お名前

〒

ご住所

☎　（　　）

＊電話番号をご記入下さい。

ご愛読ありがとうございます

お名前　（　　歳）

（ご職業　　）

〒

ご住所

☎　（　）

E-mail

この本の書名

ご感想・ご希望他、お読みになりたい新しい企画などをお聞かせ下さい。
ホームページなどに掲載させていただく場合があります。
（諾・否・匿名ならよい）

■この書籍をどこでお知りになりましたか。

1．書店で（書店名　）
2．広告をみて（新聞・雑誌名　）
3．書評をみて（新聞・雑誌名　）
4．インターネットで（サイト名　）
5．当社目録・ＰＲ誌でみて
6．知人から聞いて
7．その他（　）

■小社ＰＲ誌「リポート笠間」（年一回発行）　いる・いらない

いうことは、帝王にとっての非常に大事な資格であった。そのすぐれた女たちの徳によって日本を治める、それが日本の天皇というものであった、というのがある。それでいけば、つまりいい女を周囲に集めるには、いい女をなびかせるだけのいい恋歌を続々と詠む必要があった。そこでおのずから歌が上手になった。また歌が上手でなければ天皇になれなかった。そういう入り組んだ関係があるんじゃないでしょうか。

久保田　そうですね。じゃあ丸谷さんは歌のうまい天皇として、どういう天皇をお考えですか。

丸谷　それはいまの説でいくと、もっと幸福な感じの天皇になりそうなんですけど、変なことに、いちばんうまいのは、やはり後鳥羽院と崇《す》徳《とく》院ということになるだろうと思うんです。ま、後鳥羽院の後宮はかなり女の人が多いですけれども、崇徳院はどうですかね。

久保田　崇徳院はあまり女性関係がはっきりしないですね。

丸谷　つまり女性関係で幸福だったという実証は、あんまりないんですね。

久保田　ないですね。まあだいたい崇徳院は出生からして鳥羽法皇のお子さんということになってるけど、実際はお祖父さんの白河法皇が待《たい》賢門院《けんもんいん》に生ませたんだといいますね。そういう生まれからして暗いものがあるせいか、なにか女性関係で明るさってのが感じられない。とにかく後鳥羽院と非常に対照的だ思うんですけど。

丸谷　僕は崇徳院と後鳥羽院、この二人が歌のうまさという点でやはり両横綱ってことになると思うけど、専門家としてはどうですか。

久保田　いや、崇徳院をそれだけお買いになるのには、さすが丸谷さんだなって感じがしました。国文の連中にとっては後鳥羽院は文句ないとこですが、崇徳院にはまだ目が届いていない。

丸谷　あんまり論じられてませんね。

久保田　国文学者の文学史的通念に従えば、歌のうまいのは後鳥羽院、花山院《かざんいん》、中世の伏見院《ふしみいん》、てとこでしょうか。

丸谷　伏見院はうまいといわれてるけど、僕はどうもあの『玉葉』の歌というのは少し気の抜けたビールみたいな感じがあって、その分、まあ近代的というのかもしれないけど、調べに大きさがなくて、天皇らしくない。

久保田　やっぱり天皇の歌の特色としては、おおらかであるってことがまず大事なんですね。

丸谷　紙一重で間が抜けた感じになるくらい大ぶりで、堂々としてて、ゆったりしていて、色気もある。そういうのがやはり天皇の歌だと思います。

　後鳥羽院の

　見わたせば山もとかすむ水無瀬川夕べは秋となにおもひけむ

というのがありますね。

久保田　ああ、丸谷さんが国見(古代帝王が高所から支配する国土を望み見る行為)だとお書きになった……。

丸谷　ええ、国見だと理屈をつけてみたんですけど、そういってみたくなるくらいおっとりしています。『新古今』のほかの名人たちが逆立ちしても詠めないという、そこがいいと思うんですよ。

久保田　そうですね、伏見院にしろ、光厳院《こうごんいん》にしろ京極派の天皇になるとそれがなくなりますね。細かい感じでせせこましいというのか。これは承久の乱を境にして変わるのかもしれない。

丸谷　そうそう。天皇が実質的な権力を持たなくなって、細かな細工物に時間を潰していたという感じになる。

　その点、崇徳院なんかあれだけ不幸な境遇に

あった人なのに

　瀬を早み岩にせかるる滝川のわれても末に
　あはんとぞ思ふ

なんていう恋歌、あの大ぶりな感じ。じつにいいですね。

久保田　そうですね。崇徳院の叙景歌にも大ぶりなのがあります。

　山たかみ岩根の桜散る時はあまの羽ごろも
　撫づるとぞ見る

とか。

丸谷　なるほど。

久保田　中世の言葉でいうと長高《たけ》い歌というのか、雄大な歌が結構ありますね。讃岐《さぬき》に流された後は、もう怨念のかたまりみたいになってたかもしれませんけど、もともとこの人は気性が強いと同時にゆったりしたところもあったんじゃないですか。

丸谷　そうだと思いますよ。白河法皇の気性をそのまま受け継いでいるというか。

　大体、私の歌の好みは、『千載』『新古今』『新勅撰』の時代なんです。だからどうしてもその時代から後鳥羽院、崇徳院という両横綱を選んでしまうことになる。

久保田　『万葉』を好む人に怒られるかもしれませんね。なぜ天智天皇、天武天皇が入らないのかと。しかし『新古今』にもずいぶん『万葉』の歌が入ってるし、それに『万葉集』が本格的に詠まれ出したのは院政期ぐらいからですね。崇徳院のちょっと前、白河法皇あたりからです。

　それで崇徳院なんか、やっぱり『万葉』の影響をかなり受けてるんじゃないかと思う。

丸谷　そうでしょうね。

久保田　万葉的なものと新古今的なものというのを、ともすると対極にあるものとして考えがちですけど……。

丸谷　在来のような単純な対立ではとらえられ

ませんね。あなた方のころはどうか知りませんが、僕が中学生のころは、

春過ぎて夏来にけらししろたへの衣ほすて
　ふあまのかぐ山

という持統天皇の歌。これが〝夏来たるらし〟でなくちゃいけない、〝衣ほしたり〟でなきゃいけないとさんざん教えこまれた……。

久保田　われわれのころもそうです。

丸谷　〝ほすてふ〟とやるといかに駄目になるかとしきりに言われた。だが〝ほすてふ〟と詠む趣味そのものを否定するわけにはいかないでしょう。あのころの人が〝ほすてふ〟と詠むのは、過去を探るうえで学問的に間違いだったということと、趣味の上下の問題とが、あの議論では混同されている。

後鳥羽院の歌、昭和天皇の歌

丸谷　天皇の大味なよさってやつをもう少し。

久保田　これは大味というよりはむしろ凝った芸の例なんですが、後鳥羽院の歌で、

秋の露やたもとにいたく結ぶらむ長き夜飽
　かずやどる月かな

というの。窪田空穂《くぼたうつぼ》さんは、これは自然を大きく、われ即ち人間を非常に小さいものとして歌っていると言っているんですが、僕はそれに抵抗があるんです。

丸谷　これは一応秋の歌でもあるが恋の歌でしょう。人間と自然のコレスポンデンスみたいな歌ですよね。だから人間が自然に比べて小さくなっていることはないと思いますね。

久保田　空穂さんはまず夜空に照っている月ってものをイメージに浮かべて、それから月の下に、地上におしなべて露がおりている。で、その露はたもとにもおりている。露は涙と重なるわけですけど。そういうふうにまず空からとらえてみたんじゃないかなという気がするんです

ね。ですけど、ぼくはこれは「秋の露やたもとにいたく結ぶらむ」と、まずたもとに焦点が合わされていると思うんです。このたもとというのは結局自分なんですね。さらに野暮な穿鑿《せんさく》すると、『源氏物語』の「桐壺」で、まあ最初のところですけども、亡くなった更衣を忘れかねている帝が、その里方に靫負《ゆげい》の命婦をつかわしますね。その靫負の命婦の詠んだ歌で、

　鈴虫の声のかぎりを尽してもながき夜あかずふる涙かな

　あれをおそらく踏まえてると思います。

丸谷　ええ、そうでしょう。

久保田　あの場合靫負の命婦ですけども、僕はちょっと勝手なことを教室なんかで言うんですが、ここでは太上天皇―後鳥羽院は桐壺の帝になってるんじゃないか。いわば桐壺帝になり代わって歌っている。それが可能なのはやっぱり帝王じゃないか、っていう気がしたんです。つまり定家でも家隆でも、それは『源氏物語』の歌をいくらでも踏まえて歌うけれども、さすがに桐壺の帝の立場では詠めないって歌を歌ってる。

丸谷　つまり光源氏の役は気取ることができても……なるほど、なるほど。

久保田　じゃないかなと。そうなるとこれはきわめて自己中心的な歌で一種の帝王ぶりじゃないか、そんなことを考えるんですけども。

丸谷　たしかに後鳥羽院って人はそういうところは、われわれからみると非常にぬけぬけとした感じで芝居がかったことがやれる。しかし、彼にとっては、べつにぬけぬけでもなんでもなくて、当たりまえのことだったでしょうしね。

久保田　それから、これは折口さんも言っておられましたね、貴人は人に代作してもらう、っていうような言い方だったでしょうか。ですけどそう見えるのは、同時代のすぐ前につくった

歌と余りにもよく似てるわけですね。

実に大らかに真似してるっていうか。いいものはどんどん取りこんでしまう。これが後鳥羽院にはじつに多いですね。

丸谷 多いですよ。著作権法違反みたいなのが非常に多い。

久保田 本歌取りがさかんだった時代でも、あれは古歌を取るので、同時代人のは真似しちゃいけないんですね。ところが後鳥羽院はぬけぬけとそれをやってる。

丸谷 やるんですよ。定家の一首をちょっと大味にするとたちまちにして後鳥羽院の別の趣きが出てくる。たとえば定家のれいの絶唱

さむしろや待つ夜の秋の風ふけて月をかたしく宇治の橋姫

これをまねて、

さむしろに衣かたしき月をのみまつの木の間ぞ冬もかはらぬ

なんてやる。

久保田 そうですね。良経の歌もずいぶん取られていると思うんです。

丸谷 ありますね。良経の歌は、定家のよりもっと取りやすいわけですよ。身分的に近いから。

久保田 たとえば後鳥羽院の、

みだれ葦の下葉すずしく露はゐて野沢の水にかよふ秋風

というのは、その直前に良経が、

螢飛ぶ野沢にしげるあしの根の夜な夜なしたにかよふ秋風

と詠んでいる。

丸谷 そっくりだね。

久保田 寂蓮法師の有名な『百人一首』の歌ですが、

村雨の露もまだひぬ槇《まき》の葉に霧立ちのぼる秋の夕暮

があって、そのちょっと後、後鳥羽院に、

秋くれて露もまだひぬ楢《なら》の葉におしてしぐ
れのあまそそくなり

があります。「露もまだひぬ」なんて平気でやってる。

丸谷　そういう模倣は平気ですね。あの人は。それから自己模倣がまた平気なんだ。自分の気に入った詠みぶりは何度も何度もおんなしのをくりかえす。それを定家はしないんですよ。定家は歌人だという、プライドがあるから、そんなことはできない。

久保田　定家はごくまれに前に自身で詠んだのと似たのを後につくると、自分の歌集の中で、「度忘れして前に詠んだのに似たのを作ってしまった。実にこれは恥ずべきである」なんてことを注記してるのがありますから、それほど神経を使って、同じ表現は再び使うまいということを努めてるようですね。ところが後鳥羽院は、そんなことをしない。だから後鳥羽院の口ぐせっていうのがあるわけです。

丸谷　あそこのところは詠み捨て言い捨てという、そういう趣きがありますね。そして変なことに、その詠み捨て言い捨ての趣きが、歌の柄をひとつは大きくしてる。そこのところが非常におもしろい問題でしてね。あんまり極端に推敲した文章っていうのは読んでて息苦しくなるみたいな、そういう事情と似てますね。

久保田　これ一種の雑文のおもしろさですか。

丸谷　なるほど（笑）。なんか、そういうこと、あると思うんだな。リラックスした趣きの楽しさが帝王の歌にはなくちゃいけない。自分の存在そのものを信じていて、表現の末に、こだわらない。その古代以来の帝王ぶりの歌のおもしろさを折口信夫が論じて、いまの天皇（昭和天皇）の、

広き野を流れゆけども最上川海に入るまで
濁らざりけり

というのをあげて、これは帝王ぶりの歌だと褒めています。僕はたしかにそうだと思うんですよ。こういう大味な歌いっぷりは、たとえば斎藤茂吉に詠めませんよ。まして白秋《はくしゅう》にぜったい詠めない。そして吉井勇《いさむ》（一八八六〜一九六〇。歌人・劇作家）ならどうかというと、この人が詠めないのは別の意味でなんですね。吉井勇の歌には、もちろん帝王ぶりってほどじゃないけど、それに近い柄の大きさはある。そして色気ももちろんある。ところが私としては、大ぶりであって、しかも色気があるというのが天子の歌だと思う。いままでは大ぶりのほうだけ言ってきましたけどね。天皇の歌は色気がなきゃならない。ところが明治維新以後、天皇の歌は色気がなくなったんですね。というのはやっぱり、周囲に大勢の女をおくことをやめたもんだから。天皇の恋歌なんてのは、明治維新以後もう詠めなくなったわけでしょう。

久保田　恋歌は詠めない、民草を思う歌ばっかりで（笑）。

丸谷　だから、

　浅みどり澄みわたりたる大空の広きをおのが心ともがな

といったような（笑）、ああいう、ただただむやみに大ぶりな……色気がない歌になってしまった。ぼくは明治以後の天皇の歌のなかじゃ、最上川の歌なんてのはかなりいいほうだと思うんですよ。ただ惜しむらくは色気がちっともないなあ。この最上川が、

　最上川のぼればくだる稲舟の否にはあらずこの月ばかり

と、同じ川だとはとても思えない（笑）。

後白河法皇の今様

丸谷　宮廷文化というものは平安期、鎌倉初期まで。やはり『新古今』までだと僕は思うんで

すよ。
久保田　承久の乱ですべて駄目になる。
丸谷　そう。だから『新古今集』のすばらしさというのは、最後の花の美しさで、それをあんなにハッキリ見せてくれるものはほかにないでしょ。
久保田　王朝の美術工芸としては「源氏物語絵巻」「平家納経」(平清盛ら平家一門が厳島神社に奉納した法華経。華麗さで著名。国宝)あたりがいちばんいいとこでしょう。『新古今』のちょっと前あたりの。
丸谷　『新古今』は文学のほうであのころの最高のところをはっきり伝えてると思うけど、美術のほうは『平家納経』以上のものが案外あったんじゃないかって気がする。
久保田　似絵《にせえ》はどうですか。
丸谷　「頼朝像」はいいようですね。後鳥羽院の肖像はどうかな。
久保田　信実《のぶざね》(藤原信実)ですか。おもしろい人ですねえ。
丸谷　僕は信実の歌のことは何かで書いたな。
久保田　『横しぐれ』(一九七五刊　講談社)。
丸谷　そうそう。彼は俊成が使ってはいけないと言った〝横しぐれ〟という言葉を平然と使う。偉いなと思いましてね。ふつう逆らえないでしょう。あのころの俊成の権威はすごいもの。
久保田　信実の歌はたしかに、ちょっと俳諧歌じみてますね。
丸谷　歌は本職じゃないよと、斜《しゃ》にかまえたような姿勢があるんじゃないでしょうか。そうそう、あの『横しぐれ』という小説書くときに、僕がいちばん困ったのは、国文科の助教授で『新古今』の専門家という語り手の設定、これでいくと久保田さんになるおそれがあると思ってね(笑)。
久保田　誰だろう誰だろうと思ってました。

丸谷　全くのフィクションなんですから。
久保田　おもしろかったです。材料は前もってずいぶん集められるわけですか。
丸谷　ええ、集めたんですけどね。
あれは、グレアム・グリーンの自叙伝読んでたら出てきた話なんです。グリーンのお父さんが、高等学校の校長なんですね。一九〇〇年かな、クリスマスの休暇に副校長とミラノに旅行した。するとえらくみすぼらしいなりをしたイギリス人が寄ってきて「私はイギリス人だが長いことミラノに住んでいる。ずっとイタリア語ばかり話しているので寂しい。聞けばお二人で英語を話していらっしゃる。しばらく私も英語を話したいんだが、どこかで休んで話さしてくれないか」という。「いいでしょう」ということになってレストランに行くわけです。で、学校の先生二人は紅茶を飲む。その尾羽打ち枯らした男はブドー酒を一本とってそれを飲みながら話す。で、グリーンのお父さんが言うには、一生のうちであんなに話のうまい男に会ったことはなかった。始めから終わりまで立て続けに面白い話を聞かせてくれた。ほんとに腹を抱えて笑うような話の連続だった。と、その話を何度も何度もグリーンにしたんです。で、ある日グリーンが開けておいた本の口絵を見て、父親が言った。「あ、あのミラノの男はこの男だよ」って。それがオスカー・ワイルド。オスカー・ワイルドが亡くなる直前、ミラノで尾羽打ち枯らしてたんですね。
久保田　それは事実なんですね（笑）。
丸谷　ええ、それは事実。で、その話を読んで、「待てよ、これは小説になる」と思ったんだ。それじゃいったい、これになるのは日本で誰だろうか。すると山頭火《さんとうか》（種田山頭火）しかいないんですよ。
久保田　しかもその〝横しぐれ〟って言葉が山

頭火にショックを与えたんじゃなかろうか、ということで推理していかれるところが絶妙ですね。

丸谷　そこはグリーンには書いてない。多少は僕だって考えなくちゃ（笑）。

本題に戻るけど『梁塵秘抄』の四三一番、

讃岐の松山に、松の一本歪《ひともとゆが》みたる、捩《もぢ》りさの捩《すぢ》りさに、そねうだる、かとや、直島《なをしま》の、さばかんの松をだにも直さざるらん

という、これは崇徳院をからかった歌だ、と岩波「日本古典文学大系」本の注釈につけてるわけですよ。僕はそのとおりだと思う。崇徳院をからかった歌が、それを後白河院編纂の歌謡集のなかに入っているわけです。しかも、崇徳院のひがみっぽさをからかった歌が、四三一番になぜ出てくるかというと、四三〇番が、

山の様《やう》かるは、雨山守《も》る山しぶく山、鳴らねど鈴鹿山、播磨の明石の此方なる、潮垂れ山こそ様かる山なれ

という、一種の歌枕づくし……とも言い難いかな。鈴鹿山は歌枕だけど。でもまア一種の『枕草子』のもじりみたいな。

久保田　ものづくしの伝統ですよね。

丸谷　それからヒントを得て、あの文学的な崇徳院をからかう歌が入り、次が四三二番、

春の初《はじめ》の歌枕、霞鶯帰る雁、子《ね》の日青柳梅《むめ》桜、三千年《みちとせ》になる桃の花

というのは、歌のモチーフを並べたものですよね。この場合の歌枕っていうのは、モチーフって意味でしょう。

久保田　そうですね。主題であり、後に歌題ともなるものだろうと思いますね。

丸谷　要するに地名という意味ではない。

久保田　ええ、歌枕には歌に詠まれる名所というほかに歌材、素材という意味があります。

丸谷　それで『枕草子』のパロディみたいなの

から、フッと崇徳院が連想されて、ここに崇徳院をからかう歌が入る。で崇徳院から歌のモチーフが連想されて、「春の初の歌枕……」という歌が入る。これは、専門的な見地からは荒唐無稽と批判されるかもしれませんが、僕としてはこの配列自体にも後白河法皇の意図が反映していた。むしろ後白河法皇が暗記している歌のなかから思い出される歌をポンポンならべたのが『梁塵秘抄』だ、という気がするわけですよ。そういうことがこの三つの歌の配列で非常によく言えるんじゃないか、と思いましてね。

久保田　いや、そこは気がつきませんでしたね。たしかに後白河法皇っていうのはずいぶん持ち歌が多かったと思いますね。今の流行歌手の比じゃない。

丸谷　そうなんですよ。

久保田　みんな覚えて。後鳥羽院も『新古今』の撰の過程で全部覚えちゃったっていうけど、後白河院もそれに劣らず今様は覚えてたんじゃないですかね。

丸谷　そうそう。あのころの天皇陛下は暇で暇でしようがないから、暗記力がすごかったわけですね。

久保田　後白河法皇の今様ってのはすごいですよね。のどが潰れちゃうまで歌うわけでしょう。百日の今様や千日の今様、ちょうど百首歌や千首歌と同じですよね。百首歌は歌を百首つづけて詠むわけですけど、百日の今様は百日ぶっつづけで歌うわけですからね。

丸谷　年増芸者が来て教えるわけでしょ、歌の名人の。

久保田　傀儡《くぐつ》(人形を操ったり、今様などの芸能をし、女性は売色にも関わった芸能者。遊女に近い存在)ですよね。「乙前《おとまえ》」とか「鏡山のあこ丸」とか「神崎のかね」なんて、面白いのがまたいるんですね。まあこのごろテレビでもずいぶん遊女なんかが出てくる時代劇があるけれども、遊女や傀儡ってのはずいぶん、皇室をはじめ貴族社会に入り込んでたんでしょうね。

天皇の意味——日本文化における

丸谷　遊女が出入りしなくなってから宮廷文化は駄目になった。天皇が和歌が下手になったのは遊女が出入りしなくなってからですよ。

これは面白い現象だと思うんですけど、日本の王様というものは、非常にエロティックな存在なんですね。そのエロティックな存在であるってことを最もよく示すものは、一夫多妻制と、遊女の出入りが自由であるということと、それから恋歌と、この三つです。ところが明治維新以後はその三つともなくなったわけですよ。だから、天皇制は本当に変わったんだな。教育勅語を出す都合上、その三つはやめるしかなかったわけです。薩摩長州の武士たちが、天皇を自分のものにしたわけでしょう。すると薩摩長州の武士たちの趣味に合わせた天皇をつくったわけですよ。それは在来の天皇とは全く違うものだった。辺土の趣味に合わせた天皇だったわけでね。

久保田　鄙《ひな》の天皇。

丸谷　そうそう、鄙の天皇なんだな。あのときに僕は国体は変わったと思うんだけどなあ。

久保田　またちょっと後鳥羽院に戻りますけど、その後宮関係を調べてると、白拍子《しらびょうし》（男装で歌舞を演じた女の芸能者）出身というのが多い。結構いるんです。

丸谷　ええ、多いですよ。

久保田　堂々と、『本朝皇胤紹運録《こういんじょううんろく》』っていう天皇家の系図に載ってる。これはやっぱり歴代の天皇のなかで異色ですよ。誰でも一度や二度、召したことはあると思うけど、系図には載らない。ところが後鳥羽院の場合は、皇子が記載されたときに〝その母は白拍子石とかなびき〟とか、いろんなのが出てくる（笑）。

丸谷　そうそう。

久保田　そういうことを考えても、白拍子や遊女、傀儡と皇室っていうのは非常に交流している。ということは里のうたと宮のうたとはしょっちゅう交流してたということになると思うんですね。

丸谷　それがむしろ日本の天皇家のエロティックな存在を非常によく示すもんだと思う。つまり高度にエロティックな存在で、呪術的な存在で……。

久保田　呪術ってのはエロティックですよね。

丸谷　そうなんです。先日、東大の前野直彬先生にお目にかかったときに伺ったら、中国の天子というものは日本の天子に比べて官僚のトップという感じがはるかに強い、とおっしゃった。これを逆に言うと、日本の天子は中国の天子に比べて、呪術者的な、エロティックな性格がずっと強いと思うんです。ですから、楊貴妃のような人が現われても、日本の天子なら、皇位を失うことに決してならないと思うな、玄宗さんはつまり官僚のトップだから、〝色に耽ったばっかりに〟（笑）皇位を失うわけですよ。

久保田　なるほどね。

丸谷　中国ではエロティックであってはいけないんですよ。ところが日本の天皇だったらいくらエロティックでもかまわない。むしろそれが天皇としての職務に非常に忠実なことである。みんな天子を真似て色にはげめ、色にはげめば国中が平和であって、五穀豊饒であって非常にいい。そういうものなんじゃないかしら、日本の古代の考え方というのは。

そこのところが日本の天皇と和歌との関係の、基本的な関係だと思うんですよ。ところがわれわれは明治維新以後の教育勅語的天皇がど

笠間書院

kasamashoin

図書目録は
こちらまで!

〒101-0064
東京都千代田区猿楽町2-2-5
笠間書院
Tel 03-3295-1331　Fax 03-3294-0996
E-mail
kasama@shohyo.co.jp

うしても頭にあるから、その性格を見失ってしまいがちになる。

久保田　明治維新以後は、上方風から関東風に変わるわけですからね。僕も関東で〝鳥が鳴く東〟というか東夷《とうい》ですが、丸谷さんは鶴岡のお生まれですね。

丸谷　山形県の海岸ですから、米や紅花を積み出した船が、帰りに上方文化を積み込んでくるんですね。つまり上方文化に対して屈折した形で接しながら育っている。だから僕は東京の文化がとても好きになっちゃった。

久保田　僕は西日本コンプレックスというのを持ってましてね。都コンプレックスなんです。中世初頭というか、新古今時代の文学をやるのは、やはり京都に生まれてないと駄目なんじゃないかなって気がしますけど。

丸谷　いや、あれほど時代的に遠く隔たった文学を調べるには、むしろはっきりと他者としての関係に立つほうがいいと思いますよ。なまじっか生活してるつもりでいると調べにくい。王朝文化の名残りの中で生きてないほうが、むしろそれに対して研究できると思う。ところで後白河院という人はじつに偉いものですね。結果的には源氏にも平氏にも、叡山にも南都にも負けず生き延びたわけだから。

久保田　建礼門院が安徳天皇を産むときも、後白河法皇が自ら買って出て、験者《げんじゃ》となってお祈りする。西光《さいこう》とか成親《なりちか》（藤原成親）とか鹿ケ谷《しし》の変で清盛に殺された連中の怨霊を祈り伏せて、やすやすと安徳帝が産まれる。清盛が大喜びしてお礼を出すわけです。「自分は験者としても身すぎ世すぎしていけるな」と皮肉を言うんですが、やっぱり関西的で、清盛のほうが関東的な直情径行なとこがあるんじゃないですか。テレビの「新平家物語」（NHK大河ドラマ　'72）では、後白河院を滝沢修が演《や》ってましたけどね。

丸谷　あれは藤山寛美の役どころですよ。彼が演ったらものすごいと思うよ。だいいち唄だって寛美なら何とかこなせるんじゃないか（笑）。ところで高倉天皇の皇后、建礼門院はやはり源義経と関係があったんですかね。

久保田　いや、あれは春本《しゅんぽん》作者の創作でしょう。むしろ『平家物語』のある種のテキストで言ってるのは宗盛とのインセストの関係です。

丸谷　ほう、兄の宗盛とね――。それは知らなかった。

久保田　読本系の『平家物語』はどきついですから、源氏に追われてるときは専ら船の上の生活だったんで、それで宗盛《むねもり》との間に浮き名が立ったということを書いてる本があるわけです。有名な大原御幸のあと、私は六道を見たと後白河法皇に建礼門院が言う。近親相姦は畜生道になるわけですね。その意味では。

丸谷　ははア。それが春本作者の創作で義経になったわけですか。

久保田　ええ、義経は英雄ですから。

丸谷　宗盛としては残念だったろうなあ（笑）。

久保田　英雄色を好むとは言いますけど、やっぱり役どころが違うでしょうねエ。

丸谷　義経は歌を詠めない人だったからね。だから恋愛する資格はないわけですよ（笑）。

（了）

王朝和歌——心、そして物

〈対談者〉竹西　寛子

竹西　寛子（たけにし　ひろこ）

昭和4年4月11日、広島県に生まれる。昭和27年早稲田大学第一文学部文学科（国文学専修）卒。小説家。評論家。日本芸術院会員。河出書房、筑摩書房勤務、昭和37年退社。38年「往還の記―日本の古典に想う」で田村俊子賞。56年「兵隊宿」で川端康成文学賞。平成6年日本芸術院賞。著書に『竹西寛子著作集』全5巻別冊1（平8 新潮社）『自選竹西寛子随想集』全3巻（平14〜15 岩波書店）『日本の文学論』（平7）『贈答のうた』（平14 いずれも講談社）など。

歌について何を、どう言うか

久保田　雑誌「國文學」が「古今集から新古今集へ」というテーマで、結局八代集を考えるということになると思いますけれども、久し振りに王朝和歌の特集をするということです。

それでこの機会にいままでも、『古今集』のほうでは『空に立つ波』（一九八〇刊　平凡社）を、それから中世和歌の分野では筑摩書房の「日本詩人選」の一冊として『式子内親王・永福門院』（一九七二刊）をというふうに、古典和歌についていろいろお仕事をなさっていらっしゃる竹西さんにお話をお伺いしたいと思っています。『空に立つ波』、これをお書きになったのは、昭和五十五年ですか。それで一昨年新装版が出ましたんですね。

まず竹西さんとしては、八代集の中でいちばんお好きな集はどれでしょうか。やはり『古今集』ということでしょうか。

竹西　そうですね。一つだけとおっしゃられると、やはり『古今集』なんです。『古今集』というのは、『新古今集』があってよさがよりよくわかるもの、そして『新古今集』は『古今集』がなければ出てこないものではないかと、ごく大雑把な考えですが、そう考えています。

それと〈好き〉といいますのは、とにかく読んで気持ちがいい、快いという、それ以外にないんですけれども、私は散文の仕事が主で、べつに歌人でも俳人でもないわけですが、『古今集』に限らず歌について申しますと、小説とか評論とかと違った説得力があって、言葉の運用ということについての示唆が強いんです、私には。とくに歌を詠もうという気持を持っていないものですから、結果論から言えば、今どういう文章を書くかという、そこにいつも帰ってくるのですね。

二十世紀の一人の普通の人間としての言語生

活をしていくうえで、少しでもなおざりでない言葉遣いをするには、どうしたらいいんだろうかということになると、『古今集』が持っている一種の原論的な力というのでしょうか、それに頼りたくなる。『新古今』になりますと、これは模範回答集のような気がしまして。

久保田　原論ではなくて、応用編かもしれませんね。

竹西　いまおっしゃった、応用の答えを出す立場には自分も立たされている。上手下手は別なんです。そういうことがあるものですから、『古今集』の大雑把な——これは悪い意味ではないのですが、おおまかなところが、逆に応用の答えを出すものには気楽さを与えてくれる。エンジンをかけてくれる力が強いですね。ただ歌を鑑賞して、その歌と一体になってということになれば『新古今』だと思うのです。こちらに書く者としてのあさましさがあるせいか、集となればやはり『古今集』かなと思います。

しかし『千載集』のよさも、非専門的ながら少しずつわかってきているように思いますし、そういう点についてはあとで徐々にお話し合いさせていただくとして、秋山虔《けん》先生と御一緒になさった尚学図書の『古今和歌集　王朝秀歌選』（「鑑賞日本の古典3」　一九八二刊）、これは『古今集』から『新古今集』に向かっての過程を具体的に辿られたもので、撰集であるためにかえって久保田先生のお立場もはっきり出ている。そのおもしろさも一緒にあって、ふつう、この間の六つの集は、なかなか簡単に読まれないものですから、こういう形で見せていただけるのはたいへんありがたいですね。

ちょっとお答えが横道にそれましたけど、まあ、そういうところでございます。

久保田　先ほど御紹介さしていただいた、そのお書きになった時期を拝見すると、『式子内親王・永福門院』が四十七年、『古今集』の『空に立つ波』が五十五年ですね。

竹西　その間にもう一つ『歌の王朝』（一九七九刊　読売新聞社）というのがありまして、それも歌だけですが、「詩人選」がいちばん早かったと思います。

久保田　それぞれの集なり歌人なりに取り組まれるときには、心の準備のようなものをお持ちになって向かわれていたんですか。

竹西　いえいえ、そういうことはまったく恥ずかしいような接触なんです。

久保田　『空に立つ波』なんか拝見すると、ほんとにスムーズに古今の世界へ入っていらっしゃって、その中である意味で遊んでおられる——勿論いい意味でですよ——悠々とそれこそ空に漂う花びらみたいに楽しげに遊んでいらっしゃるといったような筆致を感じるのですけれどね。

竹西　あれはそんなに楽しくはなかったんです。私には初めてでした。小学校上級から中学生を対象にと言われたことは。実際にどういうふうに書けば、そういう人たちを意識していることになるかわからないんです、私には。

久保田　やさしく書くということはほんとに難しいですね。

竹西　結局小学、中学生向きにという考えはあきらめました。その代わり、ふだん同じような仕事している者同士ですと、和歌と言えば和歌で通じますけど、「和歌って何？」というような人と話をするつもりで、ということは私自身が、やまと歌というものを、いったいどの程度にわかっているのか、それを考え直す機会だろうというふうに思いまして引き受けました。

いま遊んでいると言われてホッとしますが、たいへんつらい仕事でした。難しかったです。和歌は日本の詩の一つですという調子で読み直し、書きついでいくというのは。

久保田　この平凡社のシリーズで予定されている読者というのは、歌なんてことにあまり関係のない、ほんとに若い世代ですからね、それは大変なお仕事だったんでしょうね。

竹西　私のためには大変ありがたかったと思います。毎日別のことを考えて生きていられる方と、いきなり『古今集』の話をどうやってするのか。やめたほうがいいのか。難しくてもやはり私はしたいのか。というところに追い詰められましてね。それでも話したいというほうに傾いたものですから。とても難しかったです。

久保田　たしか、これからもお仕事として『古今集』についてお書きにならなきゃいけないと書いておられますね。

竹西　そうなんです（笑）。

久保田　ですから私としては、こんどはどういうスタイルでお書きになるのかなということを、興味を持って、というのは失礼ですけど、たいへん関心を持たせていただいているわけなんですけど、私たちはいちおう研究者のはしくれですから、研究という立場ですと、ここに持ってまいりました竹西さんの二つのお仕事の中では、『式子内親王・永福門院』のほうが研究者の関心にはかなり近い立場で書いていらっしゃいますよね。

ですけど、このごろよく思うのですけど、和歌の研究というのがある意味じゃ手詰まりになっているというか、それこそ出発点に立ち戻って素朴に歌を読むということから再出発しなくちゃいけないんじゃないかなということをよく考えるんです。

そうしますと、この『空に立つ波』のような——私たちは残念ながらもはや素朴な読者ではありえませんけれども、素朴な読者のためにお書きになった、こういうのがやはりわれわれにも必要なんじゃないか。場合によってはわれわれもこういうスタイルで書ける用意がなくちゃいけないんじゃないかななんて思いまして、それで非常に面白く拝見しているのですが。

竹西　『空に立つ波』には、研究なさっている方にはあたりまえのこともたくさん出てくると思いますけれど、自分の中でふだん思っていることを、できるだけ客観化しないと聞いてもらえないという悩みがありまして、これはあたりまえの約束事なんだからと言って、知らん顔して歩いていくわけにいかない。いま言おうとしていることは一般化したらどういうことになるんだろうか。一般化して、一般化して、と自分に絶えず念押ししなければいけない。それがやはりもう一つの仕事だったように思います。それはほかの場合でもおなじはずなんでしょうけど、なかなかうまくいきません。

それともう一つ、こういう言い方は誤解されるかもしれないですけど、私、作品を読むときは、和歌も俳句も同じなんです。対等というか平等というか、言葉で書かれた作品というかぎりにおいては、型はいろいろ違っても、読者である私としては枠をつけないで読ませてもらう、いつもそういうところがあります。

こちらが勉強していなくて知識がないために受け入れられない素材は、どんどん流れていきます。またそれを流れっ放しにしている自堕落さもあるのですね。それに自分は研究者じゃないからとかまけているところもあるんですが、どこかで強い接点を持ったものには、ひどく執着するたちです。そこからしか広がっていかないので、読むときには同じようにといいながら、関心の持ち方というのは自然偏ってくるんですね。その触れて熱くなったところをもとにして、少しずつ周囲を広げていく、それしかないように思います。

『式子内親王』のときは百首歌の成立時期のことで久保田先生にはたいへんお世話になって、教えていただいたことでふんぎりがついたようなところがありました。やはり研究者の方のお教えを得ながらでないと、とても自由にものは言えないと思います。

小説を書いておりますと、「好きなことが言えていいね」とおっしゃる方があるんですが、ほかの方は知りません、私は逆に思います。知ってて言わないのはいいんですけれども、知らなくて言えないというのは文章に力がなくなっていくんで、知ってて言わない文章の力と違うと思うんですね。それはとても恐ろしいことなんで、私は小説を書きだしてから、研究者の方の学問を、以前より大事に思うようになりました。前は大事に思ってなかったかというと、ちょっとおかしいですが、それは大切なものだと思うんです。私にできる自由な発言なんて微々たるもので、いろんな方のお仕事の積み重ねの上に、ほんのちょっぴりあるだけなのですからね（笑）。

久保田　いえ、研究者の発言できることも、実はまた微々たるものだと思います。現にわれわれ、本質的なことはほとんど言ってないんじゃないかという反省が常にあるんです。歌の問題を考えたって、まず当然歌う人間というものがいて、それが歌心というものを持ち、その心が歌うべき事柄をとらえ、それを言葉に表現するわけですね。そうするとその歌が社会的に受け入れられたり受け入れられなかったりする。

だからまず歌人の研究というものがあるし、そこからこんどは歌われる事柄の研究があり、言葉そのものの研究があり、またその場についての研究があるということだと思うのですけれども、現在の和歌の研究者が主としてやっていることは、どうしてもそういう歌人の動向とか、それから歌われた場の研究などが、中心になってきていると思うのですね。だけど、文学としての和歌の研究の核心はその歌う心であり、それからその結果、言葉となって出てきた形だろうと思うのですけれども、なかなかそこまでいかない、そういうもどかしさを私自身は感じているのです。

ですから竹西さんがお書きになったご本を拝見すると、もちろんそういう作品以前や作品以外のことにも触れてはおられるわけですけれども、たとえば伊勢というのはどういう女性だったかとか、貫之はどういう場でこういう歌を詠んだのかということもお書きになっていらっしゃるのですけれども、それは必要最低限に抑えて、ズバッと作品の世界に入っていかれますよね。

竹西　いや、それはね、やはり研究者の方の長い間の御研究を読ませていただいて、そのうえでのことですからね。

自分のことになってあれですけど、『式子内親王』のとき、とにかく内親王のある作品に、最初にはっと感じることがあったんです。その歌を収める「前小斎院御百首」（『式子内親王』所収の百首歌）は、恐らく早い時期に詠まれたと、歌から直観しました。でもそれだけでは走れないんで、成立時期についての研究者の方の客観的な証明をいただきたいという気があったんですね。犬養廉《きよし》先生に御相談しましたら、久保田先生への御相談をすすめられて、御意見を伺いにあがったのが初めてお目にかかったきっかけでしたけれども、そのとき手続きをとって、直観だけでなくて証明があってのお答えをいただいた、それで私は初めて歩き出せたんです。

一つの方法としては、客観的な証明を無視するやり方もあるし、現にそうなさってる方もありますが、私にはそれはできないんです。そこがどちらにも徹底していない中途半端を生むことにもなるんですけれども、証明できることはできるだけ証明して、感受性を支えていきたいという気持なんです。直観と証明の二つがなかなかうまく折り合わないんですが。

それでもやはり最初にピンと感じるとか、なにか心が平静でなくなった、そういうものがない歌については短いものでも書きたくないし、ましてや百枚二百枚になってきますと、それが少々の時間で消えるようなものでは困るんです。それにのろいので、お尋ねしながら結果が出なくてお恥ずかしいようなこともいろいろありますけれども、持ちこたえていくうちに消えてしまうものは追いません。そうじゃなくて、放っておいてもずっと残っているものについては、つき離してながめながらしつこくそれを肥やしていきたいような気持があるものですからね。なかなか「ズバッと」とおっしゃるように言えないんですよ、それは。

物と心、心と言葉

竹西　ただ最近、こういうことを思うんです。和歌が三十一字、俳句の場合は十七字、あるときまで私は、言葉の数が多いから、人間の生活は和歌のほうによりよく残っているだろうと思って疑わなかったんです。生活というのは何かというと、それこそ目に見えるような具体的な日常の生活の姿ですね。ところが最近になって思いますのは、逆だということです。相――形、色として残っているのは俳句のほうではないか。そうすると歌はどうなのかというと、自分はやはり人の心の動きを感じてきたわけですが、それは生活の具体的な相というよりも、むしろ心の動きの型であり法則ではなかったか。それが強いために、なにかたくさんの人の生活を知っているように思ったけれども、俳句の場合はそれがまさしく具体的な物であり、心の動きは、あくまでも読者がその提示された物の組み合わせから逆に想像しているのではないか。そんなことも今になって、あ、そうか、と思ったりしましてね。そう思うと逆に歌のほうも新鮮になるという一面もあるんです。

久保田　それは非常にいいお話を伺いました。先頃「和歌と俳諧」という問題を考えさせられた機会がありましてね。「夏草」という山口青邨《せいそん》さん（一八九二～一九八八。俳人）が主宰される俳誌の六百号記念の会で何か話をするようにということで、「和歌と俳句の間」というような非常に大きな題で、まことに散漫なことをお話ししたんですけど、そのときやはり考えたのは、いまおっしゃったこととだいたい同じだと思うのです。

つまり和歌が追求するものは心であるのに対して俳諧はむしろ物だろうと思うのです。言い換えれば抒情と叙事といってもいいのかもしれません。抒情と叙景ないしは叙事かもしれませんですが、巨視的に見ると和歌から俳諧への流れというのは、心から物へという詩情の遷り変りじゃないかと思うのですけど、こんどはそれを和歌の歴史の中で考えてみると、和歌自体の歴史の中でもやはり心から物へと動いているんじゃないでしょうか。

竹西　それはありますね。

久保田　だからやはり『古今集』は日本人の心のいわば原郷なんで、ここからだんだん日本の広い意味での詩が展開していくうちに、次第に物に対する関心というか、物を表現しようという心が強くなってくる。それで結局連歌になり俳諧になる。これはあたりまえのことかもしれませんが、そのあたりまえなことが近頃痛感されるんです。

そうしますと、それにつれて出てくる問題として、『古今集』の中にも物名《もののな》の歌なんてのがありますね、それから俳諧歌がありますよね、これら物名の歌とか俳諧歌というのは、ただすなおに心を述べるというのとは、やはり違うと思うのですが、そういうものを『古今集』はすでに含んでいる。この点面白いと思いますね。

竹西 整い方はまだまだなのに、あとでいろいろ分散拡大されていくものの要素が、あそこに未整理のままでも、もう出ている。撰者たちはそれをある程度整理したと思って出しているにちがいないんですが、先ほど「一つと言ったら古今集」とお答えしたことに関連して言いますと、『古今集』というと季節の歌があって、恋の歌があって、雑歌があってということになりますけれども、やはり私は『古今集』は恋歌だという気がするんですね。そしてそれを補うのが——補うという以上に『古今集』らしいのが雑の歌のさまざまではないか。部立のことはいろいろ言われているし、それがなければ『古今集』じゃないんでしょうけど、『新古今集』の久保田先生の全評釈のお仕事（『新古今和歌集全評釈』全九巻、一九七六〜七七刊 講談社）はいままでのものと違って、今の読者の感受性に近いほうでの細かい鑑賞もしてくださっているので、『新古今集』を読むときには、非常に助けられるのですね。

それで『新古今集』を、またたどたどしい読みようをしていくうちに、私は『新古今集』こそ季節の歌ではないかと思うようになりました。『古今集』はやはり恋の歌だろう。その恋の歌でも『新古今』にいけば、『古今』とは違う次元まで来ていますから、その変化は十分認めるのですけれども、そういう先に開けていく人間の心のいろんな向き向きを、『古今集』でいちおうはみんな手を打っているということですね、あれがやはり大きいと思うんです。

物名など、物という言葉を使ってはいても、いま私たちが物に即するというような即物とか実存とか、そういうものとはあの場合はちょっと違うのではないかという気がいたします。四季の歌であっても、最初のうちは春夏秋冬の分け方だとか、春はこういう歌い方をしたとか、なるほどそうだと思うのですが、ちょっと離れて読みますと、季節はあるけれども、それより先にまず人間がいる。雪があり、風が吹き、花のつぼみが開く、散る、そういうことはたしかに順序立てて詠んではいるけれども、その一つ一つの自然の運行としての、あるいは物としての自然は『新古今』まで待たなければという気がするんですね。そのときの自然は、こんどこそ人間と対等になっているんじゃないか。

『古今集』の場合はあくまでも自然を見ているものとしての人間が立ちはだかっていて、それを作為とか人為的とか……。

久保田　ある意味では人間が飼い慣らした自然――というのはまずいかもしれないけど、人間にとってきわめて親和的な関係にある自然なんですね。

竹西　そうですね。なにかそのへんが親和的というか何と言ったらいいんでしょうか、『新古今』の場合は花びらひとつ詠んでも、木の枝一振りでも、風の音でも、人間のかかわり方の程度が違うと思うのですね。『古今集』の場合はたしかにかかわってはいるけれども、頭で詠んでいる。まず人間がいるんだという感じがあって、自然の次元に人間が入っていないという気がしてきました。

『新古今』の自然というのはどういうことなのか。自然を詠んでいる人間を直接には詠んでいないんだけれども、その自然は、人間と対等な次元のものであって、人間もさっきおっしゃったあれで言えば物並に見られている。そういう大きな変化があるように思います。自然と人間の関係の濃密さが、『古今集』と『新古今集』では違うような気がします。それも見方によったら人間の優位ということになるのかもしれません。でも『新古今』の場合は人間を特別扱いせずに物として物の中に投げ出しているところがあって、逆にこんどはそれを言葉ですくい上げている。『新潮日本古典集成』の解説にお書きになっていました、「和語の可能性の極限を探る飽くなき実験」ということ。私は〈言葉の機能開発〉という言葉をよく使いますけれども、『新古今』の人たちは実際に行動する人たちではないのに、言葉で物に入っていく視線の熱さと、物に届く深さが違うようで、『古今集』はどうもやはり頭で詠んでいるなという、しかしこれもまた初期には避けられないことであったんでしょうし、――それに何とも心憎いことに、あとでいろいろ歌人が詠み分けていくことは、みんなあそこへ戻っててくるんですね。

久保田　結局は戻ってくるんですね。

竹西　しかも、『古今集』の人たちはただ歌っていればよかったというようなのどかさがありますし、『新古今』の人たちは気の毒なくらい苦しい。そして一所懸命、なぜこの歌はいいかということも一緒に論じなきゃいけないんですね。『古今』の場合は論者の援軍は要らないんで、ただ歌っている。そのへんは芸術がたどっていく運命というようなことも考えさせられます。

久保田　ずいぶん昔なんですけれども、定家の歌を一首ずつ取り上げて、一年十二か月ですから十二回短い文章を書かされたことがあるのですけれども（雑誌「UP」の連載「日本人の美意識」東京大学出版会）、その最初に、

　鳰《にほ》の海やけふより春に逢坂の山もかすみて
　浦風ぞ吹く

という定家の歌を取り上げました。その本歌は『古今集』の歌ではなくて『拾遺集』の巻頭歌だったんですけれども、壬生忠岑《みぶのただみね》の

春立つといふばかりにやみ吉野の山もかすみてけさは見ゆらん

という歌なんです。

定家のほうは「み吉野の山」ではなくて、逢坂山がかすんで、琵琶湖に、鳰の海に浦風がそよそよと吹いているといった風景ですね。こういった歌を取り上げて短い文章を書きまして、そのおしまいに、この忠岑の歌と定家の歌を比べてみたら、どう見たってすっきりして単純な美しさを持っているのは忠岑のほうなんで、素材の多い定家の歌はとてもかなわない。それで「こと多きは末代の詩人の宿命である」と書きましたら、秋山虔先生が「それみたことか」と言われるんですね。「だから新古今なんかだめだ」と（笑）。

竹西　それは違うと思います、私（笑）。

久保田　きみ自身も古今時代の歌がいいと書いているじゃないかと言われましてね。それはおっしゃるとおりなんです。だけど、だからと言って、『古今』はいいと思うのですけれども、日本の歌は『古今』だけでは済まないわけですよね。それこそ詩の運命なのかもしれないと思うのですけれども、定家は、『古今集』時代の名歌とそういった悪戦苦闘をくり返す経過で、古今歌人とは違った視点でものを見ようとはしたんだと思うのです。

竹西　悪戦苦闘とおっしゃるお言葉はまさに『新古今集』にあたると思いますが、私は作品の言葉に関しては、似たようなことをだれかがやっていたと、言いはなつのはまったく当たらないと思うんですね。一回一回のその人の言葉遣いが作品になる。

そうすると、また脱線しますが、和泉式部と与謝野晶子のことをよく比較して言われます。与謝野晶子の前哨《ぜんしょう》は和泉式部だと。それはなるほど探っていた心の向きはそうであったかもしれない。だけども与謝野晶子がああいう言葉遣いで人間の心と体を表現したようには——表現したということは、結局探ったようにはということになると思うのですが、そういうふうには和泉式部は探らなかった。それは違うというべきだと思うのです。似ているとは言えても、それは与謝野晶子の不名誉にはならない。言葉で行なったことが、初めてその人の仕事になる。似ていても違う言葉遣いであれば、それはまた別のものなんだと。そして本歌取りですでに証明済みのように、本歌取りをするときは、本歌を超える覚悟や自信がいるという、あれに尽きていると思うのですが、それ以上にならないものはみんなそこで刀折れ矢尽きてという残骸になるわけですから。

久保田　たしかに『新古今』にも刀折れ矢尽きた歌はあるとは思うんですけれども。

竹西　そういう意味では、『新古今』があのような言葉遣いをしたということは、言葉にただ磨きをかけたというふうには私は思わないんです。今、ピタッと言葉が的に当たらないのですが、詠む人がそういうふうに自分が生きている世の中に深くかかわっていた、あるいは精密にかかわっていたと、そういうことになるんだろう。言葉だけ切り離して言うことはできないんで、言語観も人生観も世界観もすべて一緒になっていると思うのですね。

　このあいだ私、大きな本でしたから学習研究社だったと思います、久保田先生お書きになっていましたね。『和泉式部続集』の

　寝覚する身を吹き通す風の音を昔は耳のよ
　そに聞きけむ

の「耳」が、『新古今集』では「袖」に改められていると……。

久保田　あ、『現代語訳・日本の古典』（大岡信著『現代語訳・学研版　古今集・新古今集』一九八一刊　学習研

究社）の付録でしょう。

竹西　肉体の部分を言うとなれば、貴族社会では神経質になるのは当然ですね。与謝野晶子が「乳房おさへ」と言い「乳を手に探らせぬ」と詠む、それは彼女のなした仕事であって、いくら官能的なものの肯定とか、肉体の解放とか言ったって、これは和泉式部とは違うと思うのです。方向としては似ているけれども。文学の場合は言葉遣いの違いを言わなければ比較になりませんから。

晶子とのいちばん大きな違いは、王朝の歌人たちは、とくに女性歌人たちは、晶子のようには詠めなかったということでしょう。それで、たとえば人間の肉体ではない枕というものを一つ持ってきて、それこそ四苦八苦している。それにものを言わせている。ああいうところが限界だと思うのですね。和泉にもさっきの「耳」ではありませんが、

捨てはてんと思ふさへこそ悲しけれ君に馴れにしわが身と思へば

というような歌もありますがあれなど、おそらく何人かの人の顰蹙《ひんしゆく》を買っていたでしょう、その社会では。「君に馴れにしわが身と思へば」というような言い方は、どうでもとれますものね。

ですから『新古今』の人たちが言葉のうえでしてきたことには、やはり私たちが教わっていいことがたくさんあると思います。たとえば俊成の親子などにいちばん大きな力があったでしょうけれども、彼等はその道の先達の仕事というものは、あたりまえのように学んでいますね。読むことの中に〈学び〉が入っている。現代文学の場合はことにそうだと思うのですけれども、一部で、学ぶ必要がなくなっている傾向もあるようなんですが、これは恐ろしいことで、学び倒れということもありますけれども、〈学び〉は要ると思います。日本語の言葉の歴史か

らいえば、『古今集』だけでは日本語はきょうに来ないですね。『古今集』と『新古今集』があって、今に続いているという気がしますから。

雑歌の面白さ、その広がり

久保田　その学び方というか、われわれのことではなくて、『新古今集』かその少し前、王朝の末のころの歌人が古今以後の歌の伝統をどう読みどう学んだか、その読み方が大きく分けて二つあったんじゃないかという気がいまちょっとしているのです。

　それをまた先ほどのことにひっかけて申しますと、結局心を軸にして読み、考えるという立場と、どちらかというと物ないしは事柄中心に読んでいこうという立場がもしかしてあったんじゃないか。それを私たちがよく研究者仲間で言っている、いわゆる歌壇史的な流れに結びつけて言うと、俊成・定家なんかの御子左家《みこひだりけ》の人たちはやはり〈心〉中心なのでしょうか。それに対して六条家《ろくじょうけ》（藤原顕季《あきすえ》に始まり、顕輔、清輔と続く歌の家）のひとたちは、あるいは〈物・事柄〉中心に読んでいったんじゃないか。その違いというものが新古今時代に出ているんじゃないかななんてことを考えてもみるのですけどね。そして定家という人は、では心だけなのかというと、やはり定家は事柄・物のほうにも相当関心があって、結局彼のところで二つの読み方が一緒になったのではないだろうかなんてことを、いま考えているのです。

　またご本を引かしていただきますと、『空に立つ波』の初めのところで、『古今集』の配列の問題をやさしくおっしゃってますね。日本人の季節感ということをお書きになって、うぐいすは春の鳥、菊は秋の花というように、私たちは自然の風物を季節感で見たり聞いたりすることに馴れているけれども、そういうのが『古今集』

の部立《ぶだて》から出てきている。それから恋の歌についても同じことが言えるので、恋の初めから恋の成就、それから恋が移ろい苦しみに終わる、そういう順序で歌が配列されているということを言っておられますね。これがたしかに『古今集』が編まれて以後の勅撰集の部立というか組織を決定しているわけで、これらの背後にあるものは時間意識だと思うのです。

ですから和歌の世界では、まず時間意識というものが非常に強くはたらいていると思うのです。『万葉』のときの相聞・挽歌・雑歌という三つのおおまかな分け方から、『古今集』が飛躍的にこういう組織立ったものになったわけですが、ところが、じゃ和歌の世界ではすべてが時間意識だけでいっているかというと、そうでもないと思うのです。勅撰集の世界では、たしかにいちおう時間意識なんだけれども、『古今和歌六帖』(私撰集)なんかの分類を見ると、時間意識だけではなくて、そこに空間意識のようなものが組み合わされているんじゃないかと思うのです。

たとえば『古今六帖』では歳時というような概念で春夏秋冬をまず押さえますけれども、そのほかに天候関係の歌を集めるとか、だから天象ですね。それからこんどは地儀と言ったらいいんでしょうか、地上のいろんな現象の歌を集める。それから水関係の歌を集めるとか、動物、植物の歌なんていうのがまとまってますね。こういう分類の仕方は、いわば空間意識に基づいているんじゃないかなと思います。こういう分類意識は結局勅撰集にはそのままの形では入ってこないけれども、『和漢朗詠集』(藤原公任撰、詩歌集)の下巻がそうだし、そのあとの『和歌童蒙《どうもう》抄』(藤原範兼著、歌学書)とかいろいろ歌学書の類でやはりこういった分類をいたしますね。そういうものにとくに興味を持っていたのは六条家の人間じゃないかなということを考えましてね。

それから、これはまたちょっと唐突かもしれませんけど、清少納言の『枕草子』、彼女の随筆にももちろん時間意識は強烈にあると思いますが、それとほかに、たとえば「草は」「鳥は」なんていういわゆる類聚《るいじゅう》章段ですけれども、物事を類聚する、ああいう意識というのはある意味では空間的な広がりというものを考えていると思うのですね。その『枕草子』なんかにもまず興味を示したのは、新古今時代ですと六条家の人々のようですから、そうするとそのへんがかなり、俊成と清輔は物事に対する関心の持ち方の上で少なくとも違っているんじゃないかという気がしていたんですけれども、さて定家になってみると、お父さんそのままではなくて、いちおう対立関係にあったといわれる六条家的なものの感じ方というか、それも取り込んできて、歌を詠もうとしているんじゃないか。それがあるいは『新古今』の世界に『古今』とまた違った面をもたらしているんじゃないかなんて、漠然と考えているんですけどね。どうでしょうか。

竹西　そういうふうに六条家の人たちのことを考えたことはなかったので、いまおっしゃられてなるほどと思うのですが、心と物、それから時間と空間の意識というのは、とりあえずの分類で、心も物として見る、心すらも物として見る見方もあるわけですね。「心理も物なり」というのは外国文学の目ですけれども、ただいまのお話の線としては、人間の心はいちおう別にして、物というものを考えていくわけですね。時間と空間でいいますと、勅撰集の編纂方法は、どうしても時間を追う形式が中心になってしまう。

ただ、『古今集』でいえば雑《ぞう》の歌ですね、あそこでかなり、時間だけにならないようになっているんですね。

久保田　そうなんです。雑があるんですよね。私もそれは気になるんです。

竹西　あの雑がずいぶんよくはたらいていると思って。そこまでは整理できなかったけれども、四季とか恋、哀傷、離別などだけが、自分たちの人間観世界観のすべてではないんだよ、ということがあそこで言われているような気がするのです。

定家は、これは心と物じゃありませんで、むしろ心と言葉の論で、お父さんと違いましたですね。はっきり俊成は心がさきと言う。息子のほうは心と言葉は「鳥のふたつの羽」だと言う。そうするといまおっしゃった心と物のことと、心と言葉は鳥の両翼、これはある程度通じると思うのです。心と言葉と事物がすべて重なってくるのは本居宣長のところですね。意識していたか意識していないかわかりませんけれども、定家の歌になると時空感覚は非常に深化していると思うんです。けれども、いまおっしゃられたようには、私はいままで気がついていませんでした。

久保田　たしかに『古今集』では雑が問題だと思いますね。西行も『西行上人《しょうにん》談抄』(西行の談を蓮阿が聞書した歌論書)で『古今集』を読めと教えてますね。それも『古今集』の雑の歌を読めと言うんですね。だから西行なんかも、あるいは『古今集』の雑の無限の可能性みたいなものを考えていたのかもしれませんね。

竹西　これも久保田先生の御意見などにずいぶん教えられていますけれども、あの人の『新古今集』の中での自然との接触の仕方は、ほかの人とちょっと違いますね。

久保田　違うと思いますね。

竹西　その人が雑の歌を好んだ、雑歌を読めと言った。私の雑歌の中に好きな歌がありますけれども、それをもって『古今集』を覆ってはいけないという気がいまはするんです。雑もあれば、あまり好きではない春の歌もある。その全体が『古今集』なんだと。

久保田　ほんとにそう思いますね。実は鴨長明が『無名抄』（歌論書）で言ってるんですね。『古今集』の中にすべてのものがあるんだと。「ざれごと歌」、前に申しました俳諧歌まであるんだから、すべては『古今』から出ているんだという、長明という人はうまいこと言ったなと思うのですけれども、日本の詩歌がずっと連歌、俳諧、さらに現代の詩に至るまであるゆる可能性を内蔵している集ということで、やはり大事な集だなあと思いますね。

竹西　よく思うのですが、『源氏物語』があれだけ女の人を書き、男の人を書いてると、ほとんどの恋愛感情はみなあそこに入っていくのですね。それじゃあそこで全部おしまいかといったらそうじゃないんで、やはりあとの時代というのは、いくら恋愛パターンは同じであっても、それぞれの時代の衣を着せて書いていくわけでしょう。ですから『源氏物語』は、りっぱであっても、あそこにあっていいのであって、それをたたえるだけがのちの文学者の仕事ではないと。それと同じようなことは『古今集』でもあるわけで、絶えず新しい答えを出していかなければと思いますけれども、いまおっしゃった鴨長明、私は学校で習っているかぎり好きな人じゃなかったんですけど、この数年間、ほんとにあの人はいろんなことをよくわかってた人なんだなと思って。とくに俊成女《しゅんぜいのむすめ》と宮内卿《くないきょう》とのことを言っているところなんか、憎らしいようなな（笑）。

久保田　憎らしいほど人をよく見る人ですね。よく人を見て、またうまくとらえているんですね。長明という人は面白い人ですね。

竹西　あれは自分の独創じゃなくて、人がこう言っていたんだと、「人の語り侍りしは」なんて言ってますけど、もしかしたらあれ自分で言ったんじゃないかと思うようなところもあります。あの俊成女と宮内卿のことは、さっき申しました〈学び〉ということでも広がりがあるんですね。一方はある時間まで、一所懸命たくさんのものを熱心に読む。いざ作る段階になったらパッとそれは捨てて、自分ひとりになる。ところがもう一人は抱え込んだまま、見ながら作っていくという感じなんですね。これはたいへん象徴的な話でしてね（笑）。ほんとに長明というのは憎らしいおじさんですわ。ああいう人がそばにいたらどんな気がするでしょう（笑）。

久保田　おそらく学生にもそういう二つのタイプがあるでしょうし、われわれの同業者にもあると思いますね。もの書きにはおしなべてこの二つのタイプがあるんでしょうね。

竹西　歴史小説の方のことよく知らないで言ったら叱られますけれども、そうじゃない普通の小説でも、あるところまでは調べて、それからパッと素手になって……。

久保田　役者だってあるんじゃないですかね。俳優もぎりぎりまで考えに考えているのと、パッと無心になる人と。ほんとは無心にならなくちゃいけないんだろうけど。

竹西　ところがいま、ぎりぎりまで読んで考えてということとも、ちょっと別に考えられるような時代になってますね。そういうことをしなくても能力をお持ちになっている方はいいけれども、持っていない者は絶えず学ばないと。

話が横へそれましたけれども、心と事のことでしたね。定家の所で一つになるのではないかとおっしゃった。

和泉式部好き、能因嫌い

久保田　いえ、定家へ行く前に、その途中の集についてはいかがですか。三代集、『後拾遺』『金葉』『詞花』とだんだんくだっていきますね。このへんは私自身非常に不勉強でして、『古今集』もほんとはあまり勉強していないんですが、ただ『古今集』は比較的読む機会が多いものですから、何となしに親しんでいるような錯覚は持ってるわけですが、『後撰』『拾遺』となりますとね。

竹西　入り方なんか私、とてもおかしいんですね。『拾遺集』というのは和泉式部が初めて出てくる集なんですね。そういう関係からしか入っていっていないんです。『後拾遺』になるといくらか女性がたくさん出てきますけれども、そういう自分の関心の周辺でしか見ていないんで申しわけないんですけど。

久保田　私もまったくそうなんですけど、そうしますと和泉式部の歌が最初に出てくる『拾遺集』の哀傷歌ですね。実は釈教歌《しゃっきょうか》がたくさん入っているわけですけれども、まだ部立としては独立しないで哀傷歌の中に入っていますね。あの哀傷の歌あたりを軸にして『拾遺集』というものがとらえられないかななんてことを一つ考えるのです。ところがそれとはまったくある意味では対立的に、これまた物名の歌が一巻まるまるとありますね。

私は以前は『拾遺集』というと、今おっしゃった和泉式部の

くらきより暗き道にぞ入りぬべきはるかに
　てらせ山の端の月

あの歌が入っているせいで、そのへんを最も関心を持って読んでいたんですけれども、最近、とりとめないいろんなものを詠み込んだ物名の歌なんていうのも、『拾遺集』のもう一つの面と

してたしかにあるわけで、そういう二つのものを同居させている『拾遺集』というのは一体何なんだろう、それからそれを選んだのか、助手を使って選ばせたのか、ともかく深く関わっている人として花山院《かざん》がいるわけですね。ところがまたその背後にというか、その前に母体として公任《きんとう》の『拾遺抄』があるわけで、あの時代というのはそうなると非常にいろんな個性、いろんな感性が重層し輻輳《ふくそう》している時代だなんて感じて、面白いとは思うのですけど、じつはとらえようがないんですよ。

竹西　その周辺もよくは読んでないので、なかなかものが言えませんけれども、勅撰集の場合はことに撰者の目的意識みたいなものが、いまおっしゃったように複雑ですからね。『古今集』ひとつにしても『新古今』にしても、私はいまだによくわかっていないです。どこまでを撰者の考えと思えばいいのかということがわからないんです。

久保田　ほんとにこれは難しいと思うのですね。『古今』『新古今』にしても撰者は複雑ですし、さらに『新古今』の場合には後鳥羽院がいますしね。だからほんとにわからないんですけれども、そういう点になればいちおう単独の撰者によって撰ばれた『千載』とか、『後拾遺』とかは、それでは簡単かというとそうでもないですね。

竹西　事情はいろいろあるでしょうけれども、前の勅撰集に対する満足できない気持とか、それから自己主張をどういう形で出すかとかいうようなことは、どの場合もあったと思うのですね。同じ『万葉集』からでもだれを採ってだれを入れないとか、どういう集は採るけれども、どういう集は採らない、そこに撰者の存在というか自己主張は必ずあったはずなんで、それを追究していけばいろんなことがあると思いますが、ともかく結果として選ばれたものだけ読んでいくとすれば、いまおっしゃった哀傷歌と物名というのは、それ以前の勅撰集で『拾遺集』ほどは特徴が強調されていなかった。ここで打ち出せる特徴は何かということが、絶えず『古今集』のあとの撰者にはあったろうと思いますね。それが場合によっては初めて連歌を取り入れてくるとか、巻数を変えるとか、そんなことにもなるのでしょうけれども、ただ『古今集』である程度大きなことがされていると、年代があまりたたない間には、目的意識に見合うような作品が、はたして、揃うかどうかということもあると思いますし、特色を出そう出そうとするあまりに、有名な人でも前にこだわって、そうじゃないものを拾っていくということはあるかもしれませんですね。

今の文学全集のことなんかも類推の材料です。が、今と違って、出版社が放さないからこの作品は入れられないというようなことはないにしても、なにか純粋な評価と違った要素が多分に入ってきているだろうとは思うのですが、今おっしゃったふうに『拾遺集』を見ていくというのも、『拾遺集』の置かれている位置を考えるうえで面白いと思います。これもきょう教わったことですわ。

久保田　物名について言えば、たしか『古今集』では、初めのところは、うぐひす、ほとゝぎす、うつせみ、うめ、かにはざくら、すもゝの花と、動植物の名前が大部分で、あと地名が出てきて、それから百和香《はくわこう》、すみながし、ちまきも出てくる。ちまきが出てくるから『古今集』にも食べ物が全然ないわけじゃないんですけど、『拾遺集』の物名になるとこれがぐっと多くなるんですね。

まつたけ、くくたち、これは漬け物なんでしょうか。それからこんにゃく、ひぼしの鮎、おし鮎、つつみやき、うるかいりなんて、私は食いしんぼうですからこういうのに興味を持つのですけど（笑）、こういうものをしゃあしゃあと歌に詠み込んで楽しむ。楽しんでいるのはいつの時代でも楽しんでいたんでしょうけれども、それを花山院という下居《おりい》の帝が中心になって撰んだ第三番目の勅撰集に堂々と入れている。その一方では非常にしみじみとした世の無常を嘆いたような歌も入れている。そのへんがなにか、この寛弘期の文化というものの広がりみたいなものを感じさせるのです。

私は前からこだわっているのですけど、物名の歌とか俳諧歌というのは、これは男歌だろうと思うのですね。たとえば『拾遺集』の物名を見ますと、女性歌人としては伊勢の歌が一つあるのですけど、あとはみんな男ですね。とくに多いのは、藤六《とうろく》、藤原輔相《すけみ》です。輔相自身はもっと前の時代の人ですが、その作品が寛弘期にこういった形ですくい取られている。寛弘期というとすぐ女房文学全盛の時代というわけですけれども、やはり男っぽい面というのがこんなところに出ているんじゃないか。

竹西　そうかもしれませんね。

久保田　だからそれを歌の歴史からいくと、『古今集』から展開してきて、歌がそれだけ広がったと見るべきなのか、それとも『古今集』でいいものが出ちゃったから、こういう方向に行かざるをえなかったととらえるか、それは問題だろうと思いますけれども。

竹西　おそらく両方じゃないでしょうかね。どうでしょうか。

久保田　このごろ私は、そういうところも面白いなという気がしてきましてね。

竹西　いまの御指摘であれなんですが、おおまかな流れで言えば、それも和歌から俳諧への変化……。

久保田　やはり和歌から俳諧への流れなんだろうと思うのですね。

竹西　そうですね。あの変化というものが、もうこういうところにあらわれているのか。『古今集』の中にさえ俳諧歌があったということは、貴族文学の中ではとうてい素材になりえないものが、そこですでに場を得ようとしていたということ。

久保田　ところがそういう『拾遺集』で出てきたような傾向は、ずっと続かないわけですよね。それは歌からはみ出していっちゃって、それこそ狂歌ないしは連歌に行っちゃう。だから結局は日本の詩歌がそこで枝分かれしていくということなんでしょうね。

竹西　でもそういうときに一所懸命もとへ戻そうとするのが俊成・定家だったんですね。

久保田　『新古今』は『古今集』に戻そうとしているわけですよね。まず『千載』で戻そうとして、それから『新古今』ではたしかにある程度戻したというか、結果的にはいろんな可能性を持っていた『古今集』のうちのある面だけ戻したんでしょうね。『古今集』の多様性は、『新古今』はもう持ちえていないという気がします。

竹西　知らないというのはほんとに恐ろしいもので、今ほどにものを読んでないときですけど、和泉式部が『新古今』にあまりたくさん出ていないのは、みんなに憎まれてたんじゃないかとまじめにそう思ってたんですね。どうして和泉式部はあんなにたくさん詠んでいるのに『新古今』に出てこないんだろう、あとでやっと『拾遺集』や『後拾遺集』に出ているのがわかって、ほっとして読み出したということもあったんですけど、そういうきっかけでもなかったら、あの二つの集なんか読んでなかったと思うのですね（笑）。

久保田　『後拾遺』というのは、これまたなんとも難しい集ですね。
竹西　しかし、ずいぶん女に点が甘いですね。
久保田　『後拾遺』はいま少し本格的に読みかけているのですけれども、非常に取っつきにくいですね。いままで『新古今』とか『千載』なんかを読んできた者としては、中世和歌というのはある意味では取っつきやすいと思うのです。本歌取りとか何とか、いろんな技法がありますから、取っかかりはつくんですけど、どうも時代が上になればなるほど取っつきにくくなりますね。だけど面白いですね。
竹西　ときが熟して出るべくして出る歌の集と、それとは別に、何かのためにどうしても集を出さなければならないという、そういうふうに運命づけられて出ていく集というのもあると思いますよね。
久保田　とくに中世もだんだん下っていって、鎌倉の末から南北朝ぐらいになると、おっしゃったむりやり作らざるをえなくなって作るというのがありますけどね。それに対してやはり『後拾遺』は、その前にブランクが非常にありますから、これも昔から人が言っているわけですけれども——俊成が『古来風体抄《ふうてい》』（式子内親王に献じたという歌論書）あたりで言ってたんでしょうか、いい歌がたまってたから作りやすかったんだろうみたいなこと言ってますよね。
竹西　撰者としてはそう言われたいでしょうけど。
久保田　ただ、そうするとどうも『後拾遺』の世界というのは、『古今集』とは別な意味で相当いろんな傾向の歌がありますね。いまおっしゃったように、まず女に甘いわけですが、女流歌人がひしめいていて、そういう女歌がたくさんあるかと思うと、能因なんかの作も非常に多い。それからこれは犬養廉さんの御専門ですが、六人党（藤原範永《のりなが》ら受領層歌人六人が六歌仙にならって結成したグループ）の歌とか、ああいう人たちの歌が結構ありますね。それが『古今集』などとかなり違うと思うのです。時代的に上のほうでは実《さね》方《かた》・道信《みちのぶ》なんかの歌があって、それから女房たちの歌があって、これが相模ぐらいに下ってくると、ある程度男の歌と女の歌の違いを埋めているようなところがあるのかもしれませんけれど、どこに焦点を置いて『後拾遺』を押さえたらいいのか。結局はみんな押さえなくちゃいけないわけですけどね。

竹西　またみんな同じように二十巻、二十巻と踏んできていますけれども、そこで巻数を減らす勇気もなかったんでしょうね。『金葉』にいって初めて巻数が減りますが。

久保田　ああいう能因の歌とか、それから曽丹《そたん》（曽禰好忠）の歌なんか、どうお考えですか。曽禰好忠・恵慶《えぎょう》・安法《あんぽう》なんて一つのグループがありますね。それから一応彼等の精神的な系列に連なると思うのですけれども、能因のような侘び人というか遁世者といいますか、ああいう人たちの歌はお好きですか。

竹西　私はあまり好きじゃないんですけどね。

久保田　そうでしょうね。

竹西　でもやはり歌の一つの系譜だとは思うんです。それも、日本では相当大事な歌の系譜なんでしょうね。

久保田　曽丹とは違うと思うのですけれども、能因というのはある意味では古今的な単純明快さというものを受け継いでいるんじゃないかなという気がすることもあるんですけどね。まかり間違うとただごと歌といいますか、歌にならないような非常に平明な歌が能因にはかなりありますね。

竹西　そうですね。それはおっしゃるとおりだと思いますが、能因の旅の歌ですね、あれは一種の遊び歌みたいな気もするんですが、必ずしも旅をしなくても歌を詠むことは可能であるという見本、さっき系譜と言ったのはそのことなんですけども、そういうものはあってもいいと頭では思うんです。ただなぜか私自身スパークしないというか、そういうところはありますね。

行動と想像と創造と

久保田　旅の歌ということになりますと、これもつい最近考えさせられていることなんですけれども、定家という人はほとんど旅してない人です。

竹西　やはりそうなんでしょうかね。

久保田　これはある程度わかっていることなんです。つまり彼は日記の『明月記』を書いてますから。そこから想像しますと、大旅行というのはせいぜい後鳥羽院のお供をして熊野へ行ったぐらいで。だけど定家の旅の歌には、全部が全部じゃないですけど、相当いい歌があると思うのです。そうするといったい実体験というのは、どのくらい有効なのかということですね。題詠の問題になってくるんですけど、そんな点についてはどうお考えですか。

竹西　行かなくていいと思うのですけど、それはやはり出来上がった歌の説得力しかないと思います。それしかないと思いますけどね。それにしても、まったく経験のないところでは抽象小説も観念小説も生まれない、それと同じことで、たった一度の旅であっても、ある資質と才能を持っている人には想像の千変万化の種になるというものでもあるでしょうし、と思いますが。

久保田　そうなんでしょうね。やはりだから核はあるのでしょうね。

竹西　あると思いますね、それは。小さな一度の旅で十分だと言える人もあるでしょうし。ただまったく行かないで詠めるかどうかということとになると、いささかあれですが。

久保田　小説なんかお書きになるときはどうですか。やはり、まったく無からは……。

竹西　私は狭い小説しか書けないのですけれども、それでも何らかの経験がありませんと、想像力というものには限度があるようで。想像をふくらませるには、多少の経験をもとにしなければというところはあります。

久保田　この間から考えているのは、ちょっと突飛なことなんですけれども、まだこれからもう少し考えを詰めようと思っているのですけれども、昔から富士山の歌というのがあるわけですね。『万葉』からずっとあるわけですが、『万葉』の歌人はたぶん富士山を見て歌ったんでしょう、山部赤人《あかひと》も高橋虫麻呂《むしまろ》も。ところが『古今』以後になると怪しいと思います。受領《ずりよう》は旅行してますから見た人もいるでしょうけど、見ないで富士山を歌っている人が相当いるわけですよね。では、実際に見た人間の歌と、見てないで歌っているのと、甲乙つけられるかというと、『万葉』は別ですが、『万葉』の富士山の歌は文句なしにいいんですが、『古今』以後の歌だと何かつけられないんです。

竹西　そうだと思いますね。

久保田　実際に富士山を見たか見ないかということになると、新古今時代だとある程度はっきり言えると思いまして、一つのサンプルに考えているのですけど、飛鳥井雅経《まさつね》（藤原雅経）はたしかに見ているのですね。若い時から見ていると自分で言っているんです。しかし、その雅経も題詠として富士山を詠むわけですね。同じときに――これは『最勝四天王院障子和歌』（最勝四天王院の障子に描かれた、四十六の名所絵を題とする和歌）ですが、定家も詠むのですね。だけどべつにそんなに違ってこない。やはりこの時代の歌枕というものの意味は、我々が考えているのとは違っているんだろうな、もっと何か別の意味があるだろうなというようなことを、いま考えているのです。

竹西　今と違って動きが、男性の場合もそれほど自由ではないと思うのですが、そういうときであればなおさら活発に想像するということはあるように思うのですね。旅でなくても屏風歌なんか見てても、似たようなことはいろいろあって、題詠なのか実際に詠んでいるのかわからない。それは私小説かフィクションかというのと同じようなところがあるのではないでしょうか。ほとんど不可能に近い分析になる場合は、そしてそれがわかったからといってどうなるものでもないと思うのですが、最後は作品の説得力だけだと思います。見るからに読むからに、うそとわかっていても、そのうそに快くだまされるというときがあります。うそをうそと感じさせないうそならりっぱだと思うのですけれど、途中でしらけるようなものがあります。

能因なんかの歌には、名歌だ名歌だと言われていて、そういうものだろうと思って、ある時期思い込んでいた歌もいくつかありましたけど、それを突然非常につまらなく感じたりというようなこともあったんですね。こっちがいろいろ変わってくるというか（笑）。

何をもって想像の母体とするか。これは人それぞれでわかりません。実生活で非常に行動力のある人の小説だけが面白いかというと、そうも言えないし、でもやはり行動力のある人は有力だなと思うことはあります。あまり行動できない者から見ますと、ただ、いずれにしても両者の想像力の傾向は違うと思います。そういうことは式子内親王なんかによく出ていますね。

久保田　永福門院についてもそういうことをお書きになってましたね。池田弥三郎さんの文章をお引きになって、あれは随筆でお書きになったこともあったと思いますね。

竹西　何かちょっと引きましたですね。永福門院のような叙景歌が出てくると、もう……。

久保田　ほんとにそう思いますね。深窓のお姫様とか、宮廷の奥深くにいる人が、非常に広がりのある世界とか、遠い世界のことを歌では歌いえているのですね。そのへんがやはり歌の面白さということでしょうか。

竹西　山もとの鳥の声より明けそめて花もむらむら色ぞ見えゆく

というような表現が、宮廷の最上級の女性にどうして可能であったかというのは、池田さんもおっしゃってましたね（『古典詩歌集』河出書房新社）。それはきっと、類似の何の経験もないということではなくて、どこかで何かの経験が広がる瞬間はあったと思うのです。文字の経験も経験のうちですし、生身の経験はもちろんのこと。

久保田　まったくそうですね。あの時代というと、永福門院の時代と『とはずがたり』の作者後深草院二条の時代はほとんど同じですね。永福門院のお父さんの西園寺実兼《さねかね》が『とはずがたり』の恋人「雪の曙」ですから。だけどあれだけ行動している『とはずがたり』の作者は、結局歌はだめなんですね。それで伏見天皇のお后になった永福門院があゝいう歌を残すというのは、面白い運命ですね。

竹西　二条が厳島まで行っているんですね。そのことは自分で書いているのに、「この人はあそこまでも動いて行って……」と、いまおっしゃったようなことをちょっと思ったんですけど、実際の行動力と歌の表現は必ずしも一致しませんから。そのへんはやはりその人の資質というか、生まれつきのものもあるのでしょうし、才能の向き向きということもあるのでしょうけど。

俊成卿女の恋、永福門院の景

久保田　最初にお好きな歌集はということを伺いましたので、最後にこの八代集の範囲内でお好きな歌人の歌をお教えいただけませんか。

竹西　『古今集』の中にはよみ人しらずの憎らしい歌詠みがいっぱいいいて、しかし何人かを挙げるとすれば、まず在原業平でしょうか。業平はどうしても挙がりますね。それから紀友則。

久保田　友則ね。「ひさかたの光のどけき春の日に（しづ心なく花の散るらむ）」、あれはいいですね。私も大好きです。

竹西　あれはいかにも『古今集』らしいと思うのですね。私ときどき子どもの遊びみたいに、夜寝てて、フッと「古今集から三人選びなさい」とか、「日本の歌集から三つだけ選びなさい」とか自分に言うんです。それで遊んでいるわけですけれども、『古今集』と『新古今集』を、一首ずつで比べたら何になるだろうかというようなこともよく思うのです。

好きな歌はいろいろあるけど、どうなんだろう。『古今集』というと、雑歌の中に非常に近代的な、

　世の中は夢かうつつかうつつとも夢とも知らずありてなければ

のような歌もありますけれども、それは別として『古今集』らしいと思うのは、素性《そせい》法師の

　見わたせば柳桜をこきまぜてみやこぞ春の錦なりける

『古今集』を一首で代表させるのだったら、私はあれを挙げるんじゃないかと思います。

久保田　ほんとに唐突な連想なんですけどね——唐突でもないかな。あの歌を読むと思い出すものがありましてね。それは京都ホテル（改築以前の京都ホテル）の器です。食器なんです。

竹西　あ、柳がちょぼちょぼとかいてある……。

コーヒーカップもそうですね。思い出しました（笑）。

久保田　ほんとに素性の「柳桜をこきまぜて」という感じでしょう。あの器も好きです。

竹西　わかりきった、あたりまえの景物と言ってしまえばそれまでですけど、なにかそこに京の春がある。奈良の春じゃないんです。

久保田　奈良の春じゃないですね。

竹西　同じ「見わたせば」で出てくるのが、

　花ももみぢもなかりけり浦の苫屋の秋の夕ぐれ

これが『新古今』ですね。そうするとまた謀叛気が出て、同じ定家でも「峯にわかるる横雲の空」は『新古今』ではないのか。困りますね。なかなか思うように挙げられないですよ。

久保田　女流歌人ではどうですか。

竹西　伊勢というのは私、好きじゃないんです。あれほど技巧の勝った歌を詠んで技巧倒れになってないのは珍しいと思いますが、なにかあまり好きじゃないんです。女の歌人を八代集の中から拾うとすれば、どうしても和泉式部、式子内親王、俊成卿女、これは動かないですね。俊成卿女はだんだん好きになってきました。

久保田　私はまだそれほどでもないんです、俊成卿女は。そんなに深くつきあってないせいか。

竹西　逢ふと見て覚めにしよりもはかなきはうつつの夢の名残なりけり

「夢」と「香り」でよく式子内親王と対照されますけど、俊成卿女は紫式部流にいえば、やはり正統派だと思うのです。正統派のよさというものを持っている——江戸時代までを見て、あのあとは永福門院にいくのでしょうけれども、俊成卿女のような抒情歌人はあそこでとまるんじゃないかというくらいにいま思っていますけど。

雁の歌がありますね。

吹きまよふ雲居をわたる初雁のつばさにな
らす四方の秋風

叙事的な、女歌じゃないみたいなのが『新古今』の中にあります。私はあの歌も好きなんで、『全評釈』も拝見しましたけど、久保田先生も随分いい歌としてほめていらっしゃる。女の歌人はいったいに叙景歌は下手だと思うのです。叙景歌で例外が永福門院だと思っておりますが、俊成卿女は珍しくいい叙景歌を残してくれました。それでもやはり失恋の歌がいいですね。

それだってみんな和泉式部とか——定家の影響というのは、これは同時代だからわかりませんけれども、先人を踏んでいます。

夢かとよ見し面影も契りしも忘れずながら
うつつならねば

なんて、うまいと思いますね。

橘のにほふあたりのうたたねは夢も昔の袖
の香ぞする

みな前のほうにいいお手本はありますけれども、そういうものを取り込みながら、これは俊成卿女でなければ詠めないと思うようなところを詠んでいると思います。

女の人では二人くらいがいちばんあれですが、でもあと中務《なかつかさ》とか、伊勢はうまいけれども好きになれない。

久保田 面白いですね、伊勢がお好きでないというのは。

竹西 小町もうまいと思いますが好きになれないんですね。どういうんでしょう。

久保田 私も文句なしに和泉式部は大好きですね。それから式子内親王も好きですけど、このごろ改めて、これはもう八代集の範囲外になりますけれども、やはり永福門院の叙景歌はいいと思いますね。恋の歌はまだわからないんですけれどもね。

竹西 何だか淡泊というか、叙景歌でこれだけお詠みになる方がと思うのですけど、だから、ということかもしれませんですね。

久保田　あれは最初におっしゃった、心を物のように扱っているのかもしれませんね。

竹西　景が出てきても、それで心を一緒に読み取るほうがいいのかもしれないとも思うのですが、はっきり恋歌らしいものも詠んでいらっしゃいますからね。

久保田　どうも私はまだ京極派の恋の歌は親しめないんですけど、叙景歌はやはりいいなと思うし、皆さんもそうおっしゃるのかもしれませんけど、短歌の叙景はもうあれで終わりかな、という気がしますね。二条派（二条為氏に始まる歌道家二条家の人々やその門弟たち）の歌が中世の歌の正統だと研究者の中でもよく言うのですけど、異端でも何でも、いいのはいいんだと思うのです。

竹西　叙景歌は私は本質的に男のものだと思うのですが。

久保田　ええ、そうでしょう。

竹西　それはどうしてかというと、理性の強い女性からは叱られそうですけれども、叙景歌は強い理性がないと詠めないと思います。女は情のほうに動きやすいというところがあります。情が情として表現されるためにもむろん理性は要るのですが、ことに叙景歌の場合は理性が大切です。物が並んでいれば叙景かというとそうじゃないですから。述べる景と、述べない景が関係し合って力になるわけで、述べない景の中に述べる景をどう位置づけるかというのは、これは感覚だけじゃできないことですね。

久保田　それは小説の方法でもありますね（笑）。

竹西　永福門院というのは例外的存在だと思いますね。叙景は抒情を許容します。しかし抒情は時に叙景を拒否すると思いますね。その違いもある。

久保田　きょうは作家としての視点からのお話をも含めて、いろいろお話を伺えてとても刺激的でした。ありがとうございました。

（了）

冷泉貴実子（れいぜい　きみこ）

昭和22年7月29日、京都府に生まれる。昭和48年京都女子大学大学院日本史専攻修士課程修了。（財）冷泉家時雨亭文庫事務局長。冷泉家24代当主の長女、25代為人夫人。高校教師を経て、昭和56年時雨亭文庫設立とともに事務局長となる。冷泉流歌道「玉緒会」指導。著書に『冷泉家の年中行事』（昭62　朝日新聞社）など

藤原定家の千年

〈座談者〉田辺　聖子
冷泉貴実子

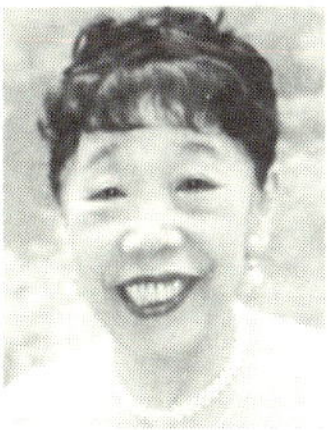

田辺　聖子（たなべ　せいこ）
昭和3年3月27日、大阪府に生まれる。昭和22年樟蔭女子専門学校国文科卒。小説家。直木賞選考委員。昭和39年「感傷旅行（センチメンタル・ジャーニィ）」で芥川賞を、62年「花衣ぬぐやまつわる…」で女流文学賞、平成5年「ひねくれ一茶」で吉川英治文学賞、6年菊池寛文学賞、7年紫綬褒章、10年「道頓堀の雨に別れて以来なり」で読売文学賞、14年キワニス大阪賞など、多数受賞。12年文化功労者となる。作風は巧みな大阪弁で夫婦あるいは男女の機微と生態を描くものが多い。近著に『武玉川《ムタマガワ》・とくとく清水』（平14 岩波書店）『女のおっさん箴言集』（平15 PHP研究所）など。

守られた歌の伝統

田辺　冷泉《れいぜい》さんのお家にうかがって、やっぱり伝統のお家のかぐわしい匂いが感じられました。ここに長いこと、俊成、定家さんたちのお書きになったものが、大切に蔵《おさ》められ、心こめて伝世されてきた、そういう重圧感が感じられました。いい意味でのね。

千年近くもの間、お家の方々や関係者の方々がいつくしみ、崇《あが》めて残してこられたということがどんなに大きな文化的大事業だったか、いまあらためて思われます。冷泉家の御門をくぐってみて、それが実際に体で感じられました。戦乱や天災をくぐりぬけ得た僥倖《ぎょうこう》もふくめ、貴重な秘宝が残ったのは、日本民族にとってはうれしいし、ありがたいことですね。

久保田　冷泉さんのお父君（冷泉為任氏）が、勅封の時代の気持ちで守り続けてきた御文庫を公開されるということをご発表なさいましたのが、確か昭和五十五年（一九八〇）の四月初めでしたね。私事ですが、ドイツからの一年間の出張を終えて帰国いたしましたのが、その年の三月末でしたので、何ていい時に帰ってきたのだろうとうれしくなりました。もしもその時まだドイツにおりましたら、風の便りにうかがって、どんなにもどかしい思いをしたかわかりません。そのころ、『訳注　藤原定家全歌集』（一九八五〜八六刊　河出書房新社）という仕事をしておりましたせいでしょうか、「朝日新聞」の一面にこの御文庫公開の記事が大きく報じられたその夜には、私にまで週刊誌の記者から電話がかかってきて、インタビューされました。ですから、こちらはマスコミへの対応にさぞ大変でいらっしゃったでしょう。でもその時も、生きている間に定家卿自筆の『拾遺愚草《しゅういぐそう》』をまのあたり拝見できるとは思いもしませんでした。『冷泉家時雨亭叢書』（九二年

より刊行中　朝日新聞社）のお手伝いをさせていただいているのは、ほんとうに研究者冥利に尽きます。

田辺　今、若い人たちとわれわれとの間に、文化が断絶しかかっているような、危惧を感じることが多いでしょう。何とかして、次の世代に、日本の文学の伝統、その値打ちをわからせるようにしなくてはいけないなという気がします。

冷泉　私どもの家は、財団法人になっているんですけれども、ちっともお金がなくて、人を雇う力がないんです。ところが、大学院の学生さんなどが半分ボランティアで一生懸命やってくれています。私たちの時代よりも、今の若い人たちは、もっとマニアックになったのかもしれないけれども……。

田辺　オタクっぽいんですね。

冷泉　そう。オタクっぽいんです。みんな、私なんかよりもはるかに冷泉家の歴史には詳しくて、何でも教えてくれます（笑）。

　私どもは今でも、毎月一回の歌会というのを継承しておりまして、お弟子さんが百人近くいらっしゃるんです。その中にも、わりあい若い方もいらっしゃって、十四代目の為久《ためひさ》卿（一六八六〜一七四一）や十五代目の為村《ためむら》卿（一七一二〜一七七四）の時代には門人が三千人もいたというから、すごかったんだなと思います。

冷泉家の歌会始

冷泉　短歌は今、かなりのブームで、ほんとうにたくさんの方がなさっているんですけれども、私どもの家では、昔からの様式を引き継いで行なっております。

　今の短歌というのは、近代の文学というジャンルに位置づけられるもので、個、自我というものの確立というのか、私とあなたはいかに違うかというのを、詠むわけですが、私どもの歌会は、そうじゃないんです。
　例えばお正月でしたら、春の題か新春の題が出ます。そうしたら、正月だから春が来て、うれしいというのが大前提になります。春が来てもうれしくない人もいっぱいいるし、例えば身内に不幸があって、私はうれしくないと詠むのも、今の短歌だったら全く構わないわけですけれども、私どもでしたら、それはいけなくて、とにかくめでたい題が出たら、自分がどんなに悲しくても、喜びを詠むんです。
　そういう意味では、お茶などとも同じような雰囲気を持っているんですね。同じ空間というんでしょうか、同じ場で同じ題で、同じ感情を共有する。今の短歌とは全く様相が違います。でも、最近は、そういうことをお好きな方が増えているようですね。
　ですから、詠み方というのが、例えば春だったら、梅には鶯と決まっていまして、梅には鳩も来ないし、ほととぎすも絶対に来ない。立春の後ラメンも咲かない。野原は若菜だし、シクの雪は淡雪、とまらぬ雪と詠む。そういう一つの日本語が持ってきた伝統的な四季のイメージの世界を詠む歌会なんですけれども、それが続いています。
　お正月は一年に一回、最も正式な形でする歌会をいたします。でも、歌会始というのだけが非常に重要なんじゃなくて、年中、同じような形で歌会をしております。
久保田　冷泉さんの歌会始では、お題はその場でお出しになりますか。それとも、兼題《けんだい》で。
冷泉　二種ございまして。
久保田　やっぱり、今でも兼題と当座と。
冷泉　兼題と当座があります。
田辺　当座は難しいですね。
冷泉　そうなんです。兼題は宿題で作ってこられた歌で、披講《ひこう》と申しまして、歌を声に出して誦み上げる儀式で披露します。当座は、その場で出された題で歌を詠みます。

田辺　披講には、流派というのはあるんですか。

冷泉　もともと、冷泉の流儀（冷泉家における和歌披講の方式）と、もう一つ、二条家の流儀を引いた綾小路《あやのこうじ》流（綾小路家〔宇多源氏で郢曲《えいきょく》の家〕に伝わる和歌披講の方式）というのがあったそうです。それを江戸時代の宮廷では、交代みたいな形で使っていたらしいんです。それが明治維新で、東京に御所が移り、現在のような歌会始の儀という行事になったときに、冷泉流と綾小路流を合体した形で行なうようになったと聞いています。

久保田　この披講の朗詠は非常に特別なおもしろいものですね。音楽的にもおもしろいですね。このごろこういうことを専門に研究している人もおられます。

冷泉　いらっしゃいますね。ええ時代やなと、うちでは喜んでおります。

田辺　私なども戦前の女学校ですが、短歌の朗詠を国語の時間に習いました。啄木、牧水《ぼくすい》などが朗詠にもっとも適《あ》っています、と先生に教わりましたが、目で読むのと朗詠するのとでは、歌の感じが違ってまいりますね。歌がいきいきとよみがえって立ちあがってきます。現代にも「朗詠」がもっと行なわれるとよろしいですね。私は酔うと朗詠したくなってこまります（笑）。席の人々のご迷惑はわかるのですが、人の心をすばらしく昂揚させて、感慨を強いるのが〝歌の朗詠〟です。ところで、お写真で拝見したところ、女性の方はきれいな王朝の衣裳をお召しですが、あれは皆様がご用意されるんですか。

冷泉　うちにあるものを着ていただくんです。かなりご高齢の方でも、皆さん、お召しになるのがお好きなんですよ。

田辺　そうでしょうね。王朝ファンだったらなおさらです。

冷泉　ああいう装束はとても高いものではないかと皆さんにおっしゃっていただきますが、安いものもいろいろあります。もちろん古いものもいっぱい持っておりますが、新しく制作もしていただくんです。

田辺　やっぱり京都ですね。十二単《ひとえ》を作るところがあるんですね。髪はおすべらかし（垂髪）でしょう。自分の髪ですか。

冷泉　髪は鬘《かつら》です。

田辺　それも、こちらのお家に保存されているんですか。

冷泉　鬘も、うちにいっぱいございます。

花は満開の花、月は満月

田辺　伝統を受け継ぎながら、みんなが同じように感動を共有し合う。そういうやり方というのも一種の文化ですね。現代の個の芸術とはまた違った文化ですね。

冷泉　そうですね。梅に鶯というのはほんとうに陳腐ですし、梅に鶯が聞こえて喜ばなくてもいいわけですけれども、それを喜ぶというのが、ほんとうに日本人らしい。お手紙でも、時候の挨拶を書かざるを得ない日本人ですし。

田辺　そうですね。突然、用件には入りませんしね。ＦＡＸでも「東京は今日、みぞれで寒うございます」なんて入ってきますもの。日本人らしくていいですね。

冷泉　春は、新春の候と書き始めます。そういう季節の共感が好きな民族なんだな、としみじみ思います。

久保田　やっぱり、今伺いましたのは、平安の末から中世ぐらいにかけてできてきた、いわゆる本意《ほんい》思想（詠歌の主題の本来の意味を重んずべきであるという考え方）が今に生きているということなんでしょうね。正月は皆、喜ぶのが当たり前であると。

二条良基《よしもと》の『近来風躰抄《ふうていしょう》』という歌論書に、花という題で落花を詠むべからず、ただ月という題だったら、有明の月を詠むべからずということを申しておりますね。やっぱり、花は満開の花が一番、花らしい状態であり、それから、月は満月が理想的な月なんだから、ただ花や月という題を出されたときは、そういうちょっとひねくれたのはいけないんだというんですね。

それと今のお話はやっぱり同じだと思います。お正月は皆、楽しんで、中には悲しみを抱えている人がいても、それは抑えて、みんなと一緒になごやかに過ごすと。そういう考え方なんでしょうね。やっぱり、本意思想につながっていくような気がしますね。

冷泉　そして、月という題なら、季節は秋を詠むんです。春の月という題で出れば、朧月なんですけれども、月と出たら、必ず秋の、澄む月。そんなこと考えると、明治以降には、歌の上でも苦難の歴史がありましたが、今また昔の方法が見直されていると思います。

田辺　まさに現代は、そうなりましたね。文化の一つの形として認められてきたのですね。伝統文化の復権でしょうか。明治になって西洋の文学理論が輸入されて以来、とにかくそっち一辺倒でしたが、一世紀を閲《けみ》してやって、「うん？　そればっかりが文学ではない、日本の伝統には別種の文学風土があるんじゃないか」と人々が気付いたのではないでしょうか。

恋と「もののはあれ」

久保田　題詠歌会というのは、ほんとうに深い意味があると思いますね。私は、大学生に古典和歌を教えていますが、題詠というものがどうもピンと来ないらしいんですね。題詠を無視したら、日本の古典和歌はわからないんだから、題詠の作品を大事に考えてほしいということを言うんですけれども。

ほんとうに単純な題から複雑な題まで、いろいろな題がございますね。だから、題だけ見ていても、昔の日本人というのは、実にいろいろなことを考えていた、非常に微妙な違いを大事にしていたんだなという気がいたしますね。

田辺　題詠が生きるというのは、日本の四季が鮮やかなせいですよね。

久保田　今のお弟子さんも、やはり昔の言葉をよく使われますか。

冷泉　今は一番初めに、講義をするんです。月なら月という題が出た場合には、月を表わすどういう言葉があるのかというのをいっぱいお教えするわけなんです。それは一種の秘伝……。まあ、あまり大げさなことではないんですけれども、代々、こういう言葉を使ってきたということをお教えします。一つの言葉の周辺にすごくきれいな言葉がいっぱいあって、それを使いこなすのが、冷泉の歌だと思っています。

題というのは、やっぱり、漢詩の世界の影響を受けていますね。

久保田　明らかに漢詩の世界の影響を受けていると思いますけれど、日本的に発達してきたんじゃないでしょうか。

田辺　第一、漢詩に恋は出ませんでしょう。

久保田　そうなんです。本居宣長なんかも、中国人は、恋をあまり文学に取り上げないから、正直ではないんだ、ということを『玉勝間《たまかつま》』（随筆）あたりで言っていますよね、確かに。

その宣長が、「もののあはれ」を説明するときに、必ず引き合いに出すのが、俊成卿の、

恋せずは人は心もなからまし物のあはれも
　これよりぞ知る

という歌ですね。ですから、やっぱり「もののあはれ」の真髄が、冷泉家のご専門だと思いま

すね。

田辺　冷泉さんでは恋という題で歌会はありますか。

冷泉　ございますけれども、基本的には、四季が中心ですね。恋にしても、菊に寄する恋とかね。露に寄する恋とかいう形で。

田辺　そういう題詠の伝統的な歌の中でも、やっぱり、その人自身の感性によって、いろいろ多彩な歌ができるでしょう。

冷泉　その辺がすごく難しくて。私は、今言うところの文学という概念とは違うと思います。むしろ技芸の類と言うんでしょうか。それに近いもののような気がします。

本歌取りはオーケストラ

久保田　『新古今集』ぐらいのころから、大体、言葉は決まっているし、それから歌うべき題材も限られていますから、十人詠めば十人が大体似ていくわけですよね。だから、どれほど際立って個性的であるかということじゃなくて、わずかの違いというのが問題になるんじゃないんでしょうか。似ているけれども、やっぱり、ちょっと違う。その違いがどうかということだと思うんですね。際立った違いではなくて。

　本《ほん》歌《か》取《ど》りなんかも、多分、そういう考え方に近いんじゃないかと思います。やはり、あくまでも古典を下敷きにしておきながら、それをどう変えていくか。あまりガラッと変えるんじゃなくて、ちょっとでも変えて、それで新しいものが出ればいいというようなことなんでしょう。でも、もう今の時代というのは、なかなかほんのちょっとの違いということを鑑賞するゆとりがないんじゃないんですかね。

田辺　本歌取りというのも、多種類の音の重奏的な楽しみがございますね。たとえればオーケストラみたいですね。さまざまの古歌・名歌の面影や匂いが影射《さ》していて、それはまるで弦楽器、管楽器のいろんな音のあつまりのハーモニーですね。

久保田　ええ。オーケストラみたいですね。定家卿の、

春の夜の夢の浮橋とだえして峯にわかるる
　横雲の空

などという歌は、一種のコラージュじゃないかと、私はよく言うんですけれどもね。ほんとうに、本歌のほかにも参考にした歌が二つか三つはあるだろうと思います。さらにそれに漢詩文の高唐賦《こうとうふ》（『文選《もんぜん》』）にある、楚の王様が夢で神女に会ったというような故事まで畳み込まれてきますよね。そして、『源氏物語』の「夢浮橋」の巻のイメージが重なります。だから、一首で何重にも古典が重ねられているというのは、すごいなという気がしますね。

田辺　教養の大がかりな遊びみたいなものですね。

冷泉　そうですね。お互いにそれを知っているので成り立つのでしょうね。

久保田　享受する側に、同じようなものがないとわからないですね。

冷泉　伝統の歌は、ご結婚のお祝いとして差し上げるときなんかには、ほんとうにぴったりなんですよ。千代に八千代に幸を祈るという式の歌です。そういうのを書いていて、いつも思うんですけれども、贈答用にはぴったりする。あれに勝る冷泉の歌の使い方はないですね。

結婚式に「高砂や」というのを聞くと、何となく、みんな、めでたいような気分がいたしますけれども、ほぼそれと同じようなものですね。

久保田　日本文学には、やっぱりそういう要素があると思うんですね。よく言われる挨拶ですか。挨拶は、俳句の世界で、よく言うようですけれども、和歌だって、同じだと思います。社

交的な用途といいますか、そういう面は確かにあると思いますね。虚子なんかは、挨拶の句が大変上手な俳人だと言いますけれどもね。歌の世界だって、同じようなことがやっぱり考えられるんじゃないかと思いますね。

冷泉　ただ、はっきり欠点もあって、例えば歌集なんかにしましても、みんな似てきます。誰の歌かわからなくなる面もあるんですけれども。でも、披講で歌われ、耳で聞いていい、そして、字に書いても、きれいなものというのがよろしいんです。

白い涙、赤い涙

田辺　冷泉さんは、定家さんの歌でどれが一番お好きですか。

冷泉　私、ほんとうに困ってしまう（笑）。

田辺　どうしてでしょう。

冷泉　やっぱり差しさわりが多くって。うちでは定家さんは神さんですからね。神さんを批評するみたいで、「夢の浮橋」など、いい歌だと思いますけれどもね。

田辺　私も大好きです。久保田先生は、いかがでいらっしゃいますか。

久保田　ええ。それからやはり、恋の歌ですね。何しろ、恋の歌で定家卿に勝る人はいないと、正徹《しょうてつ》さんが言っているわけですから。そうすると、

　白妙の袖のわかれに露落ちて身にしむ色の
　　秋風ぞ吹く

などは絶唱といえましょうか。

　ただ、これは非常に解釈の難しい歌で、「白妙の袖のわかれに露落ちて身にしむ色の秋風ぞ吹く」という、その「身にしむ色」というのは何色かというのが、私たち注釈を付ける者の世界では、昔から問題でございましてね。

　恋の歌での涙というと、大体、紅涙を歌うこ

とが伝統的にありますので、それで考えると紅涙なんですね。ですけれども、ある時期から、「白妙の袖のわかれ」で、まず白が出て、それで露も白いはず、それから、秋風というのは、五行説では、秋の季節は色としては白、みんな、白なんだから、「身にしむ色の秋風」というのは、やっぱり白じゃないかという解釈が出てまいりましてね。それで、白か赤かというのが、今でも問題になるんです。

この間も、和歌文学会の大会で、『藤原定家の歌風』（一九六五刊　桜楓社）というご著書もおありの赤羽淑《あかはねしゆく》さんが講演されたんですけれども、「やっぱり白だと思う」と言われるんですね。でも、『冷泉家の歴史』（一九八一刊　朝日新聞社）という本の中で、谷山茂先生が、この歌について大変お上手な説明をなさっています。「『身にしむ色』は超現実的であるとしても、『身にしむ色』のままで享受すべきであり、現実界の特定の色感に換算すべきではない」、と言われるんですね。だから、結局、そんな白か赤かと議論すること自体、おかしいので、「身にしむ色」は「身にしむ色」として受け取るべきだと言われるんです。

とにかく、そんな解釈の難しい歌ですけれども、この歌などは、ちょっと他の人は詠めそうもない歌だなという気がいたしますね。これもたしか、本歌が二つぐらいある歌だと思います。

冷泉　先生、現代の感覚では、紅涙というのは、想像もつかない感じなんですけれども、どういうイメージですか。

久保田　紅涙ということで、すぐ血の涙とか、現実の血なんかを連想しちゃいけないだろうと思うんですね。観念的な色なので。非常に感情が高まったときの、その感情の色なんでしょうね。

冷泉　何か、紅色というのが、ちょっと私たちにはわかりにくい感じがしますね。

田辺　現代人にはわかりにくいセンスですね。

久保田　昔の歌なんかですと、ほんとうに色の赤を暗示する紅涙も随分ございますね。歌の中で紅葉と涙を結びつけたりすると、その場合はどうしたって、赤い色の涙ということになりますよね。

冷泉　散るということからですか。涙が紅葉に結びつくのは。

久保田　散るというよりは、涙で紅葉を染めるというような詠み方をしますね。

俊成の言葉、定家の言葉

田辺　私は、定家さんのあの歌が好きです。
　おほぞらは梅のにほひに霞みつつくもりもはてぬ春の夜の月

久保田　ほんとうに、春の夜の駘蕩《たいとう》たる気分がよく出ている歌ですね。

冷泉　これは『源氏物語』の「花宴《はなのえん》」の場面がイメージにあるわけですね。朧月夜が歩いて来るところ。

田辺　『六百番歌合』で、「源氏見ざる歌詠みは遺恨の事也」とおっしゃったのは、俊成卿でしたかしら。

久保田　俊成卿ですね。

田辺　とてもいい言葉でうれしいですね。定家さんのほうは、『明月記』の中にある「紅旗征戎《こうきせいじゅう》、吾事《わがこと》にあらず」。世の中の争い、政治上の争いとは関わりをもたないという気持ち。俊成卿と定家卿が親子して、素敵な言葉をおっしゃっていますね。
　でも、これよりちょっと後の『とはずがたり』なんかになりますと、源氏そっくりの人生を実際になぞったりしていますね。『源氏物語』の影響を歌の上に留めるだけではなくて。

久保田　『源氏』を模倣するんですね。ほんとうにワイルド流（オスカー・ワイルド）に言うと、

「自然が芸術を模倣する」みたいなもので、自分の人生を『源氏』のほうに持っていく。物語の中の人間のように行動したくなるんでしょうかね。『とはずがたり』が生まれたのは、そういう時代なんでしょうね。

田辺　そうですね。後深草院が光源氏のつもりで、二条を引き取って。

久保田　育てるわけですね。ただ、光源氏は終生、紫上を愛していたわけですけれども、後深草院はやっぱり源氏になり切れないで、途中で放り出しちゃうわけですね。

田辺　つまり、『源氏物語』を生むような旺盛な活力を王朝末期の人は失ってしまった。大体、潑剌《はつらつ》たる芸術というのは、自分の読みたいものがどこにもないから、自分で書くという壮大な抱負や挑戦心があって創作されるものです。でも、その力が弱まってくると、先人の切り開いた世界で遊ぶだけになってしまいますのね。『源氏物語』に淫《いん》するといいますか、それも困りますけど、いま『源氏』がブームといっても皮相浅薄に受け取られている向きも多いのですよ。私、『源氏物語』の講義を、三年前から下手ながらやっておりますが、例えばこの間、二千円札が出るのについて、裏に源氏の絵が書いてあるということで、新聞に腹を立てて投書した四十一歳の女性がいました。

どうしてかというと、あれは一人の男のわがままによって、たくさんの女性が不幸な目に遭うのでけしからんと。男尊女卑がなくなったはずの世の中で、私は見るたびに気分が悪くなる、という投書なんですよね。源氏オタクは、かえって、またオタクの処置に困るところもありますけれども、一知半解で、そういう考え方をしている人がいますので、困りますね。

子規と伝統

久保田　田辺先生は『ほっこりぽくぽく上方散歩』(一九九九刊　文藝春秋) で、正岡子規のことを書いていていらっしゃいますですね。あれは、子規が『古今集』をわからないで……、という。

田辺　子規好きな人にしかられるかもしれません。子規はくだらん歌詠みに貫之を挙げていますけれども……。

久保田　「貫之は下手な歌よみにて、『古今集』はくだらぬ集に有之候」と。

田辺　子規はそれまでの権威を打ち破りたいという感じがあったんでしょうけれども、私は春の京都を見たときに、この風色《ふうしょく》はやはり『古今集』がぴったり、と思ったもですから。

桜花咲きにけらしも足びきの山の峡《かひ》よりみゆる白雲 (貫之)

――さながら嵐山ですよ。江戸でも浪花《なにわ》でもありません。京に『古今集』、これ、出合いものですよ。たけのこに若布《わかめ》、というようなものです(笑)。

私は子規が好きなんで、子規の考え方もわかりますけれど。でも、今はやっぱり、百年たって『古今集』は復権しました。日本文学の伝統というのは、とても根深くて、そんなに浅はかなものではない、なかなかちっとやそっとで、みんな解明できるものじゃないという奥深さがわかってきたんじゃないですか。現代ふたたび、『古今』『新古今』の畏《おそ》るべきを知りそめた、というところでしょう。

久保田　私は、子規の言葉は、やっぱりちょっと戦略的な言い方だと思うんですね。

田辺　喧嘩のうまい人ですものね。

久保田　目前の敵は、桂園派《けいえんは》(香川景樹の門弟たちの一派) の流れをくんでいる御歌所の歌人などで、それをやっつけるためには、本家本元の『古今集』をやっつけなくちゃいけないという意識があり、それで、ああいう過激なことを言ったんだろうと思うんですね。本音としては、やっぱり古典の伝統というのは大事だとは思っていたんじゃないかと思うんですけれども。言っていることは、確かに勇ましいですよね。

　子規は「勅撰集なんかは、大砲一発で滅茶《めちゃ》滅茶に砕けてしまう城壁も同じだ」と言っていますね。ですけれども、その子規が、虚子に――これは虚子の小説の『柿二つ』に書かれていることですけれども、ちょうど、『群書類従』（塙保己一の編んだ古典の叢書。江戸初期までの文献一二七〇点を二五部に分けて収めている）が明治になって活字本で出版されます。その時、虚子（小説の中ではK）がその予約をしたと聞いて、子規（「彼」と呼ばれている）が、それはよいことをしたとほめ、自分も予約したいと言い、のちに古い時計を金に換えて自分も予約をするといった記述があります。そんなことを考えると、やっぱり子規だって、日本の古典の伝統というのは大事だとは思っていたんじゃないかと思うんですね。ただ、喧嘩はほんとうにうまいですね。

田辺　人が腹が立てるようなことを言うのがうまいですね。子規の全集を読んでいると、ほんとうにそう思います。

洗練された定型

田辺　ですけれど、明治になって、与謝野晶子が出て、短歌を革新して、現在また、変化していますけれども、五七五七七という韻律は、すごい大きな存在で、だれもそこからは離れません。その中に盛る酒を新しくしようとしても、やっぱり、『古今集』『新古今集』という器の伝統は、否定できませんよね。

　例えば、今はやっている寒川猫持《さむかわねこもち》さんのおかしな歌があります。一風変わった歌人ですが、とてもすてきなお歌ですのでご紹介します。猫がお好きで、にゃん吉という猫を飼っていられました。

もみじ饅頭一個くわえて走ってる　あの縞
縞がうちの猫です

（『猫とみれんと』一九九六刊　文藝春秋刊）

というのがあるんですね（笑）。変な猫で、もみじ饅頭が大好きなんですね。でも、そういう歌まで行くのに、やっぱり猫持先生は、きちんと短歌の勉強をしてらっしゃって、普通の歌、というのはおかしい言い方だけど、正統派歌風というのか、

君想う旅にしありて酒酌めば
異境の空にあがる花火よ　（同）

とか、あるんですよ。

久保田　いい歌ですね。

田辺　いい歌なんですよ。そういう歌をきちんと勉強なさった後で、もみじ饅頭になるんですね。

思い出は風に吹かるる曼珠沙華
心の隅に赤く揺れている　（同）

そういうのもありましたね。ところがそのにゃん吉が死んじゃいますの、かわいそうに。寒川さんのにゃん吉に捧げる悼歌があります（笑）。

赤い日が仏陀よ海に落ちました
わたしの猫が今死にました

（歌誌「日月」'99・7　日月社）

という歌です。

にゃん吉という猫あり二十年
吾を愛してあわれ果てにき

貴君らにとりてはただの猫なりき
吾にとりてはいのちなりけり　（同）

この口吻《こうふん》なんて、全く『新古今』ですよ（笑）。やっぱり大和歌の、日本の和歌の伝統は強いなと思いますね。

久保田　定型というのは、ほんとうに恐ろしい

ですね。抜けられませんね。

田辺　定型だけは壊せない。これ以上ない、素敵に洗練されてしまった形式だと思うんですよね。

久保田　俳句のほうでも、自由律の運動もあったし、短歌だって、定型を壊そうという試みはいくらでもあるんでしょうけれども、やっぱり続かないんですね、それが。確かに自由律の俳句なんかには、いいものもあると思いますが、それがずっと継続しないというのは、ある意味では定型は呪縛かもしれませんですけれども、日本人はいかにそれにとらわれるのが好きかということなんですね。

田辺　そうですね。日本民族の血の中にインプットされているところがあって。

久保田　前にも、加藤周一さんが、たしか日本の七不思議というので、その中に短歌と俳句の定型の問題を挙げておられましたですね。その後すぐ、加藤楸邨《しゅうそん》さん（一九〇五〜一九九三。俳人）が、定型について私はこう思っているという答弁みたいなものを、「朝日新聞」に書いておられるんですけれども。

失われた雪月花

冷泉　ついこの間まで春日大社さんで歌を募集されていて、私どもがその披講を担当していたのですが、神様に奉納するのに、選に上がってくる歌が、死とか病気に関する言葉の羅列なんですね。そういうときに、人間というのは、歌が詠みたくなるのはよくわかるんですけれども、困ってしまって。

久保田　それは相当、日本の神に対する観念が変わってきているんでしょうね。

冷泉　そうなんですね。

久保田　神は死を忌むというのが忘れられてきているんでしょうね。

田辺　神道というものがわからなくなっているのではありませんか。お葬式で葬儀社の配る浄《きよ》め塩を、「死をけがれというのはけしからん」という人が出るご時世ですから。

久保田　やっぱり、それも子規以後、「アララギ」の影響かもしれませんね。

田辺　今の冷泉さんの話は、ほんとうに愕然といたしました。たしかに敗戦後、日本の神は地に堕ちた感がありました。でも民衆の素朴な信仰はとぎれずに復活しましたが、いったん忘れられたタブーはなかなか、復活しないものなんですね。神への畏《おそ》れとか、つつしみなどがうすれてしまってる。……

冷泉　まさに、そういう意味では、何もかもが失われているんでしょうけれども、とにかく、月というても、月を見ませんからね。

久保田　特に都会ですとね。ほとんど月は見ないというか、空が明る過ぎて、月が霞んじゃいますからね。

冷泉　それにしましても、桜は今でもすごく盛んに言いますよね。雪月花の中では、桜だけですね、残ったのは。月は見ないし、雪は降ったら、みんな、文句を言う（笑）。

久保田　でも、京都ですと、やっぱり月を見る気になるんじゃないでしょうか。

冷泉　それがなかなか。

久保田　そうでもないですか。私は、やっぱり旅先で見ることが多いですね、月は。東京じゃあまり。

田辺　嵯峨の大覚寺のお月見なんかはいいですね。

久保田　いいでしょうね。雪も、昔よりはずっと少なくなったんじゃないでしょうか、京都でも。

冷泉　そうですね。

久保田　ほととぎすはいかがですか。

冷泉　京都のこの辺りでは、ほととぎすは全然聞こえません。雁《かり》とほととぎすが、わからなくなっているものの代表ですね。

久保田　でも、お題なんかでは、雁も。

冷泉　もちろん出てきます。帰る雁も、来る雁も。でも、雁も説明するのが難しい。

　しかし考えてみたら、定家卿の時代でも雁はそんなに見なかったと思うんです。梅に鶯がとまっていたというのも、そんなことは平安時代でも私はあまりなかったと思うんです。だから、昔からイメージみたいなものでしょうね。

久保田　梅に鶯といっても、動物学者に言わせると、あまり梅と鶯は結びつかないんだそうですね。昔は、竹に鶯ですね。竹と鶯の取り合わせは古典文学にいろいろ例があります。

座の文学

冷泉　短歌文学は、個の文学ではあるけれども、やっぱり一面、「座の文学」としての根強い魅力がありますね。

田辺　座で楽しむという伝統は確かに日本の文学の中にありますね。俳句の連句もそうですが、川柳もまた、「座の文学」の一面があります。私は川柳が誤解されていると思って、本も書きましたし、いろいろおしゃべりもしています。時々、「『源氏』と川柳では、えらい次元の違うことをやってはりまんねんな」と、言われますけれども。

　川柳の話をする時、私はいつも本格川柳と本人も言われた大阪の川柳作家岸本水府《すいふ》さん（一八九二〜一九六五。川柳作家）のことを紹介しています。水府さんは、若いお弟子さんたちに、「君ら、玄関や床の間にかけられるような川柳を作りなさいよ。色紙や短冊に書けるような川柳やないとあかん。汚い川柳はあかん。貧乏たらしいの、人を傷つけるようなの、恨みつらみの川柳はあ

かん」と言われました。水府さんの代表作の一つに、

　ぬぎすててうちが一番よいという

があります。これは結婚祝いの句として、たくさんの人に贈られたよしです。それはともかく、川柳は、たのしくおかしい作品がありますので、よく笑い声が立って、にぎやかになる。そして出席者の心が一つになります。ほんとうに「座の文芸」だと思います。

　川柳の句会に初めて伺ったのは水府さんの何回忌かの会でございましてね。私は何も知らなくて行ったら、題詠がありました。それぞれに選者の先生方がいらして、選んで披講なさいます。私が行ったときの最初の題は「手帳」でした。加藤翠谷さんという、この方も名古屋で有名な先生ですけれども、

　老人手帳持って女を連れ歩き

(笑)。一座みんな、笑ってしまって。

橘高薫風《きったかくんぷう》さんとおっしゃる大阪の川柳作家がいらっしゃいます。柳誌の「川柳塔」を主宰なさってる先生ですが、この間、「番傘」という日本で一ばん古く一ばん大きい川柳結社での句会へいきましたら選者をしていられました。「たこ焼き」という題でした。大阪らしいんですが、橘高先生が選ばれた一番最初の句が、

　大阪は犬もたこ焼き好きでっせ

(笑)。

尤も、橘高先生その人がお作りになるのは、

　遠き人を北斗の杓で掬《すく》わんか
　秋風に傷なきものはなかりけり

これは川柳なんです。俳人が聞くと、「それは俳句とちゃいまんな」と言います。「やっぱり川柳やな」と言うんですけれどもね。この方はとても句の言葉遣いもきれいだし、大変格調ある作品をお作りですけれどもね。おかしい句、一座を沸かせる句もおみとめになります。

そういうふうに、やはり日本文学の中には、同じ場にいて、みんなで興をともにするという体質がございますね。

久保田　やはり、「あはれ」と「をかし」というのは、日本文学の二つの重要な美意識ですから、和歌をよく勉強する一方で、俳諧また川柳などにも通じているというのは、結局、日本文学全体を理解する必要条件なんじゃないかと思いますね。

田辺　そこがわからないと古典が勉強できないわけですね。

久保田　これからの、それこそ若い人たちに、そういう日本文学の幅の広さ、奥の深さというものを知ってほしいなと思っているんですけれども、なかなかやっぱり、今の感覚の人たちですと、それこそ神社に行って、死んだ人のことを詠むような人が、だんだん増えてくるかもしれませんですね。これは、私たち日本文学の研究者にも責任がありますが。

定家と式子内親王

田辺　ところで、定家卿といえば、式子内親王ですが、ほんとうにいわれている恋はあったのでしょうか。

冷泉　私どもにはそういう話は伝えられていませんけれども。

久保田　謡曲「定家」まで作られていますからね。でも、あの伝説は意外に古いようですね。頓阿《とんあ》の『井蛙抄《せいあ》』の近世写本の後ろに書かれているというので、あまり確実な史料ではないんですけれども、西園寺家の実氏《さねうじ》が、後嵯峨院にお話ししたというんですが。実氏というと、西園寺公経《きんつね》の子供で、公経のお姉さんが定家夫人ですから、定家卿の義理の甥になります。そうすると、非常に近いところで言われていたことになり、伝説の根拠がそんなところまでさかのぼるというんですけれどもね。

だけれど、まあ、何ともわかりませんが、ただ、私たちの研究のほうでは、この二人の歌を比べますと、非常に似ている歌が確かにあって、明らかに、どっちかがどっちかに影響を与えたんじゃないかと言われます。でも、このごろの考えですと、相互に影響し合っているんじゃないかというような解釈がありましてね。歌の上では、確かにお互いに意識し合っていたんじゃないかという気がするんですけれども。それが恋愛まで発展したかどうか、これは何ともわかりませんが。ただ、非常に恋愛はしにくい条件だったんじゃないかと思います。

田辺　そうですね。でも、お互いの才能はお互いに……。

久保田　ええ。認め合ったいたんじゃないでしょうか。

定家卿のお姉さんたちが、式子内親王のところに宮仕えしていますね。二人ぐらいでしょうか。それから、まず俊成卿が式子内親王のお師匠さんですから、お互いの歌、詠草を見る機会は十分あったと思うんですね。そうしますと、歌の上では意識し合うということは当然ではないかという気がします。

冷泉　でも、事実だったほうが楽しみが多いですね。後世においては。

久保田　相当、年齢が違うわけですけれどもね。

冷泉　かなり違いますね。

久保田　式子内親王が亡くなったのが建仁元年(一二〇一)で、このとき五十三歳。定家卿が四十歳。十三歳の違いですね。でも、恋に年の違いは関係ないですから。

田辺　定家卿は『明月記』なんかで読むと、随分口うるさい、愚痴っぽいおじさんですけれどもね(笑)。恋はまた別ですものね。

式子内親王のお歌ではほととぎすの歌が私は

好きでございます。

郭公《ほととぎす》そのかみ山の旅まくらほのかたらひし空ぞわすれぬ

ほんとうに天才ですね。どちらも。

老いの恋歌

田辺　定家さんの子の為家さんの恋歌がありますね。

帰るさのしののめくらき村雲も我が袖よりや時雨そめつる　（藤原為家）

きぬぎぬのしののめくらき別れ路にそへし涙はさぞしぐれけん　（安嘉門院四条）

返した安嘉門院《あんかもんいん》四条という人は阿仏《あぶつ》尼ですね。

久保田　そうです。ですから、為家卿としては相当晩年になるわけですが、晩年に大変情熱的な恋の歌を詠んで。とてもいい歌なんですね。これは、『為家集』にはございませんで、『玉葉和歌集』に載っております。

それで、安嘉門院四条は、こちらのお宅のご先祖になるわけですが、実にうまい返しの仕方だと思うんですね。相手の歌の文句をうまく受けとめて。「しの〻めくらき」という言葉をちゃんと受けとめて、それで、私の添えた涙がしぐれたんでしょう、とうまく返していますね。

こういう歌を、ほんとうに晩年に詠んでいるというところからすると、やっぱり為家さんという人もすごい。まあ、定家卿と違って、晩成型の歌人だと思いますけれども、やっぱりこういう人がおられたので、ずっと冷泉家の歌の家としての伝統が続いたんじゃないかなという気がいたします。

冷泉　この方はすごいですね。七十歳になってからも、まだ子供が生まれているんですものね。大体、うちは長寿なんですね。とりあえず、まず長寿。

久保田　俊成卿が亡くなったのが九十一歳というのは、ほんとうに、あの時代としては大変な長寿ですよね。

冷泉　そうですよね。それから、為家さんだって、八十歳ですね。定家さんでも、七十幾つでしたっけ。八十歳近いですね。

久保田　しかも、俊成卿の場合は、最後まで現役なんですよね。

冷泉　寝たきりじゃないんです。

久保田　最晩年に百首を詠んでいますね。全然ぼけないんですよね。これは素晴らしいですね。確か、『祇園百首』（祇園社、現在の八坂神社に奉納した百首歌）というのが一番おしまいだと思いますけれども、それが九十歳か九十一のときですね。『千五百番歌合』（最存する最大規模の歌合。後鳥羽院主催）の百首なんかも、大変いい歌が多いんですけれども、これも最晩年ですからね。大体、『六百番歌合』（藤原良経主催）で、「源氏見ざる歌詠みは遺恨の事也」と言ったのが八十歳の時。

田辺　文化の伝統を伝えるという意味では、長寿というのは、すごい重要な要素ですね。天才型の方は別として、とにかく何かを伝えるという意味では長寿であることが重要ですね。短命では影響が少ないですもの。〝継続は力なり〟です。

歌合と「百人一首」

田辺　歌合《うたあわせ》では、左右の戦いが激しいんですね。応援団もたいへんでしょう。

久保田　激しいのもございますし、それから、和気あいあいのもあると思うんですね。例えば、断簡で伝わっております定家判の俊成卿女と源通具《みちとも》の歌合がありますが、通具と俊成卿女は夫婦ですから、夫婦で仲よく、歌合をしていて、それを俊成卿女にとっては叔父に当たる定家さんが判をしているというんで、これなんかは、むしろ家族内の遊び、文学的な遊戯ということだろうと思うんですね。

かすみたち秋風ふきしゆめのうちにこぞのこよひになりにけるかな　（通具）

へだてゆくよよのおもかげかきくらし雪とふりぬるとしのくれかな　（俊成卿女）

でも、遊戯なんですけれども、このときの俊成卿女の歌は、のちに『新古今集』にとられます。歌だけを見ると、老女が詠んだような感じの歌なんですね。ですけれども、これを詠んだときの俊成卿女は、まだ若いはずなので、こういう歌も若いころから詠めるんですね。

歌合で、非常に左右が対立して、激しい論戦が繰り広げられたのは、『六百番歌合』のほうで、これは有名でしてね。特に顕昭と寂蓮の二人が左右に分かれて争うんですけれども。

田辺　『百人一首』にありますね。

しのぶれど色に出でにけりわが恋は物や思ふと人のとふまで　（平兼盛）

ともう一つの……。

久保田　壬生忠見《みぶのただみ》の、

恋すてふわが名はまだき立ちにけり人しれずこそ思ひそめしか

負けたほうが、それからものが食べられなくなって、とうとう死んでしまったという伝説、これは伝説ですけれども、そんなことまで出てきます。負けたほうが壬生忠見、勝ったほうが平兼盛。あれは村上天皇の時代、『天徳四年内裏歌合』ですから、平安の半ばちょっと前ぐらいですか。そのころから、歌合というと歌人たちも相当頑張ったんでしょうけれどもね。

田辺　歌合というのは、聞いて判断したのですか。それとも見て評定したのですか。

久保田　やっぱり披講だと思います。原則としては、講師が披講して、それからお互いに議論し合うと。

田辺　誦《よ》み上げたものを、耳に聞いての判定なんですね。

久保田　そうですね。耳から聞いて誤解したり、大体誦み上げるときに誤読したりすることもあったみたいですね。源俊頼《としより》の詠んだ歌に、タツ（竜）が出てくるのがあります。

くちをしや雲居隠れに棲むたつも思ふ人には見えけるものを

藤原基俊《もととし》が、それをタヅ（田鶴）と誤解して、「タヅは沢にこそ住め。雲居に棲むことやはある」と言うんですね。鶴は沢辺に下りているはずで、そんな、雲の上に詠むのはおかしい、などとさんざんいちゃもんを付けて、負けにしちゃうんです。基俊は判者《はんじゃ》だったんですね。そうしたら、後で、源俊頼が、いや、これはタヅではない、タツなんだと。タツが姿を現わしたという故事を詠んだのだと反論したという話が、鴨長明の『無名抄』にありますから。

ただ、『六百番歌合』の時は、判者の俊成卿は、この披講の場に連なっていないと思います。これはちょっと変則的というか、何しろ数が多いですから。まあ、披講だけはやって、それで披講に続いて難陳《なんちん》（相手側の批判と作者側の弁明）をやりますね。お互いに批評をし合う。その批評し合ったものの要点を書いておいて、それを判者のもとに送ったんじゃないかと思うんですね。それで判者は披講の様子を想像しながら、判詞《はんし》（判定理由を述べた文書）を書きつける。それで勝負をつけたという形で、ちょっと普通の歌合とは違うんだろうと思いますけれども、原則的には、判者はその場にいるはずです。

田辺　その場にいて、披講で決めるんですね。やっぱり、基本的には誦《うた》うものと。

久保田　ええ。そうですね。でも、書いたもので勝負をつけることはもちろんあるんだろうと思います。その場合には、当然、清濁を区別しないで、仮名で書きますから、誤解も起こるでしょう。
　歌合もほんとうにいろいろな形式があったと思いますけれども、今は、冷泉さんではなさらないんですね。

冷泉　ええ。歌合はしておりません。掛け詞《ことば》なんかですと、書いてあるものを見たときよりも、耳に聞くほうが、いろいろな意味にとれるという意味では、幅が大きいような気がしますね。

久保田　本来、歌は、やっぱり耳から聞いて理解するものなんでしょうね。俊成卿は『古来風《ふう》体《てい》抄』（歌論書）でも、誦み上げたときの声調が大事なんだ、ということをしきりに言っていますよね。「歌はたゞよみあげもし、詠じもしたるに、何となく艶にもあはれにもきこゆる事のあるなるべし」と。だから、耳から聞いたときの調べというのが非常に重んじられたと思います。

冷泉　今は目ばっかりですものね。

久保田　いい歌というのは、覚えられるんですね。
　私の高校のころ、とうに亡くなられた方ですが、比較文学の島田謹二先生（一九〇一～一九九三）が、私どもの高等学校に話に来てくださいました。小さな読書会みたいな会にお呼びしたんです。比較文学ですから、島崎藤村の『椰子の実』の詩を一つひとつの言葉の出所まで非常に細かく説明されて、おもしろいものだなと思ったんですね。
　最後に、「どういう詩がいいのか、見分け方を皆さんだけにこっそりお知らせします」と言われるんですね。みんな、何だろう、と思って聞き耳を立てましたら、「覚えられる詩がいいんです」って。覚えられれば、それはいい詩なんだとおっしゃってましたね。私も、それから歌なんかを少し勉強していると、やはりそうだと思いますね。いい歌は自然に覚えられる。

ですからやっぱり、『百人一首』の歌はいいんですよね。あれだけ、いろいろなところで日本文化全体に浸透しているからでもあるんでしょうけれども。何だかんだ言いますけれども、『百人一首』の歌は、みんな、いいですね。

田辺 そうですね。内容的にどうかと思うのもありますが、でも声調のなだらかさ、という点では一級です。それでいいますと、川柳の佳句名句はみな、自然に覚えられる、美しいしらべをもっています。川柳は素人も詠みやすいのでよく投稿しますが、なだらかな美しいしらべは素人には詠めません。プロの川柳人はさすがに、美しい覚えやすい句を作られます。

久保田 確かに『新古今集』『新勅撰集』を選んだのも、大変な功績ですけれども、定家卿の大変な、後々まで絶大な影響力を持った仕事というのは、『百人一首』の選定ではないでしょうか。『百人一首』の選定の問題となると、また私たちの仲間では、いろいろ難しい議論がありまして、『小倉色紙』とか『百人秀歌』と『百人一首』の関係はどうかなどとありますけれども、あるいはちょっとの手直しはあったかないか、わかりませんですが、『百人一首』選定の根幹はやはり何といっても定家さんですからね。あれは大変だと思うんですね。

冷泉 ほんとうに今日の美意識にも影響を与えたという大きな意味がありますね。

久保田 このごろの家庭では『百人一首』のかるた取りは昔ほど盛んではないようですが、お正月にはやはり『百人一首』を誦《よ》む声や札を取る景気のいい掛け声を聞かないと、お正月の気分が出ませんね。紀友則の「久方の光のどけき春の日に」や持統天皇の「春過ぎて夏来にけらし白妙の」など、ふだんの生活でも実にいきいきと季節感を呼びさましてくれます。定家卿の、

来ぬ人をまつほの浦の夕なぎに焼くや藻塩

の身もこがれつつ

にしても、恋の焦燥感が風景の中に融け込んでいます。こういった、自然に融合し、自然に感応する人間感情が至るところに見られる。『百人一首』は自然と人間がみごとに折り合っている世界だという気がします。現代の日本がどんどん失ってゆくもの、あるいはどんどん捨てているものが、ここにはそっくり残されているということでしょうか。

（了）

〈うた〉、そのレトリックを考える

〈対談者〉岡井　隆

岡井　隆（おかい　たかし）

昭和3年1月5日、愛知県に生まれる。昭和30年慶応義塾大学医学部卒、医学博士。歌人、文芸評論家、医師。18歳で「アララギ」に入会、土屋文明に師事。26年近藤芳美らと「未来」を創刊。30年頃に塚本邦雄・寺山修司らと前衛短歌運動を起こし、注目を浴びる。主な著書に『岡井隆コレクション』全8巻（平6〜8　思潮社）『旅のあとさき、詩歌のあれこれ』（平15　朝日新聞社）など。

西行と定家

久保田　現代歌人を中世の歌人に引き付けて分けると、西行派と定家派とに分かれると思うんですけど、たとえば前登志夫さんは西行で、塚本邦雄さんは定家とか……。岡井さんはどっちですか。

岡井　僕はもともと出自がアララギだもんですから、その点は塚本邦雄さんとは合わないはずなんですけれども、途中でだんだん塚本さんのいわゆる幻想的な作風というのが面白いと思うようになってきた。それで今は両方とも面白いと思っています。今という時代は非常に多角的な時代で、何々が嫌いですと言い切る時代じゃない。正直に自分の心の中をのぞきこむと、中世も悪くないな、中古も悪くない、古代も面白いなと思う。その日その日で思うことが違うのが本当のような気がするんです。

久保田　それは全く同感ですね。

岡井　塚本さんふうに断言命令的に言って何かを言えた時代があったと思うんです。今はそういう時代ではないんじゃないかと思う。本当のこと言うと塚本さんも実は断言命令的じゃないんで、よく話してますと、やっぱりすごく多角的になっておられます。しかし今までカリスマ的にやってこられたので、それは、あの人の一種のトレードマークですから、崩すわけにはいかない（笑）。

久保田　カリスマの看板ははずせない？（笑）

岡井　僕はね、カリスマっていうのは嫌い。嫌いというよりも生理的に厭なんですね。カリスマ的だというのは世の中に対しては悪にはたらくんではないかと思う。

久保田　文学の世界では特に……。

岡井　そうでしょうね。カリスマ的であったばっかりに、せっかく見えていた価値が見えなかった。そういう時代が長くて、今は幸いにして誰でもいろんなことを言える時代になってきた。こうだよと大袈裟なこと言われたら困る。塚本さんだって話してますとそれとは違いますよ。それは分かっていると思います。やっぱり、西行に関してもいろいろ発言してらっしゃって、ほめているといえばほめている。

久保田　そう思いますね。塚本さんは大変お人が悪くて、ある雑誌で塚本さんの特集を企画したんですが（「国文学解釈と鑑賞」'84・2）、そうしますと、「西行と塚本邦雄」というのを久保田に書かせろって……。

岡井　はあ。

久保田　これには困りました。これは難問なんです。そこで、「塚本邦雄は西行を憎んでいるのではない」と書いてしまったんですけどね。

岡井　そう思いますよ。

久保田　今日ちょっと早めに名古屋まで行っちゃいましてね。私、子供みたいに電車に乗るのが好きなもんですから、名古屋から名鉄で豊橋に戻ってきたんですけど。今朝新聞も見ないで出てきましたので、名古屋に来たのだからと思って、「中日新聞」を買いましたら、岡井さんの「けさのことば」ってのがありました。これは毎日やっていらっしゃるんですか。

岡井　そうなんです。今年でちょうど六年目なんです。

久保田　そうですか。大変ですね。

岡井　ネタが切れちゃって困ります。

久保田　お忙しい中で、どうやって時間をひねり出されているんですか。

岡井　私は今年医者の勤めをやめましたもんですから、それで大学に移ったんですけど、それまでは夕方から夜にかけて、六時——新聞社の締切が六時なんです。それでギリギリのところで書く習慣を作ってやってました。あれは材料探すのがホネで、材料を探してしまえば何とか書けるわけですから。

久保田　やはり毎日一回……。

岡井　いや、大岡信さんは「折々のうた」（朝日新聞）を一週間分ずつ書いていると言っておられたけど、僕は三日四日、三日四日っていうふうに一週間を半分に分けて、三回分ぐらい。それでも苦労しまして、書く言葉がみつからない時には、もう仕方がないから一日だけやって。

久保田　今朝のは、これはタイの詩人の詩集ですか。

岡井　そうです。それは雑誌からとったんですよ。

久保田　そうですか。

岡井　大岡さんがやってらっしゃる「花神」っていう雑誌がありますね、あれに毎号東南アジアのみならず、韓国とかスウェーデンとか、いろんな国のあんまり知られてない詩人の翻訳を掲出していて非常に面白いのです。それは短歌にすごく似ている。ああいうタイプの詩は、五七五七七じゃないんですけども、どこか似ていますね。

久保田　やっぱりいちおう定型なんですか。

岡井　ええ、定型みたいに見えますね。よく分かりませんけど、短詩って言ってらっしゃるんですけども、原文が出てないから何とも分かりませんけれど、何か、上の句下の句仕立になっているみたい。短詩ってのは上の句下の句仕立になるのかしら。

久保田　やっぱり伝統的な短詩型があるんですか、タイに。

岡井　東南アジアの、マレーのパントゥムっていうんですか、あれもそうですけど、パントゥムは二行二行です。二行でAのことを言っておいて、それを裏返したようなA′のことを二行つけて。やっぱりちょうど俳諧のような感じで、付合いみたいで、面白いです。短詩型ですね。みんな、エズラ・パウンドとかなんとかいって、ヨーロッパのほうばかり見てるでしょう。でもアジアに目を向けると、中国はもちろんですけど、案外あるんじゃないかな。「花神」はそれを果敢にやっておられて、確かに面白いなあと思います。

久保田　そうですか。雑誌で歌もお選びになるわけでしょう。

岡井　かなりありますね。雑誌とか新聞とかの選歌のほかにいわゆる通信教育的なものがありますから、すごい数です。

久保田　大変でしょうね、歌を選ぶってことも。まあ私たちは、よく編集者に言われてやらされるんですけども、選ぶといってもだいたい古典の歌の中から勝手に気に入ったものを抽出していますので、これはまずどこからも文句は出ないわけです。でも、現代の作者の歌を選ぶのは大変でしょうね。

『日本名歌集成』と教科書の歌

岡井　このあいだ学燈社でお出しになった『日本名歌集成』ですが、あれがとても面白いですね。僕はカルチャーセンターにあれをいつもひっさげていくんですけども、あれ開いているとたいてい何か話せるんですね。

久保田　これはたぶん、大岡さんや佐佐木幸綱さんなどが責任おありでしょうけど、岡井さんの歌は五首お選びになっていますね。この選択は作者としていかがですか。

岡井　これは編集部の方ももちろんそういう方針だろうし、皆さんがそういう方針で、僕もやればそうなるだろうと思います。結局教科書とか、そういうものにどうしてもひきずられるようで。「國文學」六十三年十一月号で、編集委員の先生も入っていらっしゃって、座談会（「和歌とは何か、名歌とは何か」秋山虔・大岡信・佐竹昭広・久保田淳）がありましたでしょう。あれを読んでますと皆さんがおっしゃってた、そういう歌には伝承性があると。教科書の歌ってのは確かに僕らの頃にも載っていた歌で、今でもなお載っているんですね。

久保田　ええ、載ってるんです。あそこでもあるいは言ったかもしれませんが、私も少し教科書の編集を手伝わされているんですけれども、教科書は短歌のほうが遅れてるんです。俳句のほうが思い切ってかなり新しいものを採るんですけども、どうも短歌のほうが遅れる傾向がある。これは興味深いですね。案外現代における短歌と俳句の違いが、あるいはその辺にひそんでいるんじゃないかという気もします。

私、あんまりよい読者でなくて申し訳ないんですけども、国文社の『岡井隆歌集』（一九七七刊）、これで岡井さんの作品を拝見してますと、やはりまず、言葉の上だけで申しますと、「歌と性」とか、「歌と政治」、それから「歌と思想」というものを非常に強く感じるのです。やはりそういうテーマを、教科書会社のほうではちょっと敬遠するんじゃないか。それに対して俳句はそういうものからある程度離れてるっていうか。そんなところがあるんじゃないでしょうか。

岡井　俳句のほうが選びやすいですね。

久保田　この間も新聞に天安門事件についての短歌欄と俳句欄の違いみたいなものが問題になりましたね。

岡井　河野裕子さんの提出した問題ですね。

久保田　ああいうようなことが、やっぱり現代短歌と現代俳句の間にもあるんじゃないですか。

岡井　昭和万葉集は成立するけど、昭和俳句集はちょっと無理だろうということでしょう。だけどそれは、そのとおりなんです。しかしあれは短歌にとってはいいことですかね。多少疑問もありますね。そういう永遠性ということになってきますと、ああいう、機会詩(眼前の事象に触発されて歌われた詩)という感じのものはね。教科書というのはやっぱり、スタンダードじゃないとまずいわけでしょう。

久保田　そこは難しい問題ですね。スタンダードだけでいいのかどうか。

岡井　僕は機会詩的なところは面白くって。今日あるいは今年の夏流行ってるけど来年はもうわかんなくなっちゃうという言葉であっても使ってみて、今年の夏読んでくれた人が、あ、面白い、と思ってくれればいいんです。来年になったら、もう流行用語の辞典にさえ載っていない、それでも一向かまわないよ、と思ってるんですね。

　教科書っていうのは、教育の材料だから、そういうことはちょっとまずいんじゃないかなっていつも思っています。島木赤彦みたいなことになっちゃうでしょ(笑)。

久保田　でもだんだん編集委員も変わってきますし、教科書会社の編集者のほうも世代交代してくるわけですから、これから変わってくるかもしれないという気はするんです。もうすでに、寺山修司さんの歌なんかもどんどん採るべきだ、というような人もいますしね。

　全部が全部それだったら困るかもしれませんけど、少しは時代の先端を行ってる歌も、思い切って若い年齢の人たちにも読んでもらいたいような気がしますね。そんな歌がいくつか入ってるのがきっかけになって、現代短歌を積極的に読みだすってことになるんじゃないかと思います。

岡井　だから、いつだったか丸谷才一さんが言ってらっしゃったけど、中学生にはもっと恋愛詩を読ませろ、なぜだって、みんな知ってんだ、セックスとかそんなもん隠す必要は全然ないって、言ってますね。ところが実際は、教室でそれをやるのはね、いろいろね、さしつかえがある。やっぱりほっとくだろうなと思います。やりにくかろうと。

　藤井貞和さんは、もう俵万智まで入れていいとおっしゃってます。あの人は何かちょっと教科書に関係していらっしゃるらしくて。私も推薦しますよ、俵万智。俵万智さんは、さっきおっしゃったような意味での、シリアスなセックスとか、政治とかに関係ないでしょ。あれなら簡単に入っていくし、おそらく先生も教えやすいですね。俵万智までいくのは簡単だろうけど、そのまんなかの塚本さんとか僕とか寺山さんとか、あの一群の人たち、あるいはその前の宮柊二さんとか、近藤芳美さんとか、わりと政治とコミットしているような歌、これは状況が変わるとどうなるか分からないということもあって、入りにくいだろうという感じがします。

久保田　それでこの五首で、やはり教科書に載ってるのもありますか。

岡井　これはもうしょっちゅう出るんです。

　つややかに思想に向きて開ききるまだおさなくて燃え易き耳
（『土地よ、痛みを負え』一九六一刊）

これは教科書に載ってるのと違いますね。私のところにきてます教科書の歌はもっとマイルドな歌です。

　肺尖にひとつ昼顔の花燃ゆと告げんとしつつたわむ言葉は
（『朝狩』一九六四刊）

なんてのはわりと出るのかもしれない。後の方の三つ――

　海こえてかなしき婚をあせりたる権力のやわらかき部分見ゆ
（『朝狩』）

　詩歌などもはや救抜《きゅうばつ》につながらぬからき地上をひとり行くわれは
（『眼底紀行』一九六七刊）

歳月はさぶしき乳を頒てども復《ま》た春は来ぬ
花をかかげて　（『歳月の贈物』一九六七刊）

なんてのは、教科書には出ないと思う。かなり思い切って幸綱君が選んだと思う。これは教科書向きではないですね。違いますね。

　むしろこの選びを私などは有難い選びだと思ってるんです。選ぶ基準に教科書向けというのと、それとは違うとらわれなくてよいというのと、両方あるんですか。塚本さんの選びもそうですよ。塚本さんのも妥協してないですね。もっと分かりやすくて、塚本さんとしてはあまりよくない歌が教科書には出てくるんです。

久保田　古典のほうは、そういう葛藤、その苦しみを味わうことはあんまりなかったんです。だいたい教科書に載ってる歌と、われわれがいいと思っている歌と、そんなにズレないんです。けれど近代の場合は大変だろうと思いますね。

読みの歴史

岡井　やっぱりあれは、読みの歴史っていうんですか、たくさんの読者、あるいは学者も含めての読者の決めてきた価値っていうのは動かしようがない、好き嫌いは言えても、動かせませんよね。

久保田　そうなんですね。ですから古典で何百首選べなんて時には、やはりどうしても『百人一首』の歌が入っちゃうんですよ。個人的には、これはどうかな、この歌人だったらもっと別の歌がいいかな、なんて思うこともあるんですけど、やはりあれだけの年代を経て、読まれてきたという重みは無視できません。

岡井　だから近代に関しましても、明治・大正ぐらいまでになりますと、やや読みの歴史が深くなってきてます。例えば与謝野晶子だったらこっちのほうがいいんじゃないのかと思っても、やっぱり動かせません。だから、与謝野晶子とか正岡子規とか異を唱えるのはいくらでも異を唱えられるんですけど、代表作はもうほぼ決まってしまってますね。

『日本名歌集成』を僕使ってて、よく言ってたことがあるんですけど、それは大正期の作品、特に大正以後の作品で、こういう言い方はよくないのかもしれませんけど、比較的マイナーな方たちで、一、二首選ばれているケース、たとえば三《み》ヶ《か》島葭子《しまよしこ》さん（一八八六〜一九二七）のような人は、はたしてこの

　物干の日向《ひなた》に靴を磨きゐる向ひの妻はもの
　　思はざらむ

一首でいいのか、この人はもう少し違うんじゃないかと思ってしまう。「青鞜《せいとう》」なんかの影響を受けた婦人解放運動の人たちの作品とか、そういったものになってくると、これは一首ってのは厳しいですね。

久保田　やっぱり全体をとらえるのは非常に厳しいですね。実際に苦労されたんだろうと思います。

岡井　この辺からは読みの歴史が、まだできてないんだと思います。まだせいぜい四、五十年とか、長くても七、八十年でしょう。だからとてもできない。しかも、マイナーな方ってのは、歌集が手に入らなくてまず読めないですから、特殊な人だけが読んで、研究者が何か言っている。研究者はのめりこみますから、どれもこれもいいと思って言うでしょ。客観的な読みがない。古典に関しては、もうほとんど動かないでしょ。

久保田　いや古典もだんだん時代が下ってきますとね、実は不安なんですよ。もう中世のおしまいぐらいになりますと、まだ、読みがかたまっていません。だいたい、お恥ずかしい話ですけど、古い方でも八代集の中ほどあたり、まだ

読みの浅い時代のものがありましてね。

岡井さんの国文社の歌集を拝見して、面白いと言っちゃ失礼ですが、ある程度自分自身が、生きてきた時代と重なるだけに、非常に考えさせられる作品が多いように思えます。

岡井 でも、今日僕もお聞きしたいなと思って来たことの一つに、同じような時代をずっとやってきて、われわれは作品の中へその時代その時代のことを埋め込んで書いてきたもんですから、修正不可能で恥ずかしいような紆余曲折が作品に出てしまいます。学問の世界は、僕はあまり知らないんですけれども、戦後の現代文学なんかに関してはある程度興味があって、学問的な仕事とか批評とかを読んできましたけど、やはり国文学関係の論文なんかもその時代その時代で変わってきますか。『万葉集』だと、戦後、例の貴族文学としての、というああいう決めつけ方をされたり、やっぱり時代時代で変わってきているんですか。

久保田 やっぱり変わってきていると思います。

岡井 御自分でお書きになったものも、十年前二十年前では、深まりとかそういうことじゃなくて、その時代の影という意味で、それはありますか。

久保田 やっぱり、どうしてもそれは影響受けますね。私は、『万葉集』よりもさらに下って『新古今和歌集』あたりから始めたのですけれど、そのころは『新古今集』をやってますなんて全く恥ずかしくて言えないような時代でした。私が始める少し前かもしれませんが、もう『新古今』なんか葬っちゃえというようなことが、戦後まもなくの大かたの空気でした。

岡井 戦時中は、僕も知らなかったのですけども、『万葉集』全盛時代かと思ったら、日本浪曼派あたりから、風巻景次郎さんなどを中心に、一時『新古今』復興的な動きがあったそうですね。

久保田　ええ、そうですね。しかし風巻さんはそういう風潮に乗られた方ではないんです。日本浪曼派ですと、やはり後鳥羽院あたりに注目しますから『新古今』を鼓吹したのじゃないですか。風巻さんの『新古今』は決してそういうのではないんです。

岡井　ああ、そうじゃないんですか。

久保田　ええ、風巻さんは違うと思います。

岡井　はあ。そういう本がわりあい流布しているもんだから、みんなそう思ってしまっているのかな。それで、四季派の立原道造さんとか、ああいう人たちがわりと『新古今』を支持したりして、『万葉』一本でやってきたのを――『万葉』ったっていろいろあるんですが特殊な『万葉』ですよね、アララギ的『万葉』の解釈です――あれに対して立原さんや堀辰雄さんが、やったんだと思うんですけど、あれが戦争に負けたことで一ぺんにつぶれてしまいましたね。

茂吉の歌

久保田　茂吉とは、岡井さん、お会いになってらっしゃるわけですね。

岡井　ええ、そうです。一度会った。

久保田　それ、確かお歌にありますね。茂吉の死というので、

　ただ一度となりたる会いも父のへに小さくなりて答えいしのみ

とうたってらっしゃいます。歌集「斉唱」（『岡井隆歌集』一九七二刊　思潮社）ですか。お会いになったのはいつ頃ですか。

岡井　ええっと、昭和二十……。

久保田　会ったのは茂吉の最晩年ですね。

岡井　ええ、そう。二十三年頃ですかね。僕の父が斎藤茂吉のお弟子さんの、所謂末席をけが

してたもんですから、名古屋へ来ますと名古屋のアララギ会の人たちが宿屋さんを世話したりして、戦後だもんですから宿屋さんもあまり自由にならない時代で、僕の家へ泊まられたりしたんですね。ですから会う機会はあるのですけど、こちらも馬鹿に生意気なもんですから、親父は今日は茂吉先生がいらっしゃるからどうだって言うんだけど、もうそんな戦犯歌人は会うのもいやだとか言って、(笑)生意気なこと言ってたから。

久保田　ああ、そうですか(笑)。

岡井　一度だけは、晩飯の席にいたんですけど、こちらは学生ですから、まあはたちか十九ですから、分かるわけはないのです。

久保田　昭和二十三、四年……。

岡井　そうです。だから、何か雰囲気もよくなくて、やはり時代の先端にいて日本の短歌を代表してた人が落ち目になって、そして田舎へきて田舎の弟子に慰められてるという、そういう感じでした。ああいうのはいい図じゃないですね。私もそうなったら、ああなるかもしれない、でも、そういうことはやるまいと思っています。あれは、本人にとってはどうかしらないけれどはたから見るといい図じゃないですね。もう、今を時めいている人の悪口ばかりなんですよね。出てくるのは。必ずそうなってしまうのですね。誰々はこの頃元気がいいとか、あんなのは小僧っ子だとかそういう話ばかりでしょう。僕らは若いから聞いて嫌なんですよ、そういうの、愚痴っぽい話は。だから印象的には、全力を奮って盛んだった時の斎藤茂吉に会うというのが、やっぱりいいんじゃないかと思いますね。

久保田　歌集でいうと『つきかげ』の頃になりますね。

岡井　そうです、『つきかげ』の頃です。

久保田　久しぶりに茂吉の歌集を見て、その『つ

きかげ』の中で「おや」と思ったのがありました。これ昭和二十五年ですけど、「象」という題で、

永世楽土、永遠童貞女、永遠回帰、而して永世中立、エトセトラ

というんです。なんかちょっと分からないんですけど、不思議な歌だなという気がしました。茂吉さんもどういうつもりでこういう歌を詠んでおられたのかな。

岡井　短歌のリズムが崩れているという意味ですか。

久保田　いいえ、一種の呪文みたいな歌ですね。

岡井　そうです。

久保田　これは茂吉としては、相当大胆な試みだったんじゃないかと思います。うらぶれた晩年になおそういう試みをやっているというので、さすが怪物だなという気がします。

岡井　そうです。僕も『つきかげ』は非常に大切で、いい歌集だと思います。ちょっと言い添えておきますと、さきほど言いましたことは十九かそこらのくちばしの黄色いのが感じたことで、後から読み返してみたら、ちっとも落ちぶれていなくてすごい人だった。晩年の特に『つきかげ』はいい歌集で、今おあげになったような試みは、茂吉は昭和五、六年から十年くらいにかけてわりあいとやっています。

久保田　やっていますか。やっぱりそこに帰ってきているんですね。

岡井　そうですね、戦前の昭和五、六年から十年というのは、例の新興歌人連盟やプロレタリア短歌など、いろんな意味でのトライアルアンドエラーがいっぱい出てきて、短歌をごちゃごちゃに変えた面白い時代です。それの影響を受けて斎藤茂吉が一度そういうトライアルをやってますね。それからずーっとのんびりきて戦後また始めた。土屋文明さんなんかもそういうと

ころがありますし、またああいう時代だったから、短歌の世界で左右両翼からあらゆる意味での試みが出てきます。それに対応してるんですね。老大家が対応するということが面白いと思いますね。しかし永世中立に少し皮肉を言ってます。

久保田　皮肉でしょうね。「永世中立、エトセトラ」の歌のたぶん前に、

　浅草の観音堂にたどり来てをがむことあり
　われ自身のため

なんてあるんです。六区あたりでサーカスの象でも見たんでしょうね。その後にも隅田川が出てくる、そういう時点の作品の中なんですけど。戦後のある意味では楽観的永世中立論に対して、やはり白い目を向けてるのかもしれませんね。

岡井　だから仮名遣い論とか、日本語をフランス語にしてしまえだとか、ああいう国語論に対しても非常に激しく反撥していて、絶対に歴史的仮名遣いでいいんだと言っています。森鷗外の「仮名遣意見」ですか、ああいう線で反撥している。

　コミュニズムに対しても強く反撥している。これは実は一巡りしたら、斎藤茂吉の言うとおりだったんですけど、あの時代は誰もそう思わないので、いろんな人からめちゃめちゃにやっつけられるわけです。じいさんもうすっかり耄《もう》碌《ろく》しちゃってしょうがないね、という口調で扱われたわけです。

　しかし今読んでみますと文章も堂々たるものだし、茂吉の言っていることも、今なら論破するのはなかなか無理だと思ってしまう。だけどあの時代の時の勢いというのは、抗し難いものがありましたね。

久保田　そうですね。短歌の命運についても、これは『白き山』ですけど、

短歌ほろべ短歌ほろべといふ声す明治末期
のごとくひびきて

なんて歌ってますね。それから追放の歌もあり
ます、

「追放」といふことになりみづからの滅ぶる
歌を悲しみなむか

昔は『赤光』あたりの茂吉にいかれちゃって、いいな、いいな、で止まっていたんですけど、久しぶりに見てみるとやっぱり改めて大変な人だなって気がします。私はどちらかと言うと、茂吉よりも白秋《はくしゅう》のほうに比較的親しんでいたんです。そう、またある時期には白秋と茂吉が非常によく似た歌を作っていたんですよね。

岡井　そうです。『あらたま』の時代ですね。あれは白秋が先だったという話で、事実白秋は先だったんですけど、あれはどうしようもありませんね。学問の世界と違って、プライオリティの世界じゃないから、後からやったって、要するにカチッと作り上げたほうが勝ちですからね。

久保田　そうですね。『あらたま』の「三崎行」なんて本当に白秋の『雲母集《きららしゅう》』での一連の三浦三崎で詠まれた作品と似ていますね。

岡井　そうですね。茂吉自身が白秋に対してすごく尊敬しているんです。だから白秋という人は損な役まわりの人ですよ。啄木も彼を真似して彼を超え、茂吉も彼を真似して彼を超え、朔太郎も彼を真似して彼を超えちゃったでしょう。みんな結局超えてしまって、白秋は元祖という意味ではみんな偉い人だったって言うけれど、考えてみれば損をしている。今の時代から見るとあの軽さっていうのはむしろ今風ですね。

久保田　まあ、俵万智さん風（笑）。

岡井　そうです。だからちょっと何十年か早かったんじゃないかって思います（笑）。

土地、風土

久保田　それでまた茂吉にこだわりますが、やはり『つきかげ』で、

わが色欲いまだ微かに残るころ渋谷の駅にさしかかりけり

というのを見まして「わが色慾いまだ微かに残るころ」というのもいかにも茂吉らしいなと思うけど、「渋谷の駅にさしかかりけり」の「渋谷の駅」というのがなんかこう抜き差し難い地名として座っているような気がします。私は普段相手にしているのが平安や中世の歌なものですから、歌枕とか歌の中の地名とかそういうことにこだわるのですけども、岡井さんの場合、そういう土地というか風土の問題をどんなふうにお考えですか。

岡井　僕はそこへアクセントを置いて考えたことはなくて、そう言われてみるとそういう地名の面白さはあるなと思いますね。ただ歌枕というのは、塚本さんなんかはいつもとりこんでおられて、自分の行ったことのない所だって一向に構わない、新歌枕という言い方もあるというふうにやっていらっしゃいますね。

考えてみると、東京へ出て来て東京で何十年か住んで、歌を作ると、東京の地名は渋谷であったり新宿であったり、あるいは皇居の前とか浅草とか隅田川とかいろいろあるでしょうけれど、それは短歌だけとは限らなくていろんな文学が生まれてくると思います。隅田川の近くだと永井荷風なんかを思いだしたり、小林秀雄のポンポン蒸気（隅田川の水上バスの前身）だとか思いだします。いろんな土地を見て、それに発して歌を作ったりすれば、多少そういう思想的に歌枕的なものが入ってるかなとも思うんですけど、どうでしょうね。

西行は例えば吉野なら吉野で歌を詠んだこと

ははっきりしています。そこへ出かけて行く、行かない、いずれにしてもその場所を詠み込む。どういう具合にして作るんですかね。

久保田　西行の場合は二通りあると思います。実際に行って作った歌も勿論あるでしょうけど、行ったことはないけれども心の中で憧れとして行ってみたいと思っている所を詠う、そういうケースもある。行きたい行きたくないは問題外として、ただ題が出たから詠む場合もままあるでしょう。行ったことはないけれどもなぜかそこに心惹かれている、そういう心の向きをずばりそう歌っている歌があります。

陸奥《むつのく》のおくゆかしくぞおもほゆる壺のいしぶみ外の浜風

というのがたぶんそういう歌だろうと思います。西行自身は壺の碑《いしぶみ》にも外の浜にも行ってないんでしょうけど、みちのくのもっと奥に行きたい、そういう気持をそのまま表白している歌ですね。そういうものは西行の世界に入っていく一つの鍵になるんじゃないでしょうか。

岡井　歌の作り方ということですごく実利的なことを言いますと、歌を作る時に言いたいことがあって歌を作る場合と、さしあたり何もないんだけれど誰かが与えてくれたほうが作りやすい、それで何々の関とか、何々っていう地名で一つ作ってみろと言われて作る場合がありますね。地名を与えられてそれで作ってみると、自分では考えられなかった、妙なものが、かえってその地名からおびき出されてきて面白い歌ができるということがあるんです。

久保田　地名からあるイメージが喚起されることがありますね。

岡井　それを一ぺんやると面白くなって、「お、これはいいぞ」となる。それが、責められて責められて、いくつ作れなんて言われてやってる時には自分の中から湧き出るものなんてなかかなかない。向こう側に単語や地名が出てきて、あるいは人物が出てきてひっぱり出してくれるというのが面白い。

こういう歌の作り方の面白さが一つありますね。もう一つは精神的に、例えば芭蕉なら芭蕉が――今年おくのほそ道三百年なんてやってるようですけど――みちのくをずっと辿っていきました。そのようにおくのほそ道を辿って俳句を作る人は、芭蕉という人物に魂として惹かれているのでそうするのでしょう。偶発と内発とその両方あるんじゃないですか。僕は前のほうのやり方がこの頃非常に面白いなと思っているんですが。

いろんな方が歌がさっぱりできないとおっしゃるから、その方法やりなさいと言ってるんですよ。何をどうやって作っていいのか、自分が何を詠いたいのか分からない、今はそういう時代でしょう。昔なら生活をよくしようとか、誰々をやっつけてやろうとか、いろんなことを考えたけど、今はもう真白けの時代だから、むしろ向こうから何かいただいたほうが作れるよって(笑)。

久保田 ああ、そういう作り方もなさるわけですか。

岡井 ええ、それで前に皆で一緒にやろうということになりました。一つじゃ面白くないから三題噺で三つくらい全然関係もない、例えばJRとイヤリングとそれからなでしこならなでしこと、この三つで歌を作ってみようというようなことをやります。彼らは喜んでやって、とても面白かった。これは皆作りやすいと言いますね。

久保田 そのうちに自分が詠いたいことが出てくるんでしょうね、やっぱり。一つや二つじゃ駄目でしょうけど。

岡井 そうです。迎え水ですね。

久保田　迎え水ですか。やあ、それは面白いことを伺いました。定家なんかも『毎月抄《まいげつ》』でそういうことを言ってますね。

岡井　あ、そうですか。

久保田　ええ、どうしても歌が詠めない時にはなんでもいいから〝景気〟の歌を詠めって言うんです。その景気の歌というのは解釈が人によって分かれるんですけど、見たままの風景の簡単であっさりした叙景歌だと言う人もいるんですけど、私は景気づけの歌じゃないかと思うんです。どちらにしても、ただ五七五七七になるように、他のことは考えないでどんどん作っているとそのうちにいい歌がおのずから出てくるのだと言っている。歌というのはそういうものなんでしょうか。

　　ふるさとのいずこの露地のほろびむとして
　　　虫焼けば炎の桜

というお作がありますね。この「ふるさと」には岡井さんの実際のふるさとの露地がイメージされているわけですか。

岡井　そうです。だから古語的なふるさとじゃなくて、本当に生まれ故郷という意味で、名古屋の街の中です。自分が育ったところの露地のイメージで作ったんですけど、名古屋っていう所は面白いところで、文化的には駄目な所だと一般には言われています。まあ名古屋の人もそう思ってるらしいし、某地方ではそれが絶えずいろいろ議論されてまして……。

久保田　昔から（笑）。

岡井　そう、昔からなんですね。だけどそうは言うけど、ここの出身の人には東京へ行って活躍する人も結構たくさんいらっしゃいまして。

久保田　いや、国文関係では名古屋が一番盛んでしょう。

岡井　そうですか（笑）。だからそうは言えないんだけど、なんか名古屋の人自身がコンプレックス持ってるんですね。

久保田　私の先生も、亡くなった久松潜一《ひさまつせんいち》先生ですが、名古屋というか半田方面の出身です。

岡井　あ、そうですか。僕の母親が半田生まれなもんですからね。

久保田　半田の方面だと思うんですよね。東浦かな。八高ですから。名古屋も本当に国文学の伝統が古い。

岡井　なんか全体地味ですよね。まあ地味でもいいんじゃないかとは思うんですけど。新聞記者の方がいらっしゃって、なんとかできませんかねとよく言うから、いや、そんな今、文化っていっても、地方文化なんてないんだから、名古屋、名古屋って力まないほうがいいって言うんです。ここに住んで普通にやっていて、ジャーナリズムはどうせ東京にあるんだし、アカデミズムも大体東京中心だし発表するのはそっちで発表するので別に構わない、住んでいるのはこちらでいいんじゃないですかって言うんです。

口語と文語

岡井　久保田さんにこの機会に聞いておきたいのですが、それは口語と文語の問題です。

久保田　口語と文語ですね。大変な問題ですね。

岡井　万智さんが出てこられてから余計に騒がれていますが、万智さんだけじゃなくて男性のほうでは加藤治郎君がさかんに口語的というか会話的なものをやってます。僕は好きなんですけどね。これは流行りすたりがあって、昭和の初めからときどきそういう流行があって、また繰り戻して文語的なものになったりしている。

　書きことば、話しことばと言ったほうがいいのかもしれないが、いつだったか中西進さんと話してましたら、いや『万葉』なんていうのは、あれは、当時の万智ちゃんだよなんて言ってられました。東歌なんかも勿論そりゃそうかもしれないけど、しかし京都を中心とするいわゆる王朝以降の文芸、これは勿論あんな言葉で喋ったわけじゃないでしょう。

久保田　ええ、少なくとも平安の歌の場合には、歌ことばと話しことばは違っていると思います。まず単語としては明らかに歌語は出来ているわけですからね、それはたぶん『万葉』の時代からあったでしょうけど、平安になればいよいよ歌だけのことばというのがもうきちんとしてるんじゃないでしょうか。

歌への批評を見ましても、これは「ただことば」であって歌ではないということをよく言うわけです。当然「ただことば」はいけないいんですね。あの時代の歌としては。普通のことばだったらなにも五七五七七で言うことはない。定型である以上は、歌であるからには、歌のことばでなくちゃというのが平安の人たちの基本的な考え方だったと思います。

岡井　現代に来ましてもそういう考えが片っ方であると思います。

久保田　ええ。あるでしょうね。

岡井　それでなおかつああいう口語が流行りますと、すーっとひかれていく人と反撥する人と両方が混じりますね。例えば『土佐日記』の中でも船頭さんが喋っていた言葉はそのまま五七五七七になっている。あれは「ただことば」なんですね。

久保田　そうなんですね。しかし、おのずとリズムを持ち、きちっと定型にはまっている。

岡井　あれは全く歌を作るつもりで作ったわけじゃないから。

久保田　本人は歌のつもりではないのに歌の形になってしまっている。でも定型詩にはああいう幸運な偶然というものはたまにはあると思うんですけどね。だからと言って、現代短歌の場合は、やっぱり文語でいいんじゃないですか。いかがですか。私はその辺、分からないですけど。

岡井　そう思います。正岡子規は俳人なものですから、俳句はどちらかというと俗を容認しますよね。子規はそういうところから出発しているものですから、特に江戸の俳諧的なものを明治の短歌に継ぎ足した形で、短歌の革新をやりましたね。あれが運命的だった。

正岡子規の「てがみの歌」みたいなものから見ますと、『土佐日記』の船頭さんのほうがよくって、『土佐日記』の主人公がひねくりこねくり作っているようなあんなものは歌じゃないと、そこで価値観をひっくり返したんですね。そうは言うけれども、正岡子規の作品だってすごい王朝的な作品もいっぱいあるんですよ。あの時はそう言ったけれどそれは理論で言ったにすぎない。その後子規を受け継いだ人たちもやってみたけれども、こんな俗談平語だけで歌が作れるわけがない、第一それだけのことだったらわざわざ歌を作る必要はない、ということになって、まあ今は常識的な線に戻ったんですね。

ただ、久保田さんの御専門の中世でも、僕らは一度シンポジウムを名古屋でやりましたが、『新古今』と『梁塵秘抄』という対立物をぶつけてやった。するとみんな『梁塵秘抄』が好きでね（笑）。

久保田　（笑）そうですね。誰でも『梁塵秘抄』のほうがずっといいって言うでしょうね。

岡井　今日は『新古今』の話だって強調しても、とどまるところを知らずという感じで、その人自身はしゃちこばった新古今調の歌を作ってる人でさえも、『梁塵秘抄』がいいって言う。この一種の平俗な何とも言えない言葉のふくらみ。

久保田　分かるような気がしますよ（笑）。

岡井　だから気持のうえでは和歌的なものを作

りながら、慣用的なものの平俗的なものに惹かれる部分があるんだなあ。すごく面白いな。御研究なさっていていかがですか、ああいう梁塵秘抄的なものを。

久保田　いや、『梁塵秘抄』、大好きです。よく言うんですけど、あの時代の勅撰集をまるまる一つ読むのは大変な苦痛なんですよ。勅撰集にしましても家集にしましてもね。それは西行の『山家集』にしたって同じことでしてね。言っちゃ悪いけれども瓦礫の山で、その中にときどき、ぴかっ、ぴかっと光っている一つ二つかがある。そういう気がするんです。

岡井　そうですね。あの『金槐集』もそうです。いわばほとんどが自己模倣でしょう。モデルがあってモデルに似せるというのは、あれは自己模倣に意味があったのでしょうかね。

引用

久保田　モデルの問題なんですが、引用――まあ私たちの用語ですと、本歌取りになるわけですが、引用の問題をどうお考えですか。

　最近、藤井貞和《さだかず》さんが、『反歌・急行大和篇』（一九八九刊　書肆山田）を出されましたね。その中で引用のことにちょっと触れていて、「引用する蕪村」という文章のおしまいに、蕪村の

　　鰯煮る宿にとまりつ後の月

という句は『白氏文集』の「縛戎人《ばくじゆうじん》」が意識されているかいないか、「縛戎人」に拠っているのかいないのかという、注釈的な問題に触れて、神田秀夫氏は「縛戎人」の引用痕跡なしと見ると言っておられるけれどもいかがであろうかと。藤井さんは白楽天の引用だという見方らしいんです。最後に「近代俳句は、右のような〈引用〉から切られたところに成り立ってきた。古

典と近代とはそのような〈引用〉のあるなしによって大きく分けられるのである。」が結びの文章なんですけど、岡井さんはどう思われますか。

岡井　僕自身は、もう非常に旺盛に、意識的に引用をやっています。

久保田　やっていらっしゃいますよね。岡井さんの例えば、

朝狩りにいまたつらしも　拠点いくつふかい朝から狩りいだすべく

ですか、これはやはり『万葉』の、

朝狩に　今立たすらし　夕狩に　今立たすらし　みとらしの　梓の弓の　なか弭の音すなり

のあの引用ですね。

それからこれはたいていの戦前・戦中派は分かるでしょうけど、

きのうの敵は今日もなお敵　頰《ほ》をはしる水いたきまで頰を奔《はし》らしむ

というのがありますね。これは「昨日の敵は今日の友」という、あの水師営の会見(一九〇五)ですね。

それから次に、これは私は、非常にドキッとした歌なんですけど、ずいぶん早くの御作でしょうか、

「ヴェニスに死」ぬ末路羨《とも》しもみずからの朝の排泄の色みおろせば

これはトーマス・マンの『ヴェニスに死す』という作品名を裁ち入れてらっしゃるわけですね。いろいろおありですね。

岡井　ある時期までは、恥ずかしいとか、オリジナリティに欠けるのではと、ずーっとためらいもあったのです。が、詩の世界でも藤井さんなんかもう既にやってらっしゃいますけど、大岡信さんもそうですけど、あれはもう二十年くらい前ですが、七〇年以降、オリジナリティというのは浅いものなんだよ、ということを言えるような雰囲気になってきた。なんのかんの

と言ってるけど、結局過去の厖大な言語の蓄積から考えると、自分たちは九十九パーセントの古いものに一をつけ加えることくらいしかできないんだよ、ということがみんなやっと分かってきた。オリジナリティ、オリジナリティって突っぱってきたのが浅はかだってことがようやく分かってきたんですね。

久保田　岡井さんはすでにアララギの中でそういうこと言ってらしたんですか?

岡井　いえいえ。アララギを出てからです。アララギの人たちはいまだにオリジナリティ尊重ですからね。僕はそれからまがりなりにも古典のいろんものを読みはじめた。古典の作家はみんなそれをやってることを発見したんです。むしろそれはおおっぴらです。ただ問題があるとすれば、狭い範囲だということですね。宮廷歌人たちの狭い教養の中で誰も彼もみんなこれだけのことは知っている、例えば『白氏文集』も『和漢朗詠集』も読んで知っている。その教養の範囲の中でやっているから、逆に言えば、その教養を持ってない人には何も分からない。トーマス・マン読んでなかったり、宮沢賢治読んでなかったりすると、何のこと言っているかさっぱり分からない。僕は初めからそういう読者は除外しているわけで、そういうものに共感を持っている人たちだけが感じてくれればいいんだ、分からない人は読み飛ばしてくれればいいよって決めてやってたんです。

ところがある時期からいやこれはむしろ違うんだと。引用とか自己模倣的なものとか、あるいはさっきの題詠と同じなんですけど、そういったものがきて、蕪村をずいぶん入れたりしましたけど、蕪村をとり入れたり西行をとり入れたりいろんなことをやっていて、それを知っている人たちと何かを共有していくほうが作品の幅も拡がるし自分の言いたいことも自由に言えるし、オリジナリティなんてけちなことに逆立ちしてるよりよっぽど文芸の世界としては面白い、その覚悟をしたんですね。

　詩人たちがみんな一斉にそういうことをやり始めました。ほらこれは後ろに全部注がついている。友人の詩からずいぶん多いですね。

久保田　それはまた『万葉』の時代と似ていますね。『万葉』だと例えば家持の歌に池主《いけぬし》が応和したりとかいう例がありますから。

岡井　大岡信さんの例の『紀貫之』（一九七一刊　筑摩書房）の功績がすごく大きいですね。あのあたりからいわゆる合わせ技というか、付け合わせるいうのが日本の文芸の、全部とは言わないけど大きなウエイトを占めていることに気づいてきた。例えば西行の地獄絵（『聞書集』所収の作品群「地獄絵を見て」）というようなもの。あれは絵が向こうにあって、作る。屏風歌なんてそういうものなんで、今の人たちは馬鹿にしてるけど、それが何が悪いと言いたい。そういう形のクロスオーバーがすごく面白い。そうすると自分が平生思っていなかったようなことが、絵によって喚起されてくる。こういうことでは題詠と同じです。

　詩人たちはよくやってると思いますよ。入沢康夫さんとか那珂太郎さんとか、お互いの作品を改作し合っているでしょ。あれは戦後のオリジナリティ一本鑓《やり》の頃から考えてみればもうめちゃくちゃな話ですよ。でもそのほうが僕は文芸の世界としては拡がっていると思いますね。個が自信をなくしたということじゃない。

久保田　やはりずいぶん、戦後の詩も変わってきたんですね。

岡井　事実、変わっちゃってますね、ええ。今日はそのことをお伺いしたいなあと思っていたんです。

　去年ある雑誌で歌合わせをやろうということ

になりました。素人がやるんですから勿論でたらめなんです。それで僕は年の功で判者をやらされまして、次に若手の歌人がずらっと並んで、何をするかというと、新人賞で出てきた作品を前に置いて、とにかく部立てをやらなきゃいけないから恋なら恋とか、もう今の句だけですから、友達とか親子とかいうふうに歌を合わせて、結構出来るんですよ。

久保田　いや、それは面白いですね。

岡井　僕は初めはお遊びぐらいの軽い気持でした。でもお遊びでいながら、いかにああいう昔のシステムが考えぬかれた方法か、ということが分かってきました。歌合わせは中古くらいから始まったんですか。

久保田　ええ、平安の比較的初めですね。一番古いのが在原行平《ゆきひら》の時代ということになっていますから。

岡井　そういう古代のと中世のとではだいぶん性格が違うんだそうですね。

久保田　ええ、違うんです。お遊びがだんだんお遊びじゃなくなってくるんです。しだいに真剣になってくる。でもやはり本質はどこまでいってもお遊びですね。

岡井　ああ、そうですか。

久保田　お遊びの要素は完全にはなくならないと思いますけど、ただだんだん真面目にはなってきますね。

岡井　あの判詞の言葉ですが、あれは批評というものが一種の合評みたいなもので、おそらく戦いなんでしょうけどね。そのことが今度やってみて分かりました。

久保田　衆議判《しゅぎはん》（歌合に連なった人々の多数意見で勝負を決める方式）なんていうのは本当に合評になるわけで、みんながワーワー言う。

岡井　なるほど、これは面白いですね。

私達の場合ルールは好い加減ですけどね、平生絶対会わないような人が座に連なってまして、平生絶対に問題にしないような作品を問題にしている。彼らだって負けたくないですから。だから僕に向かってものすごいアピールをするんです。「岡井さん、なんですか、さっきの判詞は。冗談じゃないよ、あれは間違いだ」なんて文句言ってる（笑）。「岡井さんそんなこと言ったら駄目だよ」とか何とか言ってやってるうちにキッキッとなっちゃいましてね、初めは遊びのつもりが遊びでなくなってきて、「駄目だ！」と叫ぶ。そこで本当の批評が……。

久保田　昔もそうですよ。判者の判定に不満だと陳状（作者としての立場を陳弁し、判者に異議申し立てをした文書）を出すわけです。「自分はこういうつもりで詠んだのにあの判定はなんだ」って（笑）。

岡井　その催しを去年三回やりまして、最後は今年の初めにやりました。この時は古典の勉強をやろうということになりました。いわゆるシンポジウムじゃ面白くないということで、万葉組と古今組、部立てはきれいに揃うから部立てを決めておいて代表歌を出させて、両方でやらせたんです。これがまたおかしくてね、ゲラゲラ笑う。どうせやるなら京都でやろうというので京都でやったんですけどね。おかしいのは途中で、相手の歌のほうがいいんじゃないかと思いはじめるんですね（笑）。勝とうとすると苦しいわけですよ。「本当はあなたの歌のほうが好きだ、だけど今日は立場が違うからやっつけるんだ」って、もうめちゃくちゃやってるんです。とても面白かった。

久保田　それが文字に記録されているんですか。

岡井　ええ、さっき言いましたのは二つともいちおう雑誌に載りました。今度の今年の初めにやったのも今載っけようとしているんです。それはもう久保田さんなんかが御覧になればおかしくて何やってるんだっていうことになるけど、だけど僕は思いましたね、昔の方がお考えになった一種のマシーンでしょ、あのマシーンは現在も有効だとね。題詠でもそうです、あれも一種のマシーンでしょ。だけどやはりすごいことだなと思いましたね。

久保田　歌合わせも本当にいろんなのがありまして、古い時代と今の時代の歌合わせなんてね、昔の人と今の人とを合わせたりですね、漢詩と和歌を合わせたり、いろいろね。

そうですか、実際やってごらんになると、そういうことで結局作品を批評する場になるというわけですね。

岡井　なるんです。かえって型が決まっているだけに、なんていうかプロレスのタグマッチみたいになりまして面白い。ディフェンスとオフェンスでしょ。ルールが決まっているだけに面白い。今ちょっと流行っていますね。専門家呼んでくるとどうせ悪口が入るし笑われるからっていうんで、専門家呼ばない（笑）。自分流でやってますけどね。

表現技巧

久保田　歌のレトリックについてはどうお考えですか。今の時代ではさすがに掛詞や縁語はあまり問題にはならないでしょうけど……。

岡井　いや、そんなことはないですよ。

久保田　そうですか。

岡井　面白がってやってる人もいます。

久保田　岡井さんのお歌でもある種の枕詞はお使いになりますね。「ぬばたまの」とか「たまきはる」とか。

岡井　序詞も使います。序詞はわりあい入り込んできますね。

久保田　それから、これはある意味では歌の形の問題で、さっきの西行の「みちのく」の歌とちょっと下の句のほうは通うんですけど、上は非常に軽いお作がありますね。

ばあらばらあばらぼねこそ響《な》りいづれ斎藤茂吉野坂昭如《あきゆき》

作者に自注をお願いするのも申し訳ないんですが、「斎藤茂吉野坂昭如」っていうこの取り合わせはどういうことなんでしょうか。

岡井　なんかごく自然に出てきたんです。

久保田　「浪曼的断片」という作品群のうちの一首ですね。

岡井　あの頃からわりあい遊びを覚えまして、少し頭を空にして歌を作るというか、言葉遊びは面白いんだという意識ですね。「斎藤茂吉野坂昭如」の場合は言葉の音韻、音の響きがとてもいいということで出した、そのことが大きいし、当時その二人のものを一所懸命読んでたということも勿論あるでしょうけど。

久保田　こう、対極的なんですね。

岡井　野坂さんのお書きになるものは風俗的なもので、斎藤茂吉とは全く違う、それでいながらなんか通うものがある。

久保田　それは風土ですかね。それから表現技巧の面で似てるかなと思えるのは、

わが心のうえをよぎれるあたらしき花ぐるまの輪　空車の輪

これはかなり前のお作ですね。昭和三十八年ですか。

岡井　そうですね。

久保田　こういう下の句二つで「花ぐるまの輪」と「空車の輪」を対比させるのは、中世の歌人なんかもよくやっていますね。とても効果的だなと思いました。

岡井　僕らはアララギの系列で歌のいろいろを覚えましたものですから、そういう技巧的なものを上手下手の基準にずっとしてきたんです。

それで今でも批評を書くときには、うまい下手もそういう基準で割り切るんですけど、昔は歌合わせなんかあったわけですから当然批評もあった。すると技巧的にこういうのがうまいんだとか下手なんだとかいう、技術論と言ったらいいか、きちっとあったんですかね。

久保田 非常に細かな技術論がありますね。中世もだんだん下ってくればくるほど技術論ばっかりになっちゃいます。

岡井 ああ、そうですか。

久保田 ただ基本的なところでは、技巧をさほど技巧と感じさせないのがいい、自然に聞こえるのがいいんだというところにどうも落ち着いちゃうようですね。だけど全然技巧のないのはさきほどのただごと歌になってしまうんで、何も織り込まないいんだったら、これは普通の言葉で言ったほうがいいんじゃないか。やはりある程度の技巧は歌には必要というか、まあスパイスみたいなものと考えているんですが。ただ現在のわれわれが古典を読んでいてその技巧に気がつかない場合が相当あるんでしょうね。そして気付いても、なんとなくその技巧はいけないものだ、不自然なものだというのでこれを無視しようとする、黙殺しようとする。技巧の面にあまり触れたがらない傾向がひょっとしてあるんじゃないかななんて考えているんですけど。

岡井 日本人はわりと無技巧の技巧とかね、そういうのが好きでしょう。

久保田 それで西行なんかは技巧という点では、どちらかというと無技巧な歌人だというふうに見たがる傾向が後世にはある。

岡井 でもずいぶんあの人は……。

久保田 ええ、そんなことはないと思います。実は西行は結構技巧を凝らしている。なのに現代のわれわれ研究者は、それを無視する、あるいは気がつかないケースが相当あるんじゃなかろうか。今思い浮かぶのは、西行は人生の節目となるような大事な場面に、深刻な歌を詠んでいるように思うんですね。例えば出家後まもなくの歌とされているんですが、鞍馬に籠って冬を越す、その時の歌に、

わりなしや氷る筧の水ゆゑに思ひすててし
春の待たるる

という歌があるのですが、注釈を見ると、その歌の意味だけ取っている場合が多いですね。けれども「わりなしや」の「わり」は氷の縁語で、それから「春の待たるる」の「春」も氷が張るの「張る」と掛けていたんじゃないか、そう思える。出家直後で、今は逃れたけれど、これから自分はどうなるか分からないという時に、そういう技巧をちゃんと踏まえて、技巧を凝らそうと思ってじゃなくてもしぜんにやっぱり出ちゃうんでしょうね。そういうふうに歌っているってことは大事じゃないかな。

岡井 僕は西行はうまい人だと思いますね。ただあの人は、不思議に思うんですけど、戯れ歌なんてすごくうまい、現実味のある歌ですね。ああいう歌が作れる人だったんだけど、あの時代の風潮がそういうものとは違う、後鳥羽院とか藤原俊成とかに合わせなきゃいけなかったんだろうから、そして、勅撰集にたくさん入ったほうがいいだろうから、だからいろいろあって、でも『聞書集』と家集の『山家集』との間にはかなり違う面があって、詞書きの使い方なんかもすごくリアルですね。

久保田 ええ、詞書きがうまい。文章がうまい。

岡井 文章がうまいですね。あの人は案外そういうリアルな散文的な精神をかなり持っていて、だから、

うなゐ子がすさみに鳴らす麦笛の声に驚く
夏の昼臥し

これなんかすごく面白い歌で、好きな歌です

けどね。あんなのが作れるということは、すごいテクニシャンですよね。彼はいろんなことができたんだけど、おそらくあれじゃ入選しないから、ああいう歌は作らなかったんだろうけど、自分で自分をある方向へ狭めていったんじゃないかな。

久保田　いや、狭めてはいないんじゃないでしょうか。かなり勝手な歌い方をしてると思いますよ。ちゃんと枠にはまる歌も作ったけれど、はまらない歌も作っている。それを後に定家やその子孫がはまる歌だけを拾った。

岡井　そうみたいですね。

久保田　時代の歌人として当然勅撰集に入るかどうかは考えていたと思うんですね。ですから枠にはまる歌も勿論作っているんですけれども、ずいぶん勝手気儘な歌も詠んでいるような気がするんですけどね。

岡井　彼は公家的というよりは武家的な精神ですね。

久保田　それから古代的な面がありますね。これは風巻景次郎さんも言われたんですが、一時期は西行は女房的であると言われた。確かに非常に女房的な歌も詠んでいる。和泉式部からずっとつながる線もあるでしょう。けれども最晩年の『聞書集』のおしまいのほうの伊勢で詠んでいる歌、

　今もされな昔のことを問ひてまし豊葦原の
　　磐ね木《こ》の立ち

これなんか非常に幻想的な歌なんですよね。祝詞の世界にこうのめり込んだようなああいう歌はちょっとあの時代の人は詠めなかったなという気がします。いや、私もかつて定家は好きだけど、西行の歌はこっちが警戒しちゃってなかなか近づけないんだと言ってたんですけど（『古典を読む・山家集』一九八三刊　岩波書店）、やはりすごい人ですよね。

岡井　定家は定家ですごいと思うんですけど、テクニックという点から見ればどちらも相当なものですね。

久保田　西行のテクニックもすごいと思いますね。やはり掛詞で、

取り分きて心もしみてさえぞわたる衣川見に来たる今日しも

これはたぶん最初にみちのくに行った時の歌だと思うんですけど、小林秀雄は二度目のみちのくの旅の歌と考えて、その時ちょうど義経が高舘あたりにいたなんて書いているんですけど（『無常といふ事』所収「西行」）、まあわれわれ研究者はだいたい最初のみちのく行の時の歌だろうって見てるんですが、この歌も詞書きがいいんですね。平泉に着いてすぐ衣川を見に行く。

十月十二日、平泉にまかり着きたりけるに、雪降り、嵐激しく、ことのほかに荒れたりけり。いつしか衣川見まほしくてまかりむかひて見けり。河の岸につきて、衣川の城しまはしたる事柄、やう変りて物を見る心地しけり。汀こほりて取り分きさえければ

とあって、そして「取り分きて」っていう歌になる。そうするとこう非常にリアルな感じで描かれている衣川の城ですから、どうせ十二年戦争のときの古戦場を眼前に見てるわけでしょうけれど、前に緊張した詞書きがあるから、この歌もなんとなしにすーっとただのリアルな歌として読んじゃう。ですけどちょっと考えてみれば、「しみ」は「凍み」に「衣」の縁語の「染《し》み」が掛けてあるようだし、「見に来たる」っていうのに衣を身に着たっていうのが掛かってるし、「取り分きて」の「分き」にも衣の脇が掛かっているのじゃないか。そういうものをさりげなく、さっと重ね合わせていて、しかも歌うべきものをきちっと見て歌っているところがやはりただ者ではない。これはたぶん三十代になるやなら

ず、または三十代の終わりかと言われている歌ですけども。

　時代によっても技巧に対する考え方は当然違うとは思うけれど、技巧というのは技巧のための技巧じゃなくて、むしろその歌人が本質的なことを歌おうとする際におのずと出てきてしまう、どうしても身についてしまっている演技以前の何かじゃないか。

旅と日記

岡井　それと、今日お聞きしたかったことのもう一つに旅のことがあります。現代はある意味で大旅行時代でしょ。なんかそれが芭蕉や西行に対する親近感あるいは家持もそうですね。彼らは追いやられて行った、それこそこしやみちのくまで行く。ああいう感じが僕には面白いな。

　亡くなられた上田三四二《みよじ》さんが非常に西行とか芭蕉がお好きで、隠棲とか隠遁もできなかったですけどね。僕は彼と会って、からかうんですよ。「そんなこと言ったって現代人がどうやって隠遁するのよ。あなただって奥さんや子供がいてどうするのよ」とね。ずーと気になっているのは、西行は出家遁世しますね、あの後生活どうしてたのか。誰かが言うにはあの人は非常に金持ちでお金があるんだ、だからやれたんだ

――お金持ちなんですか、やっぱり。

久保田　金持ちなんですね。これは同時代人藤原頼長が日記（『台記《たいき》』永治二年三月一五日条）で証言しています。「家富み心愁ひなきも」若い頃から仏道に熱心でついに出家した。富んでいたんですね。だから生活の不安はまずなかったんでしょうね。と言ってもまあ出家すれば相当厳しい生活だとは思いますが。

岡井　草庵を作るといってもすごく建築費がかかるでしょ。だからどうしてたんだろう。いろんなことがあるでしょうけれど、宗教団体とい

うか、ちょうど西洋の修道院のように、宗教の団体があって寺院があって、農民から収奪していたにちがいないんですけど、それでも収奪した見返りで精神的なものを与えていたと思うんですけど、そういうものが西行にもあったんですね。

久保田　西行の親友寂然《じゃくぜん》（生没年未詳。一一八二生存）とかその兄弟達、常盤（大原）の三寂なんかは確かにお互いに訪れていた。そして大原へ行けば隠者集団ですから相互扶助の組織がきっと出来ていたと思います。つい昨年もそんな状況を実感できるケースがありました。大原の寂光院の本尊は地蔵菩薩らしいですけど、そのお地蔵さんの胎内を開いて修理することになった。その時お地蔵さんからたくさんの胎内仏が出てきまして、その付属文書を見るとお地蔵さんを作るについてたくさんの人が喜捨《きしゃ》していることが分かって、その経緯が書いてあった（久保田「中世の信仰と表現」、『中世文学』34号）。

だからそういうような勧進に応じる精神的な風土があの時代あったわけでしょう。そうすると、遁世者もまたまあ最低の生活は保証されているんじゃないでしょうかね。たとえそれがなくても、西行の場合はかつては豪族佐藤家の御曹子なわけですから。生活のことはまず心配はなかったんじゃないか。

岡井　そうはいうものの、厳しい生活があった。

久保田　それは厳しいとは思いますね。

岡井　要するにわれわれが考えているような浮き世の業欲などというものは、捨て放たざるをえないという生活でしょうけど。一種の聖フランシスの修道院的な、自分で最低線の生活はできる経済的な基盤はあっても、神とか仏とかに対する帰依があって、朝から晩までそういうものに明け暮れるという生活でしょうから、世俗の人間が考えるような世界ではないと思います。

久保田　まずやはり孤独との戦いが一番大きいんじゃないでしょうかね。確かにコロニーみたいなものを形成していて、すぐ隣にまた庵があるという場合もありましょうけど、でも遁世者同士隣合わせて住むのもまたいけないこととも戒められているんですね。だからできるだけ一人になろうとすると厳しいでしょうねえ。

岡井　そうでしょうね。われわれだったら、ときどきは一人になりたいと思うけれども（笑）。

久保田　贅沢な悩みです（笑）。

岡井　一人じゃない生活を十分エンジョイしておいてから一人になりたいというのは間違っている（笑）。当時の旅なんていうのもどうなんでしょう。今の人たちがやってる観光旅行とは全く違うんでしょう。芭蕉はかなり馬に乗っているみたいですけど、西行の場合は徒歩旅行ですか。

久保田　絵巻に書いてあるのは徒歩ですね。私もよく実際はどうだったんだろうと考えてみるのですが。

岡井　文献がないんですか。

久保田　ないんです。そういうデータがない。ただ絵に描かれているのは徒歩ですから、たぶん徒歩だったんだろうなと思うくらいです。しかし時には馬も利用するでしょうね。

岡井　早馬使いなんてのは古代からあるわけだから、官吏だけは使ったのかもしれないけど、一般人も使っておかしくはないですね。

久保田　おかしくはないですね。

岡井　でも西行なんかは歩いてくれないと、やっぱり感じが出ない（笑）。

久保田　芭蕉の場合に比べて本当に分からないです。

岡井　芭蕉はわりあい書いてくれるから。

久保田　ええ、彼自身も書き、弟子も書き。それで芭蕉の嘘までばれちゃうわけですけど。

岡井　そうですね。芭蕉も嘘なんだろうけど、文人なんてみんな半分は嘘ですからね。だからそれは覚悟して読まないと駄目なんですよ（笑）。

久保田　岡井さんも嘘をつかれますか、（笑）お歌や作品の中で。

岡井　いや、無意識の嘘はいっぱいあると思うんです。つまりわざと言い落としますでしょう。意識的にも言いたくないことは言わない。日記類もそうなんで、王朝の日記なんて完全に創作ですから当然だとも思いますが。

久保田　書かないというのも、まあ確かに嘘ですよね。

岡井　嘘です。言いたくないことは言わないわけですからね。

久保田　そういう時、行間を読み込むわけですね。

岡井　そうですね。じゃあといって一所懸命読むんですね。ただ自分も日記をつけるから分かるんですけど、こんど中野重治さんの日記について書くので、今読んでいるのですが、重治さんも原泉さんのことを誉めるんですけど、「感心なり、原泉偉い」なんて言ってね。そして遺言状を出征する際に書くんです。修養を要す、子供に向かって怒っちゃいけないとかいろいろ言ってるのを見るとかなり不満もあったんだろう。やはり日記は読まれることを考えますからね、どうしても言い落としが出てくるだろう。だから曽良の日記と芭蕉の『おくの細道』を合わせて、曽良は正しくて芭蕉は間違っているという見方もできるだろうけど、逆の言い方だってできないとは言えないわけですからね（笑）。日記っていうのはくせものですよ。一等資料みたいにみんな扱うんですけどね。

久保田　そうですね。それは分からないですね。

頼長の日記も、実は西行の年齢や出家の動機を探るのに第一等資料なんですけれど、そこには、何も愁い悩むことはないのに若い頃から仏道に心を寄せていて、出家した、だからみんな感心したと書いてあるわけですけど、だからといって本当に信仰だけで出家したのかどうか、それは分からない。頼長がそう言っている、そう感じているだけですね。

　歌日記は歌人の方はみなさんつけられるものですか。

岡井　いや、あんまりつけないいんじゃないですか。自分で書いてますと、日記を書きながら歌が湧いてくる時がありますから、勿論上の句だけとか下の句だけの時もありますけど、書き付けることはあります。

久保田　そして後で推敲されるわけですか。

岡井　そうですね。後でそれを日記の本文とごちゃまぜにして作ったりするんですけど、日記はつける人とつけない人と明瞭に分かれていますから、つけない人は徹底的につけませんからね。

久保田　それから歌の作り方なんですが、近藤芳美さんが、枕元に原稿用紙を置いていらして、夜でもなんでも思い付いたらそこに書くということを、どこかで拝見したことがあるんですが、岡井さんはふっと思い付いた時にすぐ書き付けられるわけですか。

岡井　中村草田男《くさたお》（一九〇一〜一九八三。俳人）とか西東三《さいとうさん》鬼《き》（一九〇〇〜一九六二。俳人）とかは枕元に用紙を置いて、きゅっと紐をひっぱると燈くような電気が枕元に置いてあって、がばっとはね起きて書くことはやったようですね。で、夜中に作ったやつはたいてい朝見ると駄目だと言ってますけどね。あれも癖がありましてね。若い頃は僕もああいうことやりましたけど、だんだんやらなくなっちゃった。この頃は子供たちが騒いでいる食卓の上で平気で書いたり、むしろ猥雑な環境の中で書いてまして、向こうで子供がわめいているとすぐ歌の中に入れたり、そういうことのほうが面白くなった。必死な作業は、なんかはかないっていうかね。

久保田　いや、それは面白いですね。歌の活性化にはそのほうがいいかもしれませんね。

岡井　ええ、今孤独な必死な作業が流行らない時代ですね。だから、共同詩みたいに向かいあって作るとか、俳諧の連句が流行りましたですね、座を作るとか。歌人まで連句を巻いていますよ。結局一人じゃ心細いというか、群集、大勢人がいたほうが孤独になれるというか、すごい逆説的なものがあるみたいですね。だから孤独感はむしろ群集の中の孤独というものであって、誰もいない山の中に行って一人ぼっちで何かやるといって行っても、何もやれなくて帰ってくるという、ああいう感じですかね。

久保田　その点西行はやっぱり幸福だったかもしれない。もっともそれが我々にとっても幸福といえるかどうかわかりませんが。何かこう見えにくくなっている時代ですね。

（了）

対談・座談おぼえがき

初出一覧

〈対談者〉	〈テーマ〉	〈掲載誌紙〉	〈発表年月日〉
秋山虔	古典と私の人生	本の窓	平成6年1月
ドナルド・キーン	日本文化と古典文学	週刊読書人	平成10年1月16日
俵万智	百人一首　言葉に出会う楽しみ	國文學解釈と教材の研究	平成4年1月
金子兜太・佐佐木幸綱	日本の恋歌を語る	國文學解釈と教材の研究	平成8年10月
丸谷才一	宮のうた、里のうた	かっぱまがじん	昭和51年9月
竹西寛子	王朝和歌　心、そして物	國文學解釈と教材の研究	昭和62年4月
田辺聖子・冷泉貴実子	藤原定家の千年	すばる	平成12年1月
岡井隆	〈うた〉、そのレトリックを考える	國文學解釈と教材の研究	平成元年11月

1　秋山虔「古典と私の人生」

一九九三年十月二十一日（木）、赤坂の「皆実」で行われた対談。おそらく『新編日本古典文学全集』刊行を記念して企画されたものだったのであろう。文中には姿をあらわしていないが、黒子にはこの全集の編集長だった本藤舜氏（故人）がいて、話の進行を助けてくれた。秋山先生には大学院に入った年以来、研究室の助手時代、東京大学助教授の時期と、ずっと御指導頂いている。そういう先生と対談とは何とも天を恐れぬ所行だが、先生のやさしさに甘えてずいぶん勝手なことをおしゃべりしたような気がする。この年は東京大学での勤めの最後の年であった。それで、講義でも「隅田川の文学」などという好き勝手なテーマを取り上げており、この日も午前中に黙阿弥の「縮屋新助」のことを話していた。そんな気分も反映しているのであろう。

2　ドナルド・キーン「日本文化と古典文学」

一九九七年十一月二十六日（水）、九段下のホテル・グランドパレスで行われた対談。明治書院の『日本古典文学大事典』と『和歌文学大系』の宣伝のために企画された対談で、文中「編集部」とあるのは、同社の松井孝夫氏である。キーン先生の御著書からはそれまでもいろいろ教えられることが多かったし、その一つ『日本人の美意識』を紹介したこともあったが、直接お目にかかってお話しするのは初めてであった。当然相当緊張したが、始まるとよどみなくお話しされたので、こちらも緊張が和らいだ。この対談の趣旨は初めに記したようなことなので、終り近くで話題は両書に及び、キーン先生はそれぞれについてその意義を強調してくださっているのだが、この部分は笠間書院編集部の判断に従って割愛した。その後、東京大学文学部が初めて行った外部評価の委員をお引き受けくださった時にまたお目にかかった。さらに最近、私も参加している京都・けいはんな学研都市の国際高等研究所での研究フォーラム「東西の恋愛文化」に、ゲストとしてお見えになった際に、この対談の再録をお願いしたら、「喜んで」とおっしゃった。その嬉しさは忘れられない。

3　俵万智「百人一首　言葉に出会う楽しみ」

一九九一年九月十七日（火）、大塚の「なべ家」で行われた対談。「國文學」翌年一月号特集「小倉百人一首　詞人の饗宴、雅のレトリック」のためのもの。同号に自身では若い人々とともに書いた「百人一首ことばの手帖」を編集、掲載している。この対談のことは、その後「季刊現代短歌　雁」41号（'98・5、雁書館）が俵万智小特集をした際、求められて草した拙稿「我ら連れ去る汽車あらわれよ」でいささか言及した。おそらくこの対談集の読者のお目にとまることのない文章だろうから、その一部分を引用する。「こちらは新聞やテレビで一方的に知っていたが、初対面だった。その盛名にもかかわらず、意外に地味な印象を受けた。が、やや薄暗い和室での対談のさ中、編集者が撮る写真のフラッシュに浮かびあがった俵万智の大きな目は美しく輝いた」。対談そのものはお読みの通りである。右の小文でも「余りいい点をもらえないかもしれない」と自己反省しているように、私の方がしゃべりすぎている。むしろ、終ったあとの絵画についての雑談の方がおもしろかったかもしれない。そして自身では、この対談よりは右の俵万智論の方がまずまずの出来だったと思っている。

4　金子兜太、佐佐木幸綱「日本の恋歌を語る」

一九九六年六月四日（火）、新宿駅ビル八階の「松澄」で行われた座談会。「國文學」十月号特集「恋歌古典世界の」のためのものである。この特集号の企画に関わり、自身では「いま恋歌一〇〇を選ぶ」と題する秀歌選を試みているので、座談会でも司会役をつとめた。佐佐木さんとは六年前に同じ雑誌で対談をやっていたのでおなじみだったが、金子さんとは──何かのパーティーでお顔は存じ上げていたが──お話しするのは初めてであった。しかし、緊張することもなく、ごく自然にお話しできた。磊落なお人柄のおかげである。のっけから『古今集』や『新古今集』は受け付けないような口吻なので、それでもその方面の話題を取り上げなければと、いささか難渋したが、佐佐木さんがずいぶん助け舟を出してくださった。その後、思いがけなく金子さんから御著書を頂戴したりして、嬉しかった。『新古今』は受け付けない金子さんは、この対談からも知られるように、後鳥羽院とは肌が合うらしい。隠岐中ノ島の村上家（後鳥羽院の墓守の旧家）には、金子さんの色紙が飾られている。

後鳥羽院満ち潮にひたに御一人

5　丸谷才一「宮のうた、里のうた」

一九七六年七月十二日(月)、銀座の「浜作」で行われた対談。丸谷さんとはこの六、七年前、「國學院雑誌」の座談会でお目にかかったことがあったので、ひどく緊張することもなく、お話ししやすかった。もちろん、いわばホスト役の丸谷さんの巧みな誘導のおかげである。中でも、対談の切り上げ方、しめの鮮かさが印象に残っている。私も調子に乗って、丸谷さんと光文社の編集スタッフをさそって、神保町のただ一つのなじみのバーに行った。そのバーではマダムが泥酔してくだを巻いていたが、たまたま丸谷さんのお知り合いも居合わせて歓談しておられたので、ほっとした。私は翌朝宿酔気味だった。この年の秋、講談社から『新古今和歌集全評釈』第一巻を刊行した。その宣伝パンフレットに丸谷さんは身に余る推薦文を書いてくださった。それにしても、若い時はわれながら向こう見ずだったと思う。今では丸谷さんをバーにおさそいする勇気はない。

6　竹西寛子「王朝和歌　心、そして物」

一九八七年一月十日（土）、神楽坂の「むさしの」で行われた対談。「國文學」四月号特集「古今集から新古今集へ 八代集・いま何が問題か」のためのものである。同じ号に自身としては「王朝歌人合ーライバル歌人優劣論」を載せている。対談中で竹西さんがおっしゃっていられるように、初対面ではなかった。にもかかわらず、私としてはあまりうまく話せなかった印象が残るのは、話のテーマの重さに圧されたせいかもしれない。しかし、今読み返してみると、竹西さんの古典に対する真摯な姿勢はかなりうかがうことができたような気がする。終ったあと、「國文學」のスタッフと神保町のバーに行った。いささかやくざな場所だから、竹西さんを御案内することはさし控えた。

7　田辺聖子、冷泉貴実子「藤原定家の千年」

一九九九年十月二十八日(木)、京都の冷泉家で行われた座談会。この座談会の仕掛人は書肆フローラの遠藤知子さんである。この日の午前、その遠藤さんや「すばる」の片柳治さんと京都へ向かった。冷泉家には『冷泉家時雨亭叢書』(朝日新聞社刊)の仕事もあり、しげしげとうかがっているが、田辺さんとは初対面である。しかし、『文車日記』など、その古典文学についてのエッセイはいつも楽しく拝見していた。この日も、東京駅に着く前、荻窪から乗った総武線で「すばる」が用意してくれた田辺さんの最新のエッセイに読みふけって、気付いたら錦糸町まで行ってしまっていたので、あわてて引き返して、やっと予定されていた列車に間に合った。京都のブライトン・ホテルで田辺さんと一緒になり、それから冷泉家へ向かった。折から冷泉家は修復工事中で、座談会に先立って、屋根もまだ葺いたばかりのこの文化財建造物を拝見した。座談会での私の進行役はあまりうまくない。終って、ブライトン・ホテルで夕食となった。田辺さんと私はタクシーで行ったが、貴実子夫人は「近いですから」と言われて、あとから自転車で見えられた。

8　岡井隆「〈うた〉、そのレトリックを考える」

一九八九年七月三十一日（月）、豊橋の「きく宗」で、名物の菜飯・田楽を食べながら行われた対談。「國文學」十一月号特集「歌・歌ことば・歌枕――〈うた〉なるもの――」のためのものである。この号には自身としては若い人々とともに書き、編集した「歌語・歌枕事典」を載せている。対談当日は朝早く妻と下の娘を連れて家を出、ひかりで名古屋へ向かった。名古屋で妻子は何かの博覧会に行き、私は名鉄で豊橋へ引き返した。赤坂・御油あたりの景色を眺めたかったのである。美合という駅だったろうと思う、夾竹桃が美しかった。豊橋駅のベンチでしばし岩波文庫の『斎藤茂吉歌集』を読み返してから、「きく宗」へ行った。岡井さんとは初対面だったが、お話ししやすかった。そのあと弁天島へ向かい、浜名湖畔のホテルで名古屋から戻ってきた妻子と落ち合った。翌日は館山寺へ行き、遊覧船に乗った。館山寺ではマイクが西行の歌というあやしげな歌を流していた。旅の風景と結び付いて思い出される対談である。

あとがき

自身ではとても対談集など出す柄ではないと思っている。しかし、笠間書院の橋本孝編集長の、〝若い研究者に読んでもらいたい〟という言葉に動かされて、これを編む気になった。私の話はともかく、対談・座談に応じてくださった方々は、それぞれの分野で卓越した人ぞろいである。これらの方々の、書かれた文章とはまた違った話し言葉の妙味を埋もらせてしまうのは惜しい――そんな気になった。対談・座談の選択や配列、分冊のし方はすべて橋本編集長と編集の田口美佳さんにお任せした。「若い読者のために」という編集部の要望に従って、若干の注を付した。あらずもがなの注もあるかもしれないが、お許しをいただきたい。

今読み返してみると、日本の文学や文化に関する私のささやかな問題意識におつきあいくださり、いろいろと貴重な見解を披瀝してくださった方々に対して、改めて深い感謝の念を禁じえない。それとともに、そのような場をお与えになった多くの出版社の関係者、そして笠間書院の人々にもお礼申しあげたい。

二〇〇三年夏

久保田　淳

詩歌索引

一、上段より詩歌句・作者・出典（歌・歌謡番号）・掲載頁の順に示した。
一、歌番号は原則として『新編国歌大観』に拠った。ただし、万葉集の歌番号は旧国歌大観に拠り、歌謡番号は新日本古典文学大系その他に共通の番号を用いた。

あ行

あいみてののちの心の夕まぐれ君だけがいる風景である	俵万智	サラダ記念日	47
赤い日が仏陀よ海に落ちました　わたしの猫が今死にました	寒川猫持	日月（歌誌）	191
我が面の忘れむしだは国溢り嶺に立つ雲を見つつ偲はせ	東歌	万葉集三五一五	87
秋風に傷なきものはなかりけり	橘高薫風		195
秋くれて露もまだひぬ楢の葉におしてしぐれのあまそそくなり	後鳥羽院	後鳥羽院御集四五七	123
秋の露やたもとにいたく結ぶらむ長き夜飽かずやどる月かな	後鳥羽院	新古今集四三三	120
浅からぬ文の数々よみぬらし			107
朝狩りに　今立たすらし～　→（やすみしし～）			
朝狩りにいまたつらしも　拠点いくつふかい朝から狩りいだすべく	岡井隆	朝狩	231
浅草の観音堂にたどり来てをがむことありわれ自身のため	斎藤茂吉	つきかげ	221
朝なあさなけづるとすれど黒髪の思ひみだるるすぢぞ多かる	鶉殿余野子	さほがは四九	104
浅みどり澄みわたりたる大空の広きをおのが心ともがな	明治天皇		124
あはれあはれこの世はよしやさもあらばあれ来ん世もかくや苦しかるべき	西行	山家集七二〇	94
相思はぬ人を思ふは大寺の餓鬼の後に額つくごとし	笠女郎	万葉集六〇八	88

逢ひ見てののちの心にくらぶれば昔は物も思はざりけり	藤原敦忠	百人一首四三	53
逢ふと見て覚めにしよりもはかなきはうつつの夢の名残なりけり	俊成卿女	続後撰集八〇三	169
あまり言葉のかけたさにあれ見さいなう空行く雲の早さよ		閑吟集二三五	87
(あみの浦に船乗りすらむ娘子らが) 玉裳の裾に潮満つらむか	柿本人麻呂	万葉集四〇	86
あらざらむこの世のほかの思ひ出にいまひとたびの逢ふこともがな	和泉式部	百人一首五六	54
あらぬ所に下り居する恋	樗堂		106
青山を横ぎる雲のいちしろく我と笑まして人に知らゆな	大伴坂上郎女	万葉集六八八	90
伊香保ろのやさかのゐでに立つ虹の現はろまでもさ寝をさ寝てば	東歌	万葉集三四一四	87
抱くとき髪に湿りののこりゐて美しかりし野の雨を言ふ	岡井隆	斉唱	91
いつはりのつらしと乳をしぼりすて	重五	冬の日	106
いとけなきけはひならぬは妬まれて			107
石見のや高角山の木の間より我が振る袖を妹見つらむか	柿本人麻呂	万葉集一三二	91
今はただ思ひ絶えなむとばかりを人づてならで言ふよしもがな	藤原道雅	百人一首六三	55
今もされな昔のことを問ひてまし豊葦原の磐ね木の立ち	西行	聞書集二六三	240
いまや別の刀さし出す	去来	猿蓑	106
夢の逢ひは苦しかりけりおどろきて掻き探れども手にも触れねば	大伴家持	万葉集七四一	92
鰯煮る宿にとまりつ後の月	蕪村		230
「ヴェニスに死」ぬ～ → ベニス			
うき人を枳殻垣よりくゞらせん	芭蕉	猿蓑	106
うなゐ子がすさみに鳴らす麦笛の声に驚く夏の昼臥し	西行	聞書集一六五	95・239
上をきの干葉刻もうはの空	野坡	炭俵	105

馬に出ぬ日は内で恋する	芭蕉	炭俵	105
海こえてかなしき婚をあせりたる権力のやわらかき部分見ゆ	岡井隆	朝狩	214
海鳴りに耳を澄ましているような水仙の花ひらくふるさと	俵万智	かぜのてのひら	42
うらやまずふすゐの床はやすくともなげくも形見寝ぬも契を	藤原定家	拾遺愚草八八九	101
永世楽土、永遠童貞女、永遠回帰、而して永世中立、エトセトラ	斎藤茂吉	つきかげ	220
大江山生野の道のとほければまだふみもみず天の橋立	小式部内侍	百人一首六〇	61
大阪は犬もたこ焼き好きでっせ			195
おほぞらは梅のにほひに霞みつつくもりもはてぬ春の夜の月	藤原定家	拾遺愚草一七三	187
思い出は風に吹かるる曼珠沙華　心の隅に赤く揺れている	寒川猫持	猫とみれんと	191
おもひなれたる妻もへだつる			107
思ふ人さてもこころやなぐさむと都鳥だにあらば問はまし	後鳥羽院	遠島御百首九六	83

か行

かきやりしその黒髪の筋ごとにうち臥すほどは面影ぞ立つ	藤原定家	新古今集一三九〇	82・101
かすみたち秋風ふきしゆめのうちにこぞのこよひになりにけるかな	源通具	通具俊成卿女歌合二〇	200
嗅で見てよしにする也猫の恋	一茶	七番日記	109
帰るさのしののめくらき村雲も我が袖よりや時雨そめつる	藤原為家	玉葉集一四五六	198
上野佐野の舟橋取り放し親は離くれど我は離るがへ	東歌	万葉集三四二〇	87
髪はやすまをしのぶ身のほど	芭蕉	冬の日	105
かるもかきふすゐの床の寝をやすみさこそ寝ざらめかからずもがな	和泉式部	後拾遺集八二一	101
きぬぎぬのしののめくらき別れ路にそへし涙はさぞしぐれけん	安嘉門院四条	玉葉集一四五七	198

きのうの敵は今日もなお敵　頬をはしる水いたきまで頬を奔らしむ　岡井隆　朝狩　231
君想う旅にしありて酒酌めば　異境の空にあがる花火よ　寒川猫持　猫とみれんと　191
君が行き日長くなりぬ山尋ね迎へか行かむ待ちにか待たむ　磐姫皇后　万葉集八五　89
君こふる心はちぢにくだくれどひとつもうせぬ物にぞ有りける　和泉式部　後拾遺集八〇一　99
くちをしや雲居隠れに棲むたつも思ふ人には見えけるものを　源俊頼　散木奇歌集一三一九　201
くらきより暗き道にぞ入りぬべきはるかにてらせ山の端の月　和泉式部　拾遺集一三四二　157
黒髪の乱れも知らずうち臥せばまづかきやりし人ぞ恋しき　和泉式部　後拾遺集七五五　101
こじといはば来む夜もありと待たましをこむとたのめてこしやいつなる　油谷倭文子　散りのこり八一　104
ことかたに人の心のかよへばや夢路にさへも見えずなりゆく　土岐筑波子　筑波子集一〇五　104
来ぬ人をまつほの浦の夕なぎに焼くや藻塩の身もこがれつつ　藤原定家　新勅撰集八四九　203
恋すてふわが名はまだき立ちにけり人しれずこそ思ひそめしか　壬生忠見　百人一首四一　53・200
恋せずは人は心もなからまし物のあはれもこれよりぞ知る　藤原俊成　長秋詠藻三五三　182
恋という遊びをせんとや生まれけんかくれんぼして鬼ごっこして　俵万智　かぜのてのひら　48
（恋に焦がれて鳴く蟬よりも）鳴かぬ螢が身を焦がす　山花鳥虫歌一二　88
来むと言ふも来ぬ時あるを来じと言ふを来むとは待たじ来じと言ふものを　大伴坂上郎女　万葉集五二七　90
小村雨心の外にかね聞て　106
子持山若鶏冠木の黄葉つまで寝もと吾は思ふ汝は何どか思ふ　東歌　万葉集三四九四　110

さ行

歳月はさぶしき乳を頒てども復た春は来ぬ花をかかげて　岡井隆　歳月の贈物　215
サキサキとセロリ噛みいてあどけなき汝を愛する理由はいらず　佐佐木幸綱　緑昌　112

桜花咲きにけらしも足びきの山の峡よりみゆる白雲	紀貫之	古今集五九	189
讃岐の松山に、松の一本歪みたる、捩りさの捩りさに、そねうだる、かとや、直島の、さばかんの松をだにも直さざるらん		梁塵秘抄四三一	127
さねさし相模の小野に燃ゆる火の火中に立ちて問ひし君はも	倭建命	古事記二四	85
さむしろに衣かたしき月をのみまつの木の間ぞ冬もかはらぬ	後鳥羽院	後鳥羽院御集一三八一	122
さむしろや待つ夜の秋の風ふけて月をかたしく宇治の橋姫	藤原定家	新古今集四二〇	122
詩歌などもはや救抜につながらぬからき地上をひとり行くわれは	岡井隆	眼底紀行	214
しのぶれど色に出でにけりわが恋は物や思ふと人のとふまで	平兼盛	百人一首四〇	53・200
しほれしを重ね侘びたる小夜衣			107
白妙の袖のわかれに露落ちて身にしむ色の秋風ぞ吹く	藤原定家	新古今集一三三六	101・185
白妙の袖の別れは惜しけども思ひ乱れて許しつるかも	作者未詳	万葉集三一八二	101
鈴鹿山憂き世をよそにふり捨てていかになりゆくわが身なるらん	西行	新古今集一六一三	44・46
鈴虫の声のかぎりを尽してもながき夜あかずふる涙かな	靫負命婦	源氏物語・桐壺巻	121
捨てはてんと思ふさへこそ悲しけれ君に馴れにしわが身と思へば	和泉式部	和泉式部続集五一	150
砂山の砂に腹這ひ　初恋の　いたみを遠くおもひ出づる日	石川啄木	一握の砂	80
せはしげに櫛でかしらをかきちらし	凡兆	猿蓑	106
瀬を早み岩にせかるる滝川のわれても末にあはんとぞ思ふ	崇徳院	詞花集二二九	119

た行

抱いた子にたたかせてみる惚れた人		柳多留	110
誰がためのひくき枕ぞ春のくれ	蕪村	蕪村句集	107

ただ一度となりたる会いも父のへに小さくなりて答えいしのみ	岡井隆	斉唱	218
橘のにほふあたりのうたたねは夢も昔の袖の香ぞする	俊成卿女	新古今集二四五	170
谷に鯉もみ合う夜の歓喜かな	金子兜太	暗緑地誌	112
多摩川にさらす手作りさらさらになにそこの児のここだかなしき	東歌	万葉集三三七三	79・87
玉の緒よ絶えなば絶えねながらへばしのぶることのよわりもぞする	式子内親王	百人一首八九	53
玉裳の裾に～　→（あみの浦に）			
たまゆらの露も涙もとどまらずなき人恋ふる宿の秋風	藤原定家	新古今集七八八	57
短歌ほろべ短歌ほろべといふ声す明治末期のごとくひびきて	斎藤茂吉	白き山	222
「追放」といふことになりみづからの滅ぶる歌を悲しみなむか	斎藤茂吉	白き山	222
筑波嶺に雪かも降らるいなをかもかなしき児ろが布乾さるかも	東歌	万葉集三三五一	79
筑波嶺の峯より落つるみなの川恋ぞつもりて淵となりける	陽成院	百人一首一三	56
津の国のこやとも人をいふべきにひまこそなけれ蘆の八重ぶき	和泉式部	後拾遺集六九一	99
つややかに思想に向きて開ききるまだおさなくて燃え易き耳	岡井隆	土地よ、痛みを負え	214
鶴折りて恋しい方へ投げてみる		武玉川	110
つれづれと空ぞ見らるる思ふ人あまくだり来むものならなくに	和泉式部	玉葉集一四六七	89・99
出合茶屋惚れたほうから払ひする		末摘花	109
といひかくいひそむくくるしさ			107
東海の小島の磯の白砂に　われ泣きぬれて　蟹とたはむる	石川啄木	一握の砂	111
ときは今天が下しる五月かな	明智光秀	愛宕百韻	105
隣をかりて車引こむ	凡兆	猿蓑	106
とぶ蝶にうは着丸メて投るなり	一茶		106

遠き人を北斗の杓で掬わんか　橘高薫風　195
取り分きて心もしみてさえぞわたる衣川見に来たる今日しも　西行　山家集一一三一　241

な行

鳴かぬ螢が〜　↓（恋に焦がれて）
泣くおまえ抱けば髪に降る雪のこんこんとわが腕に眠れ　佐佐木幸綱　夏の鏡　79
鳰の海やけふより春に逢坂の山もかすみて浦風ぞ吹く　藤原定家　拾遺愚草一七七九　147
にゃん吉という猫あり二十年　吾を愛してあわれ果てにき　貴君らにとりてはただの猫なりき　吾にとりてはいのちなりけり　寒川猫持　日月（歌誌）　191
女房に昔の若衆ひきあわせ　110
ぬぎすててうちが一番よいという　岸本水府　195
猫の恋たがひに頭はりながら　109
寝覚する身を吹き通す風の音を昔は耳のよそに聞きけむ　和泉式部　和泉式部続集一四五　149

は行

ばあらばらあばらぼねこそ響りいづれ斎藤茂吉野坂昭如　岡井隆　鵞卵亭　237
肺尖にひとつ昼顔の花燃ゆと告げんとしつつたわむ言葉は　岡井隆　土地よ、痛みを負え　214
鼻紙の間の紅葉や君がため　言水　107
はるかなる岩のはざまにひとりゐて人目思はでもの思はばや　西行　新古今集一〇九九　94
春過ぎて夏来にけらししろたへの衣ほすてふあまのかぐ山　持統天皇　新古今集一七五　120
春立つといふばかりにやみ吉野の山もかすみてけさは見ゆらん　壬生忠岑　拾遺集一　148

春の初の歌枕、霞鴬帰る雁、子の日青柳梅桜、三千年になる桃の花		梁塵秘抄四三三	127
春の夜の夢の浮橋とだえして峯にわかるる横雲の空	藤原定家	新古今集三八	184
ひさかたの月夜をきよみ梅の花心開けて吾がおもへるきみ	紀小鹿女郎	万葉集一六六一	92
ひさかたの光のどけき春の日にしづ心なく花の散るらむ	紀友則	古今集八四	168
一重のみ妹が結ふらむ帯をすら三重に結ふべく吾身はなりぬ	大伴家持	万葉集七四二	92
人言を繁み言痛み己が世にいまだ渡らぬ朝川渡る	但馬皇女	万葉集一一六	88
人もをし人もうらめしあぢきなく世を思ふゆゑに物思ふ身は	後鳥羽院	百人一首九九	69
広き野を流れゆけども最上川海に入るまで濁らざりけり	昭和天皇		123
吹きまよふ雲居をわたる初雁のつばさにならす四方の秋風	俊成卿女	新古今集五〇五	170
ふくらふも面癖直せ春の雨	一茶	七番日記	107
振り放けて三日月見れば一目見し人の眉引き思ほゆるかも	大伴家持	万葉集九九四	91
ふるさとのいずこの露地のほろびむとして虫焼けば炎の桜	岡井隆	眼底紀行	226
へだてゆくよよのおもかげかきくらし雪とふりぬるとしのくれかな	俊成卿女	通具俊成卿女歌合三一	200
「ヴェニスに死」ぬ末路羨しもみずからの朝の排泄の色みおろせば	岡井隆	朝狩	231
螢飛ぶ野沢にしげるあしの根の夜な夜なしたにかよふ秋風	藤原良経	新古今集二七三	122
郭公そのかみ山の旅まくらほのかたらひし空ぞわすれぬ	式子内親王	新古今集一四八六	198
ほととぎす鳴くやさつきのあやめぐさあやめも知らぬ恋もするかな	よみ人知らず	古今集四六九	81

ま行

負まじき角力を寝ものがたり哉	蕪村	蕪村句集	108
みだれ葦の下葉すずしく露はゐて野沢の水にかよふ秋風	後鳥羽院	後鳥羽院御集三三二	122

見わたせば花ももみぢもなかりけり浦の苫屋の秋の夕ぐれ　藤原定家　新古今集三六三　169
見わたせば柳桜をこきまぜてみやこぞ春の錦なりける　素性　古今集五六　168
見わたせば山もとかすむ水無瀬川夕べは秋となにおもひけむ　後鳥羽院　新古今集三六　118
麦めしにやつるゝ恋か猫の妻　芭蕉　猿蓑　109
睦言の中へ油をつぎに出る　柳多留　109
陸奥のおくゆかしくぞおもほゆる壺のいしぶみ外の浜風　西行　山家集一〇一一　224
村雨の露もまだひぬ槇の葉に霧立ちのぼる秋の夕暮　寂蓮　新古今集四九一　122
最上川のぼればくだる稲舟の否にはあらずこの月ばかり　東歌　古今集一〇九三　124
物思へどもかからぬ人もあるものをあはれなりける身のちぎりかな　西行　千載集九二八　94
物思へば沢の螢も我が身よりあくがれ出づる魂かとぞ見る　和泉式部　後拾遺集一一六三　88
物干の日向に靴を磨きゐる向ひの妻はもの思はざらむ　三ヶ島葭子　216
もみじ饅頭一個くわえて走ってる　あの縞縞がうちの猫です　寒川猫持　猫とみれんと　191
ももひきや古くなったら質に置きなお余ったら雑巾にせよ　74
もろともに苔の下には朽ちずしてうづまれぬ名を見るぞかなしき　和泉式部　和泉式部集五三六　57

や行

八雲立つ出雲八重垣（妻籠みに八重垣作るその八重垣を）　須佐之男命　古事記一　85
（やすみしし　わが大君の　朝には　取り撫でたまひ　夕には　い寄り立たしし　みとらしの　梓の弓の　なか弭の　音すなり）朝狩りに　今立たすらし　夕狩に　今立たすらし　みとらしの　梓の弓の　なか弭の音すなり　中皇命　万葉集三　231

山路来て何やらゆかしすみれ草	芭蕉	野ざらし紀行	103
山たかみ岩根の桜散る時はあまの羽ごろも撫づるとぞ見る	崇徳院	新古今集一三一	119
山の様かるは、雨山守る山しぶく山、鳴らねど鈴鹿山、播磨の明石の此方なる、潮垂れ山こそ様かる山なれ		梁塵秘抄四三〇	127
山もとの鳥の声より明けそめて花もむらむら色ぞ見えゆく	永福門院	玉葉集一九六	167
ゆく水の飛沫き渦巻き裂けて鳴る一本の川、お前を抱く	佐佐木幸綱	夏の鏡	91
結ひそめて馴れしたぶさの濃紫思はず今も浅かりきとは	源実朝	金槐集六一一	82
ゆふ暮の露も結べる玉章をなきてつたへよ天つかり金	香川景樹	桂園一枝六九七	103
夕日うつるこずゑの色のしぐるるに心もやがてかきくらすかな	建礼門院右京大夫	玉葉集一六六〇	111
夢かとよ見し面影も契りしも忘れずながらうつつならねば	俊成卿女	新古今集一三九一	170
世の中は夢かうつつかうつつとも夢ともしらずありてなければ	よみ人しらず	古今集九四二	168
よもすがらちぎりしことをわすれずは恋ひむ涙の色ぞゆかしき	定子皇后	百人秀歌五三	69

ら行

老人手帳持って女を連れ歩き	加藤翠谷		195

わ行

わがいほは鷺にやどかすあたりにて	野水	冬の日	105
わが庵は都のたつみしかぞ住む世をうぢ山と人はいふなり	喜撰	百人一首八	57
わが心のうえをよぎれるあたらしき花ぐるまの輪　空車の輪	岡井隆	朝狩	237
我が恋は水に燃えたつ螢螢物言はで笑止の螢		閑吟集五九	88

わが恋や口もすはれぬ青鬼灯	嵐雪	其袋	112
わが里に大雪降れり大原の古りにし里に降らまくは後	天武天皇	万葉集一〇三	96
わが色欲いまだ微かに残るころ渋谷の駅にさしかかりけり	斎藤茂吉	つきかげ	223
わりなしや氷る筧の水ゆゑに思ひすててし春の待たるる	西行	山家集五七一	239
我はもや安見児得たり皆人の得がてにすといふ安見児得たり	藤原鎌足	万葉集九五	92
我よりさきにたれちぎるらん			107

久保田淳座談集《くぼたじゅんざだんしゅう》　心《こころ》あひの風《かぜ》　いま、古典を読む

2004年2月29日　初版第1刷発行

著　者　久保田淳　他

装　幀　右澤康之

発行者　池田つや子

発行所　有限会社　笠間書院

東京都千代田区猿楽町2-2-5［〒101-0064］

NDC：904　電話 03-3295-1331　Fax 03-3294-0996

ISBN4-305-60028-5 印刷・製本　藤原印刷

乱丁・落丁本はお取り替えいたします。　（本文用紙：中性紙使用）

出版目録は上記住所または下記まで。

http://www.kasamashoin.co.jp